译文纪实

唐人街之味

杨猛

杨猛 著

唐人街之味

上海译文出版社

献给凯欣

目 录

序　寻味伦敦　　　　　　　　　　　　　　　　　　　1

第一部　跨海而来

第一章　寻找杂碎　　　　　　　　　　　　　　　　9
第二章　从"黄潮"到"黄祸"　　　　　　　　　　33
第三章　再见利物浦　　　　　　　　　　　　　　　55

第二部　锦绣余烬

第四章　乱世漂泊　　　　　　　　　　　　　　　　67
第五章　中西合璧　　　　　　　　　　　　　　　　83
第六章　东成西就　　　　　　　　　　　　　　　　93

第三部　不中不西

第七章　洗大饼　　　　　　　　　　　　　　　　　107
第八章　异乡残梦　　　　　　　　　　　　　　　　124
第九章　每个城镇都有一家中国外卖　　　　　　　　133

第四部　八仙过海

第十章　伦敦 BiangBiang 面　　　　　　　　　　155
第十一章　到西方去　　　　　　　　　　　　170
第十二章　八仙过海　　　　　　　　　　　　187

第五部　险中求利

第十三章　替罪羊　　　　　　　　　　　　　217
第十四章　不再沉默　　　　　　　　　　　　235
第十五章　你的外卖到了　　　　　　　　　　253

第六部　尾声

第十六章　四海为家　　　　　　　　　　　　263

序　寻味伦敦

来英国的第一年，我一度失去了味觉。这个发现令我震惊。就像李安的电影《饮食男女》里的厨师，我的味蕾莫名其妙退化，对食物的反应迟钝，香臭咸淡傻傻分不清。我本就是乏味之人，现在食不甘味，生命又少了一大乐趣。

实际上，初来乍到英国，我即发现了味觉衰退的迹象：跟中国同样的烹饪手法，在伦敦的家里的中餐却味同嚼蜡，怎么也做不出原来的味道。我最拿手的两道家常菜：西红柿炒蛋和红烧排骨，以前是压箱底的绝活儿，现在却味道寡淡，排骨有股挥之不去的腥臊味。于是我开始拼命放调料，油、盐、糖、鸡精，一通招呼，以求味道浓郁，结果适得其反，家人撇着嘴，把碗筷推开，用埋怨的目光瞪着我，表达抗议。一个家庭的分裂是从饭桌上开始的。在中国，我控制着饭桌上的话语权，在灶台前像个国王，煎炒烹炸、收放自如、威风八面，自以为掌控一切，现在却发现：在英国，过去的一切全都归零。

难道这就是传说中的水土不服?! 一开始我怀疑是英国的灶具不给力：英国人做饭多用烤箱，明火一般是小火慢炖，灶头的威力甚小，不温不火。而中餐要旺火快炒，才有锅气，才有灵魂。一个中国家庭一天最热闹的时刻，一定是晚上煮饭时，锅碗瓢盆碰撞，铲镬乒乓作响，油烟滚滚、热气腾腾，宛如火烧赤壁，再沉闷的家庭此刻也有了生气。用英式灶头做中餐，其中的妙处统统无法施展，无法激发中餐推崇的色、香、味。尽管我配齐了所有中式调料，拥有三口中式炒锅［出生于美国但在英国拍美食节目成名的大厨谭荣辉（Ken Hom）说，英国人均拥有一口以谭大厨命名的中式炒锅，其实是让我这样的中餐高度依赖者拉高了平均值］，奈何英式灶头威力不济，犹如隔靴搔痒。好几次锅底都快烧漏了，乃至引发烟雾警报——英国家居环境对高温热油烹饪的中餐极不友好——还是没能烹出期待的锅气。

食材的差异是另一个重要原因。不知为什么，英国食材拿来做中餐总缺少些力度：大蒜辣味不冲，口感软绵；辣椒偏甜，味道不香；英国人常吃的是松松垮垮的印度米，口味平淡，需要浇上咖喱汁才有滋味，远不如东北大米富有油性、耐嚼；出于动物福利的考量，英国屠宰场杀猪是不放血的，因此超市里的猪肉总有股挥之不去的臊味。英国的食材也十分单调，超市永远是洋葱、黄瓜、西红柿、土豆这几个当家菜，远不如中国小县城的早市卖的蔬菜品种丰富。

英国食材也并非一无是处，它的卫生标准很高。我学着大大咧咧的英国人，从超市买来的蔬菜瓜果不用洗就直接丢进嘴里，从没吃坏过肚子。想起在北京的时候，每天回家必做的功课就是把买来的蔬菜瓜果充分浸泡和清洗，最大限度地消减根植内心深处的农药残留恐慌，这成了很多中国家庭的日常场景。过去几十年，中国人的餐桌变得异常丰富，食材"进化""迭代"了好多，什么稀奇古怪的东西都可以买到、吃到。拜高度竞争的市场所赐，一方面，中国人的味蕾越来越挑剔、越来越难以满足。另一方面，为了迎合市场，养殖者和商人们添加了过多的农药和化学制剂，以便果菜结得更大更多更快，令鱼肉更鲜、猪肉更嫩。狂飙突进改变了中国人的饮食结构，同时也衍生了食品安全问题，激素水果、苏丹红、毒奶粉，不一而足。而英国食材就像英国社会一样，在一个稳定的环境下不疾不徐，安于现状。

人不顺的时候喝凉水都塞牙。来英国五个月后，我染上流感，病得很重。头痛咳嗽，肌肉酸痛，涕泪横流，黄绿色的恶痰一口接一口往外咳。入夜，街道上回荡着我撕心裂肺的咳嗽声。我买遍了高街药店几乎所有的止咳药，都不管用。英国产的止咳水充满了化学味道，跟漱口水一样难以下咽。我跑到唐人街买了两瓶国产枇杷露，才稍微舒服些。我意识到身体已形成对中国事物的全方位依赖，对英国则是从气候、食物到药物的全方位抵制。我把自己关在楼上，跟家人隔离开，足不出户，感觉像被流放到孤岛之上。这也很符合我在伦敦第一年的感受：孤立无援。

流感症状持续了一月有余，跟病毒对抗的过程无比煎熬，身体就像炼狱般发生了剧烈的动荡。我看着那个载满了中国信息、中国思维、中国气味的中年人，那个在中国生活了四十多年的自己，被英国病毒一点点攻占、击倒、毁灭。一具陌生的躯体重组而成，面目全非。

接近万圣节假期时，流感症状慢慢消退。我和家人一起去泰晤士河畔散心。回家看照片吓了一跳：我一副大病初愈的样子，没精打采，瘦了很多。我属于偏胖体型，一直喜欢吃，在北京做记者的时候，喜欢吹嘘走遍中国遍尝四海美味。我尝试过节食减重，没有成功，因为无法割舍碳水和油脂的诱惑。来英国才半年，水土不服加上流感来袭，居然瘦了差不多20斤。照片上的我和之前判若两人。大病过后，或许是鼻黏膜和味蕾组织受到病毒侵害的缘故，我发现味觉急速退化，对下厨做饭愈发失去了信心。

现在我动身去唐人街，那里是味蕾的避难所。初来伦敦，唐人街是我每周必到的地方，这是我的食堂，温暖异乡人灵魂的救济所。从我家乘坐176路巴士经过达威奇高街、丹麦山、国王医院、西街市场、象堡。跨过泰晤士河，进入伦敦腹地，大本钟、议会、白厅，穿过特拉法加广场上的国家美术馆和国家肖像馆，抵达唐人街。

我去唐人街的频率比英国人去教堂还勤。这趟朝圣之旅在头一年只要花四十五分钟，现在则增加到七十分钟左右——伦敦变得日益拥挤和嘈杂。最初是牙买加人、印巴人，后来是越南人、中国香港人，现在则是中国内地人，涌入这座奇幻之城，也带来了各地的美食。全英至少有二万多家中餐馆及中餐外卖店，中餐如此受欢迎，但我从未想过，那些食物背后，是一些什么样的移民？他们有着什么样的故事？是否如我一样有一颗无处安放的灵魂？

伦敦唐人街位于苏活区（Soho），围绕两条主街构成，算上外围，总计有十一条街道。集合了大概六十家中餐、一家韩餐、四家美发美容院、两家中医馆、六家博彩厅、一家"同性恋"酒吧、若干大小超市以及至少六处色情按摩院。大红灯笼、石狮子、仿古牌楼等中国元素点缀其间，混搭了阴郁古旧的英式建筑。伦敦的路灯柱子是黑色的，唯独这里的刷成了大红色，很好辨认，在我看来，这更像是一种非我族类的标示。西方游客来到这里，兴致勃勃地拍摄橱窗里光溜溜的烤鸭和颜色鲜艳的烧腊，看大厨手起刀落在案板上熟练地斩鸡斩鸭。唐人街就像是好莱坞电影的布景一样华而不实，充斥着一种陈旧的中国意象，跟我成长熟悉的中国似乎并无关系。

从小新港街路口望去，唐人街的布局仿佛一片伸展的树叶。我记得纽约、旧金山的唐人街偏安都市一隅，但是伦敦的唐人街跟市中心核心区合为一体。十年前的唐人街不如今时热闹。2009年我第一次访问伦敦，唐人街上主要是香港人开的餐馆，跟讲粤语的侍者说普通话如同鸡同鸭讲，我英语又很一般，连比划带猜，才成功点了一份鱼丸虾饺。我喜欢那些艳俗的门脸，空气中烧肉肉皮爆裂油脂散发的香气以及坐在湿漉漉的后厨门口叼着烟卷专心读马经的香港厨子。一切都跟旧时的香港很像，仿佛向鸭寮街和油麻地一带的市井之气致敬。伦敦的唐人街是依靠香港人开拓成型的。这点跟其他地方的唐人街的华人构成不太一样。旧金山的唐人街是作为苦力后代的广东台山人创建的；洛杉矶和悉尼的唐人街则有不少越南华人（后期的难民）参与其中。

现在这里会集了天南地北的中国人，五湖四海，口音各异。可以找到几乎中国每个省份的美食。唐人街上，泗和行与龙凤行超市人流如织，但是售货员多了说北京话的大姐，货架上出现了老干妈辣酱和辣条。随着中国新移民的涌入，正宗中餐纷至沓来。唐人街出现了诸如梁山好汉、峨嵋一派、北京四合院之类的餐馆，看名字就像比武大会。有天我在一家号称"正宗川菜"的餐馆吃饭，吃到一半，对弥漫着海鲜面气息的"担担面"产生了怀疑，忍不住把伙计叫到跟前问："这是川菜师傅做的吗？"伙计立马承认："厨师是福清来的。"——这就对了。香港人、福清人、山东人，正在塑造新的华人移民群体，创造一种崭新的唐人风味。我习惯到泗和行超市买新鲜的豆芽和长叶蔬菜，到龙凤行买没有腥味的猪肘子，吃完人民公社的猪肉大葱包子后，体内彻底充盈了一股有着泥土气息的中国味道。之后顺手取几份《人民日报》海外版风格的免费中文报纸，乘176路巴士回家。

夜幕降临，车窗外，游客的笑脸变得模糊。唐人街的大红灯笼次第点亮，也点亮了我的乡愁。我怀念北京雾霾严重却还四季分明的气候。想起这些年来从家乡到北京，又从北京到伦敦的旅程，心情极不平静。我无法适应伦敦的生活，我坚持写作，但进展缓慢，英语不灵,也没找工作,一度与世隔绝,现在连饭也不会做了,吃嘛都不香。

食物的香气在空中弥漫,思乡之情愈发浓厚。我萌生了追寻他们的故事的想法:那些烹制了美味的中国人,是否和我一样,为了一个模糊的目标踏上义无反顾的旅程,又在新的钢筋水泥里迷失了方向?

第一部　跨海而来

第一章　寻找杂碎

要说英国的食物一无是处也不准确，至少三明治、英式早餐、罐头食品，都是英国人发明的，至今很有市场。但是对于追求色香味的中国人来说，英国食物的口味实在糟糕。

从早餐开始，英国人就把自己送上了绞架。所谓的英式早餐：炸土豆饼没什么滋味、烩豆子取自罐头、香肠煎成两面焦黑勉强下口、加上黄油煎蘑菇、鸡蛋碎、硬巴巴的培根，这个奇妙组合就是热量炸弹。英国人把这些一股脑儿送进肚子，大脑立马缺氧，然后再灌上一杯咖啡提神，一上午就这么混过去了。

午餐，英国人喜欢用一个三明治解决战斗。伦敦超市出售的三明治，很多选用颗粒粗大颜色暗淡的黑面包片，讲究些的夹点金枪鱼酱或小虾，最常见的则是夹鸡蛋碎和两片硬硬的奶酪，抹上点蛋黄酱。2009年我第一次来伦敦旅行，那会儿英镑兑人民币的汇率很高，我痛感英国物价之贵，就去超市买最便宜的三明治。我在日本和中国香港都品尝过味道很棒的三明治，英国作为三明治的发源地，对自己的发明一点也不珍惜，能把三明治做得这么难吃，也是没谁了。

晚餐，英国人坚持能不开火就不开火的作风。在中国，罐头被认为是过时的食物，英国人仍对罐头食品情有独钟，烩豆子、香肠、番茄酱，一切皆可罐装，花十分钟吃完罐头，带着对工业革命的缅怀之情进入梦乡。完美的一天！

当一个人带着偏见，就会很挑剔。我负荷着油条、包子、鱼香肉丝的信息，很容易就会得出英国是美食荒漠的印象。

来英国差不多十个月后，因为采访任务，我回了趟中国。这是一趟疗愈之旅，我追寻那些滋养了味蕾的美食，大快朵颐。最夸张的是：我买了一大捆小葱，又熬了鸡蛋酱，痛痛快快吃了一星期的小葱蘸酱。这是我在英国无法享用的美味！结果之后的几天，我的身体从里到外散发着葱味和酱香复合发酵的味道，家人们避之不及。

熟悉的味道又回来了。我意识到，在英国，味觉系统如大海退潮一般的消失是个信号——那个历经四十多年搭建起来的味觉系统，是我成长的味道，是我所接受教育的味道，是我在中国生活的味道。那种味道除了食材、调料、空气、土壤、农药，还有风土、人情、喜怒哀乐。借用林语堂的话"爱国不就是对小时候吃过的好东西的一种眷恋"？所有一切，塑造了我今时今日的味蕾、精神气质、乃至价值观，组成了一座支撑我前半生的味觉大厦。离开中国的时候，这座大厦就开始坍塌。现在，新的系统还没有建立起来。

我检索和回忆，那座味觉大厦里曾经有过什么味道？承载了什么样的情感故事？

思绪回到人生最初的时光。那是遥远的济南冬日，一间有着高大白杨树的寄宿幼儿园，幼年的我穿着笨拙的棉衣棉裤，趿着不合脚的棉鞋，手攥着捡到的"老根"，漫无目的地在萧瑟的操场上游荡。我不懂为什么父母每周一会把我丢在这间寄宿幼儿园，周末才接我回家。长大后我发现幼儿园和我家的距离其实不远，而父母的工作也并不忙，这种困惑更深了，我一直没有得到答案。那个在寄宿幼儿园挣扎的男孩，早早品尝了与父母分离的无助，变得敏感，缺乏安全感，对一切变动都本能地抗拒。

午间，空气中飘出浓郁的香气，我立刻分辨出，那是幼儿园食堂笼屉里的白菜猪肉馅大包子的味道！香味让我瞬间忘了忧愁。坐在小饭桌旁等待肉包子的时刻，是我对寄宿生活少有的快乐记忆。绿色印花的搪瓷小碗，盛着稀薄的粥，摆放在每个小朋友的面前，伴随着"坐好！不然没饭吃！"的警告声，壮硕的女老师胳膊肘下夹着一只铁盆款款走来，揭开颜色已经变黄的笼布，热气腾腾的油皮大包子原形毕露，小朋友们鸦雀无声，目光坚定。老师给每个正襟危坐的小朋友丢下一个包子，午间战役立马打响。肉包子一定要趁热吃，油水渗出面皮的包子最香，包子皮不涩，一咬一包油，碳水和蛋白质在高温下产生了神奇的化学反应，促使多巴胺快速分泌，幸福感爆棚，足以弥补情感的缺失——三岁时，我就洞悉了食物对灵魂的疗愈功能。如果吃得够快，可以举手示意大喊"还要！"我是那个喊"还要"最多的小朋友之一。我喜欢吃肉包子，有时候贪得无厌，记忆中吃吐过好几回。我的大胃口就是在孤独中锤炼出来的，旺盛的食欲是对安全感缺失的一种必要补偿。

　　我生在"文革"后期，那会儿父母们似乎都忙于革命工作，因而缺乏属于个人和家庭的自由空间。"文革"结束，计划体系逐步被更灵活的商品经济取代，中国人的生活水平开始改善，重要标志就是肉蛋鱼不再凭票供应，饭桌上的肉食增加。对于父辈，包子和水饺还是不常吃的稀罕食物，而在我的童年时代就相当普遍了。现在回忆起幼年，大包子的浓郁香气扑面而来。肉包子是我成长的加油站，塑造了我的精神底色，我对肉包子、馅饼、韭菜合子、肉龙这一类带馅的北方食物用情极深，它们荤素搭配合理，营养丰富。形式简单却蕴含深刻哲理，体现了物质文明和精神文明的高度契合。肉包子浓缩了那个时代给我的全部印象：热气腾腾，简单而温暖，充满了希望和可能。

采访结束后我返回英国。在希斯罗机场，我结识了在伦敦开网约车的沈阳人张先生，他透过后视镜观察我，在黑暗中沉默地扭着方向盘，偶然聊到吃的时候，他的眼睛亮起来，车内的气氛热络了许多。

张先生回忆初来英国时也熬过了一段艰难的适应期。那时他在一家香港人开的中餐馆帮厨，跟我一样，陷入了无可救药的"失味"期。"我出国前甚至都没离开过沈阳。在一个地方生活久了，口味已经在血液里固定了，很难接受新的味道，"他说，"在英国就是感觉吃不饱，味道完全不对。"

张先生在英国待满五年拿到永久居留之后，回沈阳探亲时做的一件事，就是把所有在英国吃不到的东西都吃了一遍，"就是想念啊！那是从小到大的味道！"

张先生的经历和我如出一辙，看来我的倒霉并非个案。他的话提醒了我，过去几十年中国的巨变，放眼世界历史都是前无古人，这种巨变构成了我们这代人的日常。单从饮食而言，改革开放以来的城市化和人口流动，带来了城市规模的膨胀和人口集中，很容易就能在一个城市吃到几乎全部的中国食物。在中国任意一个地方，几乎都有一条美食街，在这条街上容纳着大江南北的吃食。不同地区的味道，原本是独具特色和排他的，现在人为组合在一起，变得刺激丰富，构成了人们新的味蕾体验。我来到英国之后才发现，英国按部就班维持着传统，炸鱼薯条三明治，一副随遇而安的松垮样子，跟我熟悉的每天热火朝天急速变化的中国反差巨大。英国当然也在变，但是比起中国的巨变，可以忽略不计。我和张先生都被打上了深刻的时代烙印。我们的口味是复合的，中国独有，一旦形成就变得顽固，无法接受或融入陌生的饮食环境。

夜色中，我下车与张先生挥手作别。伦敦夜空如画。从家乡济南到北京再到伦敦的旅程，充满奔波的沧桑。生活发生了不可逆的改变，我再也没有吃到过幼儿园大包子的味道。一路追梦，有些东西似乎越来越近，有些东西却越来越远了。

芮是在英国经营房产的华人，一次家庭聚会中，我们聊起了吃。吃，是在英国的中国人（华人）永远热衷谈论的话题。中餐太特别了，中国食物对于中国人的影响太深了，很多人认为英国是美食荒漠。生活在这片荒漠中，自然对家乡的美食产生了无法遏制的执念。

"中餐最早是什么时候来英国的？最早是什么样子？"芮突然问道。

这是个好问题。早期的华人，到美国淘金修路，到英国做海员，他们都是重体力劳动者，统统被视作苦力，在英美社会很难得到其他的就业机会。一些海员和矿工去职后，就开始开餐厅和经营洗衣店生意，因为这两个营生不需要特别的语言技能，也没有职业限制。英国最早的中餐并未出现在真正意义上的餐厅里，更像是水手食堂，主要服务中国人社区内部，方便海员自己的生活。外界也不愿意品尝这些异域食物，更没有商业化。直到一种叫"杂碎"（Chop Suey）的食物意外走红，才让中餐进入了西方人的视野。

关于杂碎的起源，流行的说法是起源于美国的华人劳工，美国人类学家安德森则将杂碎追溯到广东著名的侨乡台山，是台山移民将这道菜带到海外，并演变为海外华人的一道菜[①]。这道菜由来自珠三角的台山移民使用猪或鸡的内脏，切成细小碎块，再加上豆芽等烹制而成。在肉类短缺的时代，价格便宜的动物内脏满足了穷人们对于蛋白质的需求，因其品质不佳，亦称"下水"，属于典型的劳

---

① *China Food Updates*，E. N. Anderson，http://www.krazykioti.com/uncategorized/china-food-updates/.

动人民的吃食。具体到流行在西方世界的杂碎，就是粤语"炒杂碎"的意思，因为西方人不喜欢吃动物内脏，华人后来使用切碎的猪肉或鸡肉代替，加入豆芽、洋葱、芹菜、竹笋、荸荠，烹上酱油调味，一起炒制而成。

1850 年黄金潮时代，第一家中餐馆在美国开设。1851 年，英国淘金矿工威廉·肖出版了一本书，叫《金色的梦和醒来的现实》。书中就曾提到，旧金山最好的餐馆是中国人开的餐馆，菜肴大都味道麻辣，有杂碎、爆炒肉丁，云云①。

在纽约美国华人博物馆，现存最早的杂碎餐馆菜单，来自 1879 年波士顿一个叫宏发楼的中餐馆，上印有一名穿唐装的光头男子，并称"这是 1879 年最先在波士顿制作杂碎的人"②。

到了 1888 年，美国的一名华人记者王清福（Wong Chin Foo）大致介绍了这道炒杂碎的用料。他在《纽约的中国人》一文中说，这道菜用猪肚、鸡肝、鸡肫、蘑菇、竹笋、豆芽等混在一起，用香料炒炖而成③。

但是如我一样的新移民，对杂碎闻所未闻。我访遍了伦敦唐人街上几乎所有的中餐馆，大部分都没有杂碎供应，新移民更不知杂碎为何物。华埠商会主席邓柱廷在伦敦经营餐馆业超过四十年，他来英国前，也从没听说过杂碎，来英国后才知道有这么一道专门供应白人食客的"中餐"，现在的中餐馆几乎都不做了。他开玩笑说："杂碎就是鬼佬餐，现在没有了。因为都懂杂碎是骗老外的！"

---

① *Golden dreams and waking realities*; *being the adventures of a gold-seeker in California and the Pacific islands*, Shaw William, https://www.loc.gov/item/a15001634/.

② "As All-American as Egg Foo Yong," Michael Luo, *The New York Times*, https://agentofchaos.com/ic/nyt040922.html.

③《一个夏天让一百多万英国普通人认识中餐，他比"李鸿章杂碎"厉害》, https://kknews.cc/history/4p63a6v.html.

据说，主打粤菜的餐馆上，菜单上有一道"炒合菜"，点单率颇高，做法跟炒杂碎类似，但又相去甚远。

周末的晚上7点，位于伦敦西南的"名厨"（Magic Wok）中餐外卖店，是一天中生意最忙的时刻。我推门而入，老板娘正低头跟一个中亚人长相的送餐员核对订单。这是典型的中餐外卖店的布局，空间看起来比一般土耳其烤肉店更大一些，门口摆着神位和菩萨像，悬挂中文福字的装饰，从柜台往敞开门的后厨望去，几名华人女员工正忙着准备菜品。老板娘是香港移民，来英国很多年了，她抬起头疑惑地看看我："杂碎？你要杂碎？"

"是啊，怎么菜单上没有？"我问她。

"要的话很简单，杂碎就是各种菜混在一起炒，加入各种肉，就好了。你需要吗？"

"我只是路过，顺便过来看看。也许以后吧。"我找了个借口，溜掉了。

广东人龙哥在伦敦郊外经营一家中餐馆，我风尘仆仆赶去拜访他。他迟疑了一下说："杂碎啊？就是把芽菜、胡萝卜、鸡肉混在一起，再放点古老汁（酸甜汁）一起炒。"他摇摇头说："这道菜菜谱上没有的，但如果有客人点，就做给他们。这都是老一辈做的中餐了，那些老外都懂的！"

问起杂碎的起源，龙哥也犯了难，但他马上用自己的语言体系解释说："就是误打误撞，就像中餐馆常见的前菜海苔，中餐里是没有的。香酥鸭在中餐里也是没有的，都是中国人来海外才发明的，香港人用药材把鸭子煲出，再用油炸，就成了香酥鸭，其实是北京鸭改来的。这就是创新啊！有人喜欢就好。"

我瞬间明白了，杂碎在西方的兴起，体现了中国人独有的生存智慧：随机应变，不拘一格。

龙哥的经历颇为曲折。他出生在广东江门地区，属于传统的"五邑"侨乡，很多人在美国、荷兰、加拿大生活，大家的首选都是做餐饮。龙哥年少时学了厨师，从此一技傍身闯天下，一直做到沈阳香格里拉酒店的行政总厨，一个月3万薪水。此时他认识了一个在英国开餐馆的哈尔滨人，鼓动他到英国做中餐馆。当时龙哥在国内生活无忧，在上海买了房，上海妻子给他生了两个儿子。最终龙哥决定到英国来，吸引他的主要原因就是趁着还年轻看看外面的世界，混不好再回国也没关系。

2006年，三十五岁的他来到英国，在伦敦西南二区的一家主营东北菜的中餐馆做起了厨师，他很不习惯异国的生活，一切都不熟悉，不懂英文，融入不了，感觉自己"又聋又哑又瞎"，待遇也不如中国，什么活都要做。三个月后，妻子来英国看他，看到他在厨房忙碌的身影，洗碗、倒垃圾，什么活儿都抢着干，跟之前五星酒店行政总厨的形象反差强烈，哭了。两口子决定立马回国。可这时候，他又听说，在英国待满四年就能拿到永居，可以把中国的孩子接来英国读书。夫妻俩一商量："为了孩子在英国读书，就熬四年吧！"

没想到这一待就是十六年，一直到现在。

起初的日子很难。龙哥为了排遣寂寞，一有空就往唐人街跑，看到熟悉的华人面孔，心才觉得踏实，在中餐馆点个牛腩面都觉得开心。为了多认识朋友，他到华人喜欢去的赌场闲逛，认识了一些早先的香港移民，聊天、交友、吃饭，慢慢有了自己的朋友圈。

这期间，龙哥换了不少东家，在香港人开的餐馆里，顺利拿到工签，做了四年，取得英国的永居权。后来又在伦敦的高档中餐馆做过行政总厨。2012年，他和江门老乡合伙开了这家餐馆。几年前，老乡因为税款问题退出，2018年，龙哥接手这家中餐馆，更名为幸福星中餐馆，经营至今。

最令龙哥自豪的是他的家庭。如愿拿到英国永居后，他马上把两个儿子接到英国读书，当时大儿子在上海读五年级，小儿子读一年级，来了之后完全不适应英国环境，英语不好。龙哥那会儿对伦敦也不熟，租住的房子位于伦敦东南二区的黑人区，儿子班上99%都是黑人小孩，儿子回家反映"上课听不懂，同学们都在扔纸球"。看到老二模仿嘻哈明星斜着肩膀走路，龙哥心凉了一半，他想，再这么下去孩子就完蛋了。赶紧搬家。这次搬到西南三区的一个犹太社区，学校好。毕竟，让龙哥留在英国的唯一动力就是孩子的教育。2008年，他又生了一个女儿。龙哥在餐馆辛苦打拼，看到孩子一天天成长，颇有成就感。

如今龙哥算是熬出了头，大儿子毕业于英国帝国理工学院数学系，老二在国王学院学习电脑专业，都是名校。五十岁的龙哥脸上迸发出自豪。坐在装饰典雅的包间里，他给我斟了一杯茶，感慨地说："过去以为有钱人的孩子才有资格来英国读书，现在没想到厨师的也可以了。"

这当然拜中餐业所赐。这是他的立身之本。一个厨师不光可以拿到英国永居，一个家庭的生活都发生了根本变化。

2020年，突如其来的疫情让龙哥的生意深受打击，最初关门了一个月，甚至一整年只能经营外卖而无法堂食。2021年的情况也不乐观，他估算"保本都艰难"。

从大厨转变为经营者，他对中餐有了更多的认识。刚来英国，他的心理落差很大，因为中国的餐饮业竞争激烈，出新快。他痛感英国中餐业落伍，像椒盐西蓝花、椒盐豆腐，这些在中国基本淘汰的菜式，在英国都能卖出好价钱。在中国，只有活鲜鱼顾客才会点，伦敦却只有冰冻鱼，价格也很贵。酸甜汁定义了老外对中餐口味的认知，几十年未有改变。作为一个老板，他意识到改革的成本很大，宁愿采取保守一些的姿态。

2021年，随着疫苗推出、疫情缓解，他的生意渐入正轨，他仍然对中餐业的未来充满了信心。"老外对于中餐还是认可的，不然哪有唐人街？唐人街的繁荣就是中国人辛辛苦苦打拼建起来的！"

告别了龙哥，几经寻找，在离我家不远的一家中餐外卖店的菜单里，我真找到了还在供应的杂碎。可惜他们也说不清这道菜的来历。

在这家名为东方之星的中餐外卖店里，福建老板信誓旦旦地说："杂碎，是一种泰国菜。"自从他前些年从香港老板那里接手这家中餐外卖店，一切都没有改变，连菜单也没换过，但他并不清楚杂碎的准确来历。

我看着菜单，杂碎有鸭肉杂碎、虾肉杂碎，还有猪肉杂碎，价格都差不多，还有一种特殊杂碎。"这个是什么？"

老板实话实说："就是把鸭肉、猪肉、虾肉，还有叉烧，拼在一起，跟配菜一起炒。"

于是我点了一份虾肉杂碎。老板低头去处理其余的订单，偶尔跟我闲聊几句。我环视这家顶多10余平米的小店，柜台旁边摆放着招财猫，下面是一盆绿植，两边墙上挂着福字。柜台后贴着营业执照，旁边的小门通往后厨，传出锅铲碰撞和油烟机轰鸣声。老板身后的墙上贴着八骏图，还有普通中国外卖的几样经典照片，香酥鸭、虾饺、蒸饺。就是这么不起眼的小店，养活了无数中国移民。对于中国人而言，中餐不仅是一种食物，更是一种就业技能。

一会儿的工夫，就有几拨客人过来取食物，几个女孩子叫了好几盒外卖。中餐的优势就是便宜，很受年轻人欢迎。我问老板什么菜品点单率高。

"就是炒饭、炒面、古老肉这几样，都是老外爱吃的，酸甜口的东西。"他答。

很快,我的虾肉杂碎来了。白色餐盒盖得紧紧的,用薄薄的透明塑料袋拎着,跟老板道别,我快步顶着寒气回到家里,温度尚热,迫不及待打开,原来是豆芽、胡萝卜、洋葱、白菜,再加上七八片虾肉炒制而成。尝一尝,又酸又甜,味道跟糖醋肉并无区别,显然是早就配好的酸甜汁,各种菜烩在一起,爆炒,齐活。这可能就是伦敦硕果仅存的所谓杂碎了。不免令慕名者失望。

1840 年鸦片战争之后,随着中英贸易增加,来英国的中国海员逐渐增多。这些海员大部分来自珠江三角洲地区,奠定了英国华人社区浓厚的南粤色彩。1849 年,英国废除了《航海法案》,法案曾规定,一艘英国商船上 75% 的船员必须是英国籍海员。现在,勤奋且便宜的华人海员成为船主的重要选择。一份英国人的记录写道:他们不喝酒,吃得少,受到雇主欢迎。

1866 年,霍尔特兄弟成立了蓝烟囱船务公司(Blue Funnel Line),该公司的船舶将上海和香港的港口与利物浦连接起来。在这条航线上工作的海员是中国人和欧洲人。香港的港口把珠三角讲粤语的中国人带上了船,上海的港口则把更多来自东部沿海的中国海员带上去往利物浦的轮船。利物浦第一波中国移民到达的时间正是 1866 年,全都是蓝烟囱船务公司的雇员。这就是欧洲最古老的华人社区的开端。

1851 年英国人口普查时,只有 78 名华人居住在英格兰与威尔士。1871 年有 202 名华人,而到 1891 年,有 582 名华人住在英格兰与威尔士。他们主要聚集在利物浦和伦敦的莱姆豪斯,全都是拜船运业所赐。进入 20 世纪的头十年,利物浦华人数量不过 400 多,但他们的第一代英中混血子女已经开始在当地学校读书,正在成为利物浦的一分子①。

欧洲最早的华人社区在利物浦逐渐成形。正如这座城市的人们钟爱的"炖菜"一样——一种周围有什么就放什么的杂烩,尤其加了很多非洲和亚洲的调料——利物浦包容开放。现在,中国人的"杂碎"加入进来,让这道炖菜的味道更加醇厚。

2009年我第一次来英国,专门去利物浦拜访传奇乐队披头士的足迹。当时给我的感觉,利物浦就像列侬《工人阶级英雄》中唱的,透露着失落的劳工阶级的气息。利物浦最初靠奴隶贸易起家,亦是工业革命的主要地区。19世纪初,40%的世界贸易通过利物浦的船坞。1830年世界上第一条客运铁路在利物浦和曼彻斯特之间开通,利物浦的人口得以快速增长,成为英国第二大都市。时过境迁,从1970年代中期开始,利物浦的船坞与传统制造业急剧衰落。集装箱的大规模使用让利物浦的码头过时,至1980年代,利物浦的失业率在英国的大城市中最高。走在利物浦街头,目之所及,城市刚硬沉默,冷清萧条。第一天晚上,我去唐人街吃饭,迷路了,于是向身边经过的一名英国男子问路,大概那人赶巧去附近,答应带路。利物浦人的口音受爱尔兰影响,外人很难听懂,男人的步伐很快,前方很黑,也没路灯,我有点心虚,逐渐落在后头,男人扭头发现我没跟上,还觉得诧异,用手指指前方,独自走了。远远望去,夜色中几簇灯光摇曳,那就是唐人街!我已经习惯了中国城市灯火辉煌的夜晚,谁能想到在这曾经的资本主义航运中心,周遭却陷入一片黑暗。

2021年夏天我又去了一次利物浦。跟十年前相比,这里并没有大的变化。中国人对一路快跑的高节奏变化习以为常,英国社会却

---

① 《海之龙:利物浦和她的中国海员》,中国民主法制出版社,27页。

以不变应万变，不慌不忙如雨中漫步。我又一次去了唐人街，首先经过一个小广场，广场围墙的壁画上写着"利物浦上海姐妹城"，以及"落地生根，开枝散叶"等汉字。照例是唐人街标志性的牌坊。大白天，餐馆大门紧闭，门可罗雀。疫情持续一年的缘故，很多中餐馆仍然只经营外卖。我看到一个老年华人蹲在一家餐馆门口，拿着一把小铁铲，一下一下铲掉栏杆上剥落的黑漆，准备再粉刷一遍。他只讲粤语，听不太懂普通话。傍晚时分我又回到那里，唐人街冷清依旧，只有几家餐馆开门，灯光幽暗，老人还在继续白天的工作，低着头，一下一下铲着栏杆上的油漆。暮色里，金属摩擦的声音传出很远，一切不疾不徐。

几经寻找，我终于在纳尔逊街拐角的新都城大酒楼的外墙上，找到了那块蓝色匾牌——这是英国重要历史或名人相关建筑的标记，上写：1950年至1969年，这里曾是蓝烟囱船务办公室的所在地。旁边还有两行小字，记录了蓝烟囱创始人阿尔弗雷德·霍尔特的一句话：让我的烟囱又高又蓝，照顾好我的中国水手。2013年这块蓝色牌匾揭幕，以纪念曾在利物浦留下重要印记的中国海员。

利物浦至今还保留着中国海员开拓者的足迹。我走进 Pine Mews 路的一个小区，小区中央绿顶红柱的中国式凉亭，透露了此处的中国元素。这里是当年中国海员的宿舍，有些人成家立业也住这里，后来很多人买下了房子。我遇到一位中年华人女性，她懂一些中文，很热情地跟我打招呼，告诉我，现在还有一部分住户是海员后代，一些则是后来的移民。在另一个叫 Friendship House 的公寓，里面居住过退休的中国海员，健在的已经不多了。

一战开始时，英国有 6000 名中国海员，大约 1500 人在利物浦。船员移民的传统一直延续到二战期间。《泊下的记忆》一书中写道，利物浦有一个老上海海员群体，这一群体的成员都曾做过海员，并为英国的蓝烟囱船务公司服务，一度有几千人，可以说是欧洲最大的华人团体。他们中的绝大多数人都娶了英国太太，并生儿育女。

伦敦东部的莱姆豪斯，是除了利物浦之外的另一处中国海员聚集地。我在一个中午来到这里。泰晤士河水倒映着周边的高层建筑，河面上有几只海鸥在觅食，船坞中央水域泊着许多小型船只，环境相当幽静。水域边的文字介绍说，当年码头船只云集，1865年，1500条轮船和15366条驳船同时进入这个码头，多到人们可以从一条船跳到另一条船，一直跳到对岸。至1960年代，码头逐渐废弃，如今改造成为一个现代化住宅和休闲区。一些华人喜欢居住的狗岛就在旁边。我去过几次莱姆豪斯，发现这里还有不多的几家中餐馆在经营，透露出昔日华人社区的印记。

一个有意思的现象是：很多大城市的东部往往是发展相对落后的区域，聚集了比其他地区更密集的贫困人口。莱姆豪斯正是如此。考察一下地形就会清楚，这里是泰晤士河下游，河流的下游往往在城市东部，带来了大量垃圾，成为"低端人口"的会集地。

到1890年，伦敦已经出现了两个非常不同的华人社区。第一个是来自上海的中国人，他们住在Pennyfields、Amoy Place和Poplar（现在Westferry和Poplar DLR站之间的区域）的明街。第二个包括来自广东省和其他中国南方的人，他们在吉尔街和莱姆豪斯堤道附近的莱姆豪斯定居①。

华人移民社区默默在西方生根时，杂碎并没有引起西方人的注

---

① "How Long Have Londoners Been Eating Chinese Food For?", Sejal Sukhadwala, https://londonist.com/london/how-london-got-a-taste-for-chinese-food.

意,直到和近代中国的一位大人物扯上了关系,杂碎才变得不同寻常,并且演变成中餐的代名词。

1903年,梁启超访美,他的《新大陆游记》中说:"杂碎馆自李合肥游美后始发生。"梁启超指出,1896年李鸿章访问美国之后,出现了海外最早的中餐厅"杂碎馆"。梁启超写道:"合肥在美思中国饮食,属唐人埠之酒食店进馔数次。西人问其名,华人难于具对,统名之曰杂碎,自此杂碎之名大噪。仅纽约一隅,杂碎馆三四百家。①"这是关于海外中餐业最早的中文记录。

梁启超将李鸿章视为杂碎"推广大使",他认为,杂碎在李鸿章访美之后,得到了极大普及,成为中餐业的代名词。"中国食品本美,而偶以合肥之名噪之,故举国嗜此若狂。凡杂碎馆之食单,莫不大书'李鸿章杂碎''李鸿章面''李鸿章饭'等名。并称论李鸿章的功德'当惟此为最矣'。"②

李鸿章1896年访美时,中餐馆已经在美国存在了差不多半个世纪。但是在民间,却逐渐演变成另一种说辞,称海外中餐馆的出现,源于李鸿章出访欧美时带到海外的一道菜,被首次介绍给西方食客,更美其名曰"李鸿章杂碎"。

安德鲁·科伊在《来份杂碎》中,描述了李鸿章1896年8月访问美国的盛况:欢呼雀跃的美国人在街上拥挤,希望见一见这位重要的中国访客和他著名的黄马褂。孩子们用黄色的彩带装饰自行车,以引起大使的注意。美国报纸事无巨细记录报道李鸿章的行程,令后人对那段历史增添了可靠记忆。《纽约新闻报》(*New York Journal*)在李鸿章下榻的华尔道夫饭店安插了记者,记录随李鸿章一同从中国来的四名厨师的一举一动,一名速写师还画下了他们工作的模样,

---

①②《新大陆游记》,商务印书馆,71页。

画出他们的厨房工具，甚至把餐点端到餐厅的漆盘也一丝不苟地描绘了出来。

《纽约新闻报》星期日特刊上首次出现了炒杂碎这一叫法。这篇报道的标题叫"鸡肉大厨在华尔道夫饭店为李鸿章做的奇特菜肴"，文章写道：

> 把等量的芹菜切丁。将一些干香菇与生姜清洗后泡水。以花生油将鸡丁炒到快要全熟时，加入其他材料以及微量的水。大家最喜欢添加到这道菜的是切碎的猪肉和墨鱼干的切片，还有在潮湿的地上放到发芽的米（豆芽），芽约两寸长，又嫩又好吃。炒杂碎时，应该加入一些酱油和花生油，让口感更加滑顺。大快朵颐吧！吃了就会与李鸿章一样长寿喔！

从这篇报道中可见，炒杂碎就是中餐常见的炒菜做法，芹菜炒鸡肉，或者豆芽炒猪肉，属于中国人饭桌上常见的荤素搭配类型。

《纽约时报》的记者写到了李鸿章在赴宴时的举止：一开始上法国菜，浅尝辄止，当一名仆人端上中国菜之后，他才大快朵颐起来。"有三样菜。第一样是煮鸡肉，鸡肉切成小方块状。第二样是一碗米饭。第三样是一碗蔬菜汤。"

《华盛顿邮报》也对神秘的李大人的吃相情有独钟，做了如下报道："用餐时，面前的佳肴他只吃了几口，葡萄酒更是滴酒不沾。东道主注意到这一点。片刻过后，杂碎和筷子摆到他面前，他才津津有味地吃了起来。"

从这些报道中可见，美国记者把李鸿章吃过的菜赋予杂碎之名，极有可能是李鸿章登陆美国之前，杂碎已在美国社会出现，美国人并不识得杂碎之外的其他菜肴，因而但凡遇见类似的烹饪手法，皆冠以杂碎之名[①]。

而中国研究者周松芳认为，李鸿章访美，并没有在纽约吃过杂碎。因为1896年9月1日李鸿章访问纽约当天手指被车门夹伤，闭门谢客。周松芳并认为，这是中餐馆从业人员的凭空编排，动机是利用李鸿章访美试图向公众推销中餐馆。那些被李鸿章的名字吸引去品尝杂碎的美国人，立即忘掉了华人的是非[②]。

这堪称中餐史上最早的一次成功营销，李大人拒绝东道主提供的精美食品和红酒，只吃了他私人厨师特制的餐点，或许只是口味习惯，无形中却令美国人对中式烹饪产生了好奇。餐厅老板开始用李鸿章的名字来激发人们对中国菜的兴趣。传媒使用相同的策略来出售更多报纸。《纽约星期日报》利用李鸿章的受欢迎程度在广告海报中宣称："李鸿章从不错过《星期日报》。您认为杂碎背后的真实故事是什么？"

对李鸿章的介绍，带动了美国人第一次开始大量访问中国餐馆，杂碎风潮席卷了纽约和旧金山等大城市。又过去十年，梁启超访美，他品尝了炒杂碎后显然并不满意，写道："然其所为杂碎者，烹饪殊劣，中国人从无就食者"。但想到这道菜竟然成功征服了西方人的胃口，惊讶之余，梁启超也相信杂碎馆的起源跟李鸿章的推广不无关系。

李鸿章访问英国在先，1896年8月出访美国在后。所以还流传着"李鸿章杂碎"的英国版本。一个中文网站绘声绘色描述了李鸿章为了解决吃饭问题而创作"杂碎"的过程：

> 李鸿章天天吃国外的东西比如牛排沙拉什么也不习惯啊，

---

① 风传媒报道。
② 《饮食西游记》，三联书店，13页，14页。

那些玩意也不好吃，不可口。日子一长有点想家乡的菜了，在外国让人家给自己做家乡菜也不太好意思说，他就自己想了个办法，动手做了起来。没有那么神秘，其实就是把那些外国的食物用家里的烹饪法，把那些蔬菜和咖喱或者其他的调味料炖在一起，那个味道香的啊，把那些英国人都弄得流哈喇子了，他们问李鸿章这是啥菜啊？李鸿章临时就随便想了个名"杂碎"，大家一尝，特别美味，因此名菜"李鸿章杂碎"就诞生了。

抛开李鸿章杂碎的美国版和英国版之争不提，实际上，早于李鸿章出访英国前十二年，比杂碎更正宗的中餐就在英国人眼前亮相了。

1884年，伦敦在南肯辛顿举行国际健康展览会，为期半年。主办方完整克隆了一间包含餐厅和茶室的中餐馆，取名"紫气轩"①，还从北京和广州聘请了9名中国厨师准备食物，主厨却是一个在北京工作了十五年的法国大厨，目的是营造中餐和法餐同属高等餐饮的效果。展览很受欢迎，5月8日至10月30日期间，有400万人次参观，成千上万伦敦人第一次品尝到中国菜的味道。

亚历克斯·约翰逊（Alex Johnson）的著作《创造历史的菜单》，记录了展会上出现的第一张中文餐单的内容：

> 头盘是八大碗，包括：燕窝、鱼翅、海参、熊掌、虎筋、鲂、炖鹿、蘑菇等八种山珍海味；第二轮是八小碗：鸽子蛋、蟹黄、莲子、白松露、虾酱、鸭头血、野鸡、芥菜叶小吃；第

---

① 《饮食西游记》，三联书店，60页。

三轮则是蛋白质和油脂系列,包含烤鸡、烤鸭、烤乳猪、烤鹅或烤羊肉;最后是餐后点心,包括:蒸松糕和春菜卷。

官方指南对中餐厅介绍说:"餐厅的入场费,包括晚餐的费用,大概六七便士……其中有著名的燕窝汤,还有白鲨翅,晚餐包括'绍兴'酒,它是温热的,还有贡茶。"

"按照中国人的理论,一个人去餐馆应该感到开朗、善于交际、快乐;另一方面,他去茶室反思,或沉迷于冷静而认真的谈话。因此,两个房间的装饰反映了这些想法。饭厅很欢快,充满了光彩,而茶室则比较阴暗。"

促成第一家中餐馆亮相英国的人大有来头:赫德爵士(Sir Robert Hart,1835年2月20日—1911年9月20日),字鹭宾,系英国外交官出身,后期成为清朝政府官员。赫德生于北爱尔兰,学业出众,1853年毕业于贝尔法斯特女王大学。1854年十九岁时来到中国,他先在中国领事服务处担任翻译,之后调往广州,担任管理该市的军队专员的秘书,后来担任当地海关副税务司。1863年他被清政府任命为总税务司,任职近半个世纪。

赫德的主要职责是为中国政府收取关税,同时负责将新式海关制度推广到帝国各处的海河港口及内陆关口,将海关的运作制度化。在任内,赫德创建了税收、统计、浚港、检疫等一整套严格的海关管理制度,新建沿海港口的灯塔、气象站,还创建了中国的现代邮政系统。他为清政府开辟了一个稳定有保障并逐渐增长的税收来源。更为不易的是,晚清贪腐严重,从1861年到1908年,赫德治下的海关近乎杜绝了腐败,成为当时中国政府的唯一一块净土,甚至被认为是"世界行政管理史上的奇迹之一"。综合起来看,赫德的几项管理制度是相互关联的:高薪激励机制,让关员们"不想贪";先进的会计制度和审计监督制度,让关员们"不能贪";严明惩戒制度,让关员们"不敢贪"。这三者互为补充,不可分离①。

1862年同治元年,在赫德与恭亲王的倡议下,中国第一所新式学校——京师同文馆成立,并在广州设立分部。同文馆旨在培养中国未来的外交及其他人才,学生学习外语、外国文化以及科学,经费来自海关税收,负责人也由总税务司推荐。同文馆后来并入京师大学堂,也就是今天的北京大学。

赫德对中国文化理解深刻,受到中国政府的重视,他所著的《中国问题论集》中写道:

> 中国人是一个有才智、有教养的种族,冷静、勤劳,有自己的文明,无论语言、思想和感情各方面都是中国式的。
>
> 这个种族,在经过数千年唯我独尊与闭关自守之后,已经迫于形势和外来者的巨大优势,同世界其余各国发生了条约关系,但是他们认为那是一种耻辱,他们知道从这种关系中得不到好处,所以正在指望有朝一日自己能够十足地强大起来,重新恢复昔日的生活,排除同外国的交往、一切外来的干涉和入侵,这个民族已经酣睡了很久,但现在他已经苏醒,他的每一个成员身上都激荡着一种情感,中国是中国人的,把外国人赶出去!
>
> 中国将会有很长时期的挣扎,还会做错很多的事情和遭受极大的灾难,但或迟或早,这个国家将会以健康的、强大的、经验老到的姿态呈现于世界②。

---

① 《晚清的中国海关为何是一个著名的廉洁机构》,http://culture.taiwan.cn/lawhsx/201611/t20161117_11626580.htm。
② 《这些从秦国来:中国问题论集》,天津古籍出版社。

罗伯特·赫德被认为是19世纪中国与西方外交关系史上的关键人物，他通过领导海关在中国的经济发展中发挥了重要作用。《赫德的情人》作者赵柏田认为，赫德曾让古老中国站在现代化的门槛上。

英国伦敦大学皇家霍洛威学院的蔡维屏博士（Dr Weipin Tsai）认为，更多的历史学家和对中国现代史感兴趣的人开始看到赫德对中国的贡献，而不仅仅将他视为外国恶魔[①]。

李鸿章和赫德，某种角度上有一定的共性。李鸿章比赫德大十二岁，1823年生于合肥，二十四岁通过科举进入官场，在镇压太平天国运动中成就了他的事业，到1860年代，他作为清朝最高官员之一被安置在北京。那会儿，赫德正在广州工作。中国的大门已经被迫打开，李鸿章开始和那些瓜分中国的西方列强打交道，他钦佩西方先进的科学、技术和军事成就，积极参与了19世纪下半叶席卷中国的"洋务运动"。在这个过程中，他亲自监督了现代军队的创建，建造了新的工厂和铁路，甚至还派出了第一批中国青年出国留学。

从积极的角度来看，李鸿章跟赫德都被认为是希冀改善国力使中国现代化的人物。从美食角度来看，他们也有过一次令人嗟叹的交集。1884年赫德把"紫气轩"餐厅带到伦敦，对于中餐在英国的推广点了第一把火。伦敦的小报嘲笑这些异域风情的中国食物，但它在公众中引起了巨大轰动，让中餐第一次被英国社会认识。当然这只是昙花一现。真正普遍被西方人接触到的，还是正在悄然兴起的李鸿章杂碎。那间搭建在肯辛顿的超现实的中餐馆和李鸿章杂碎在历史的长河中发生了一次奇妙的时空碰撞，然后烟消云散。

[①] "Customs man helped modernise China," Robert Hart, https://www.bbc.co.uk/news/uk-northern-ireland-45955262.

1896年3月28日到10月3日，历时半年多，李鸿章经过四大洲横渡三大洋，水路行程9万多里，到访俄国、德国、荷兰、比利时、法国、英国、美国、加拿大等八个国家，都是当时主宰世界秩序的列强。他的旅行引起了媒体的轰动，世界各地的报纸都对"东方俾斯麦"进行了报道。从英国官员到德国的俾斯麦本人，都对他的外交战略留下了深刻印象。一个意想不到的副产物是，杂碎也因为李鸿章的出访而大放异彩，永留青史。

　　李鸿章为什么选择在1896年的春天，远渡重洋出访欧美列强？彼时，《排华法案》刚刚公布，再往前，北洋水师败给日本，令国家受辱，声望大损。这实在是无奈之举。李鸿章代表了一个走向衰败的没落帝国，万邦来朝的想象幻灭，一个疲惫的老人周游世界，对于崭新的世界秩序充满了仰视和敬畏。他的团队耗费巨资购买了打字机、肥皂、牛肉提取物等西洋杂货——作为交换，将杂碎引入西方人的餐桌。

　　那趟引起轰动的"杂碎外交"后，1900年10月11日，李鸿章回到北京，开始了他一生中最后也是最艰巨的一轮外交谈判。经过近一年的拉锯战，他于次年9月签署了《辛丑条约》，做出了前所未有的让步，包括向十一个国家的巨额赔款，被认为是中国近代史上赔款数目最大、主权丧失最严重的条约。仅仅两个月后，他就去世了。

　　后来李鸿章成了中国被殖民和溃败的替罪羊，他的公众形象越来越单向。1958年，李鸿章的出生地合肥的一个公社特意拆毁了他的坟墓，为工厂让路。墓的建构牢固非凡，外壳是钢筋水泥浇成，掘墓者始采用炸药，无济于事，后来在几十步外挖地道，测定尺寸位置，由墓中心棺材底部挖上去，才将坟墓打开。

　　随着改革开放的到来，中国的历史学家和社会学家开始重新审视李鸿章在中国的遗产。李鸿章的名声开始得到修复,人们开始谈论他作为改革者和政治家的工作。李鸿章在老家合肥的故居被翻修成纪念馆,他的墓地也得到了重建。

无论李鸿章对西方的文明、科学、技术和军事力量多么感兴趣,他仍是一个忠于君主的典型的士大夫。他与西方建立关系的主要动机是为中国争取更多时间来增强实力。但19世纪后期撕裂中国的国内外压力太大,无论意图多好,他都无法解决。从这个意义上说,他的人生是一场悲剧。就像梁启超说的那样,李鸿章是时代所定义的英雄,而不是一个定义时代的英雄[①]。

李鸿章的出访被西方社会视为揭开古老神秘的中国面纱的一个契机,但是当西方人借助报纸目睹一个龙钟老人小心翼翼地夹着筷子品尝杂碎的画面,未免会窃笑,乃至失望倍增,中国不是那个强大的中央帝国,而是一个落后生产力的代表,在西方工业革命突飞猛进的对比之下,这幅画面被定格在一个落后语境之中,影响了西方文化和西方社会对于中国人及中国文化的判断。

《费城问询报》上的新闻尖锐指出,关于李鸿章杂碎的故事,说明"杂碎的起源就是一个天大的东方笑话"。即使到了今天,这道菜仍被人描述为"一种饮食文化对另一种饮食文化最大的嘲讽"[②]。

不管怎么说,杂碎之名为西方社会所熟知,演变成中国菜的象征,影响深远。到1898年出版的《纽约的唐人街》一书中,杂碎馆的形象高大起来。1903年,纽约出现了100多家杂碎馆[③]。

诺贝尔文学奖得主辛克莱·刘易斯1914年的小说《我们的沃伦

[①] "Li Hongzhang and China's Terrible, No Good, Very Bad Year," https://www.sixthtone.com/news/1006870/li-hongzhang-and-chinas-terrible%2C-no-good%2C-very-bad-year.
[②]《来份杂碎:中餐在美国的文化史》,安德鲁·科伊,北京时代华文书局。
[③]《饮食西游记》,三联书店,15页。

先生》和1922年的小说《巴比特》，就提到了美国中式餐馆的杂碎。1929年，画家爱德华·霍珀完成了《杂碎》一画：两个女性安静地共进午餐，旁边霓虹灯招牌上的Chop Suey字样十分醒目。说明在20世纪初期，以杂碎为代表的中餐，进入西方人的日常生活。

第二章 从"黄潮"到"黄祸"

海外中餐业兴起的背后，是华人劳动力的聚集和增长。哥伦比亚大学历史学教授艾明如在《华人问题——淘金热与国际政治》中说，早期华人社区面临着边缘化、暴力和被自诩为"白人国家"的排挤。所谓"华人问题"归结起来就是：华人对白人和英美国家构成种族威胁吗？华人应该被禁止进入这些国家吗？[①]

早在 1890 年，在描写美国贫民的著作《另一半人如何生活》(*How the Other Half Lives*) 中，作者雅各布·A. 里斯曾断言：华人和欧洲移民不同，每个华人都将是"我们中无家可归的陌生人"。里斯的观点是：华人"在任何意义上都不是人口中令人满意的组成部分"，"他们在这里没有任何用处"——透露出赤裸裸的种族偏见。

跟同一时期在西方世界发生的情形一样，华人社区的巩固在英国白人社会引起了猜忌和抵制。

进入 20 世纪的头十年，是英国华人社区快速发展的十年。1906年，《利物浦信使报》的一篇文章说利物浦当时有超过 3 万中国人，然而利物浦警察局长说只有 100 个永久华人居民，300 个临时华人居民。但是媒体配合反华者，叫嚣来了成千上万的华人，渲染华人污秽败坏，不光抢走了英国人的工作，还抢走了白种女人[②]。

这些华人能有什么威胁呢？他们无非是一些厌倦了漂泊的海员。除了一部分人有技术专长，大部分人只是被视作苦力。早期华工大多孤身一人闯世界，很少有中国女性同行，许多定居下来的中国海员和同为劳工阶层的白人女性结婚，其中又以爱尔兰女性居多。那时，贫穷的爱尔兰人也受到广泛歧视，华人和爱尔兰人同是天涯沦落人。

很多中国海员在就业市场上受到排斥，只能在洗衣业驻足。因为当时洗衣业以女性为主，不需要懂英语，技能相对简单，华人男性进入洗衣业的阻力小一些。随着华人洗衣店的增多，普遍受到来自本地人及工会越来越强的敌意。一些价格低廉的华人洗衣店遭到本地人攻击。在众多极端个案中，1911年卡迪夫全市30家华人洗衣店一夜间被摧毁③。同一时间，类似的暴力事件发生在美国及世界其他地方。

现在中国海员们决定发挥一项特殊技能：中餐。看起来不会和当地人争夺就业市场，还能通过美食加强彼此的了解。从简陋的海员食堂"破圈"走入餐饮市场，真正意义上的中餐馆开始在英国粉墨登场了。

唐人街风水轮流转，城头变幻大王旗。在四散飘逸的香气中，英国第一家中餐馆早已湮没在历史尘烟中。围绕谁才是英国第一家中餐馆的记述，出现了一个有交叉路径的秘密花园，众说纷纭。

巴克莱·普莱斯在《不列颠的中国人》（*The Chinese in Britain: A History of Visitors and Settlers*）一书说，1906年，伦敦出现了第一家以非华人为顾客的中餐馆。但他没有提供详细名字。

英国明爱学院曾经发起《华人职业传承》调查，该报告的"餐饮业"一节作者罗莎（Rosa Kurowska）写道：1908年，第一家官

---

① 《书评：一场排挤、禁止华人移民的全球运动》，黄运特，《纽约时报》，2021年8月25日。
② 《海之龙：利物浦和她的中国海员》，中国民主法制出版社，29页。
③ 《英国华人遗产研究之餐饮》，https://www.britishchineseheritagecentre.org.uk/zh_cn/ph/library/articles/catering/4qr3i4d878g59pq3sege6eskb2.htm。

方记载的中国餐馆在伦敦皮卡迪利的格拉斯屋街 4-6 号开张,并巧妙地命名为"中国餐厅"(The Cathay)。

伦敦大都会档案馆的一张老照片的说明则这样记述:1908 年,伦敦苏活区出现了一家名为马克西姆(Maxim's)的中餐馆。由 Chung Koon 开设。"被认为是在英国开设的第一家主流中餐厅"。

1932 年的《昆士兰人报》的一篇文章写道:皮卡迪利广场的中国餐厅即使不是第一家,也是在他们附近最早开业的一家。由 Chang Choy 先生于 1909 年创办,至今已持续二十二年。它位于伦敦最中心的位置,由格拉斯屋街 4 号的楼层组成。每层都采用中国风格装饰,其中中国灯笼占主导地位。食物很棒,就像每家中餐馆一样,如果一个人知道点什么,就不会失望[①]。

这些历史记述缺乏中文信息,内容又很接近。通过分析这些表述不一的信息,我得出如下判断:第一家中餐馆开张的年份,是 1906 年或 1908 年抑或 1909 年的其中一个年份;位于皮卡迪利的中国餐厅和位于苏活的马克西姆餐厅,公认是最早开业的两家中餐馆,但不确定究竟谁是第一家;Chung Koon 或 Chang Choy,很可能是同一人名的不同译法。如是,则两家中餐厅皆为同一人拥有。

伦敦大都会博物馆的信息相对权威,称 1908 年开业的马克西姆是第一家主流中餐厅,考虑到其使用了限定语"被认为",也就是说官方并不确定。换句话说,马克西姆主要为"主流"白人社会认可,意味着这家中餐馆或许还供应西式餐点,并不局限于中餐。另外,有可能马克西姆是第一家在英国正式注册的中餐馆,所以能够被英国档案记录下来。

按照照片上的信息和位置,我找到马克西姆的旧址,位于唐人街

---

① "London's Chinese Restaurant Scene in the 1930s," http://www.chinarhyming.com/2012/12/28/londons-chinese-restaurant-scene-in-the-1930s-one-of-three-posts/.

沃德街和爵禄街的交会处，如今这个位置已经成了一家百家乐赌场。

英国的历史资料称，马克西姆中餐馆的老板 Chung Koon，据信生于 1872 年，卒于 1928 年，年轻时曾在往来中英的航船上担任厨师，退役后定居英国并娶了本地人。在马克西姆餐馆取得成功后，Chung Koon 很快又在皮卡迪利的格拉斯屋街上开设了另一家名为中国餐厅的中餐馆。

信息在这里产生了交集。Cathay 最早就是英语世界对中国人的称呼。显然，这就是被认为早于马克西姆开业的位于格拉斯屋街的"中国餐厅"的英语名字。进一步佐证了两个餐厅都是由 Chung Koon 一人开设的。

华人社区的信息普遍指向：格拉斯屋街 4-6 号开张的中国餐馆才是第一家，时间也在 1908 年，跟马克西姆是同一年。问题来了，老板 Chung Koon 究竟先开了哪家餐厅？

我也寻访到格拉斯屋街 4-6 号，现在这里是一家正在装修的商城，周围被安全网罩着，看不出什么历史遗痕。英国人做工慢，好几年了还是不知庐山真面目。查看地理位置，它和马克西姆中餐馆的直线距离不会超过 500 米。

继续爬梳资料，发现英国华人美食作家罗孝建回忆 1920 年代在英国的生活时说，周末妈妈会带他和哥哥去探花楼喝英式下午茶，并且说，这是欧洲最早的一家中餐馆。后来探花楼改叫中国餐厅[①]。

我如获至宝，大有剥茧抽丝破案的快感。罗孝建是国民政府时期驻英国的外交官，后来经营中餐学校和中餐馆，在英国有很大知名度，他的回忆可信度很高。他的记录表明，探花楼是英国第一家中餐馆，其后更名为中国餐厅。

---

① *The Feast of My Life*，罗孝建，17 页。

可以这样理解：Chung Koon 先开了探花楼。探花楼这个名字只是流传在华人社区，不被白人社会熟悉，直到 Chung Koon 开了马克西姆之后，将探花楼再以英文命名为 The Cathay（中国餐厅），才被英国主流社会了解，所以被误认为是开设在马克西姆之后。

我检索到更多的信息，佐证了这种推断：

周松芳在《岭南饕餮》中记录，祁怀高在讲述中国驻英大使郑天锡的文章中，引用台湾《传记文学》载文回忆：当时，伦敦西区最热闹繁华的中心有一家探花楼饭店，这是侨胞在当地开设的第一家中国饭店。

2019 年 6 月，英国华人《基督教号角报》的专题"在英华人简史与华人社区的形成"写道，张权是蓝烟囱船务公司的船上厨师，最初开设小餐食肆，获利后与兄弟一起于伦敦皮卡迪利开设探花楼，经营八十多年后，于 1990 年底结业。而第一间注册的华人餐馆可追溯至 1908 年，到了 1951 年也不过只有 36 间。

——这条信息比较全面。这个"张权"，应该就是先后开了探花楼和马克西姆的老板，英国人根据其发音记录为 Chung Koon，张权是广东人，粤语发音近似于 chung koon。

作为开了英国中餐业先河的华人，Chung Koon 并不广为人知。周松芳是研究岭南美食的一名历史作家，在他的著作《饮食西游记》中，对于 Chung Koon 这个人物提供了很多资料，比如：

> 1933 年邹韬奋访英，在一篇游记中写道，东伦敦华侨中有一位名叫张朝的，在伦敦开了三十年的菜馆，现在算是东伦敦华侨的"那摩温"的领袖。[1]

---

[1]《饮食西游记》，三联书店，67 页。

黄鸿钊和潘兴明所著的《英国简史》则提到："伦敦城最早的华人饮食店在1886年就开业，业主是当年曾受雇于英国蓝烟囱船务公司的两名厨师张权、张寿兄弟。他们开的三家餐馆名为状元楼、杏花楼、探花楼①。"

——"张朝"和"张权"应该是同一人的同一名字，都接近粤语发音 chung koon，只是被不同人错记了。

黄鸿钊等人的记录还把张权兄弟经营餐馆的时间从1908年提前到了1886年。再看《基督教号角报》的专题报道，则有了呼应："张权最初开设小餐食肆，获利后与兄弟一起于伦敦皮卡迪利开设探花楼"。由此可知，在探花楼开业前，张权已经开过一些类似水手食堂、小吃部的营生，时间可能早至1886年，积累了经验和资金之后，才一鸣惊人，陆续拥有了探花楼和马克西姆，前者面向华人食客，后者主打西人生意。

通过当时欧洲华人社区的一些记录文字，进一步说明张氏兄弟的生意在当时十分出名。这里出现了法国中餐馆"巴黎万花楼"。《青年梁宗岱》一文称，巴黎万花楼于1919年出现，东主张楠（南），弟弟张材在伦敦经营大饭店。周松华据此认为，巴黎万花楼和伦敦探花楼关系密切②。

张材，应该就是之前的"张权"或"张朝"。张南或者张楠，显然就是哥哥（此前亦被称为"张寿"）。应该都是时人听音记名之歧误。通过比对各种资料，我倾向于认为：哥哥张南在法国开万花楼，弟弟张材在伦敦开探花楼。

周松芳引述佚名的《万花楼》认为，巴黎万花楼和英国中餐馆的标杆探花楼，都是一家人所开。万花楼经理张南，原籍广东宝安，

---

① 《饮食西游记》，三联书店，175页。
② 《饮食西游记》，三联书店，126页。

"二十年前被英轮船雇佣为水手,为水手做饭,携其弟张才(材)至英京,开一中国餐馆,规模甚小,今伦敦只探花楼、翠花楼,皆张氏兄弟手创"[1]。

张氏兄弟虽然水手出身,但是有了积蓄之后,投身餐饮,也关注中国形势。据说张南在法国侨界十分活跃。弟弟也不遑多让。1921年8月16日,留英学生与华侨在伦敦探花楼中国饭店召开留英工商学联合国民大会,提出了呼吁太平洋诸国尊重中国主权,撤销在华特权与不平等条约的宣言[2]。

张氏兄弟的命运也是一波三折。

周松芳引用《青年梁宗岱》记录说,1927年,张南把万花楼生意转售给湖南人姜浚寰,姜据说是一战华工出身。好好的餐厅为什么转让?《东省经济月刊》文章约略提及,南自入狱,弟(张材)才闻耗,从伦敦赶至,往探,狱吏不许入[3]。

原来,张南在巴黎遭遇了官司。万花楼关张了。关张的理由则讳莫如深。佚名所作《万花楼》称:"闻南犯两重刑事罪,在检查期中,不得与人接见,才顿足大哭而罢。[4]"

灾祸接踵而至,两年后,张材在伦敦开的另一家杏花楼也遭遇变故。郭子雄(华五)说,1929年冬季,听说杏花楼老板被人告发贩卖鸦片烟及其他不正当营业,警察厅强迫他关门,单是房金一项损失便有18000英镑,云云[5]。

张材的遭遇甚至引发了中国政府的介入。当时不仅震动侨界,连国民党中央侨委都甚是关切,向英方去函"旅英侨商张才(材),

---

[1][5]《饮食西游记》,三联书店,68页。
[2]《饮食西游记》,三联书店,62页。
[3]《岭南饮食文化》,香港开明书店,234页。
[4]《饮食西游记》,三联书店,146页。

被英内务部无理封闭所开杏花楼,并限日出境"交涉,最终,英国政府撤销递解回国命令,准其自由离英。落款日期,民国十九年(1930年)一月二十日[①]。

兄弟两人的酒店在两年内接连遭遇挫折,是否真如传言,在经营酒店的同时,也在从事一些灰色生意?今人不得而知,只留下很多想象空间。

好在探花楼依然矗立伦敦。郭子雄说,探花楼很成功,下层跳舞,上层给学生们吃饭,由于杏花楼的关张,探花楼风头更盛,一时成为社交中心。中国明星胡蝶来英国也在这里与公众见面。后来老板又在华都街开了新探花楼,可见生意越做越大,甚至影响力有超越老探花楼的趋势[②]。

这些早期的中餐馆是什么样子?经营什么中餐?大厨谭荣辉认为:"它们很朴素和实用,因为业主很穷。它们供应杂碎,一些咖喱菜,甚至薯条。"毫无疑问,最初的中餐馆仍然是借助"杂碎"之名造势的,并随之推出了一批经过改良的适应英国人口味的"假中餐"。马克西姆餐馆最受欢迎的菜是叫做 Jarjow 的糖醋汁猪肉。至今这道菜仍被英国人视为正宗的中餐代表,但是在中国却不为人知(口味和制作并不同于锅包肉或糖醋里脊)。马克西姆等中餐馆的出现,预示着华人社区的商业扩张,这些中餐馆将开启中餐业的星辰大海时代。

张氏兄弟在欧洲的影响始于 1920 年代英伦的餐饮业,至 1965 年欧洲张氏宗亲福利会成立,经半个多世纪开花结果。但是张材本人的故事不为人知。很难找到更多张材个人后来的故事,遭遇变故打击之后,他去了哪里?人生归宿如何?

[①]《饮食西游记》,三联书店,69页。
[②]《饮食西游记》,三联书店,70页,71页。

我检索到一张拍摄于那个时期的莱姆豪斯的黑白照片：某个街头，几名中国人西装革履，穿戴整齐，但又似乎无所事事。他们扎堆站在临街的店铺门口，或窃窃私语，或百无聊赖。无一例外，眼神朴实清澈，对异乡生活充满了兴奋与好奇。张材应该和照片上的那些华人一样，厌倦了海上的漂泊，在异国安顿下来，用中国烹饪术安抚思乡的灵魂，从而掀起了一股改变了华人社区命运的商业"黄潮"。

4月的一天，我去接女儿放学，路过一座挂着蓝色圆牌的房子，这意味着某个英国名人曾经居住此处。走近仔细一瞧，竟然是和中国非常有渊源的傅满洲系列的作者萨克斯·罗默（Sax Rohmer）的旧居。

1911年，莱姆豪斯开始被称为唐人街。这一年人口统计，有1319名华人在英国定居，还有4595名中国船员在商船服役。中餐业此后逐渐成为华人的主要谋生职业。马克西姆中餐馆开业两年后，1912年1月1日，中华民国宣告成立。1913年的《泰晤士报》称，在东伦敦有30家中餐馆。1914年英国国籍法修改，使得外国人更容易定居，华人家庭纷至沓来。这些因素都刺激了中餐馆的发展。1912年至1920年为华侨留英最发达时期，当时人数约10000左右，许多中餐馆开了起来①。

中国移民在20世纪初的成长给英国本地人带来了极大焦虑，媒体积极投身到一场种族阴谋论中。萨克斯·罗默在其中推波助澜"功不可没"。

其中又有一段插曲。比莉·卡尔顿（Billie Carleton）是一战期

---

① 《饮食西游记》，三联书店，65页。

间英国音乐剧的演员。她十五岁开始职业舞台生涯,十八岁时在伦敦西区扮演角色。她出演了热门音乐剧《男孩》(1917年),并于1918年在《海洋自由》中担任主角。二十二岁时,她被发现死亡,显然是吸毒过量。

经过调查发现,卡尔顿从一个名叫艾达(Ada Song Ping You)的苏格兰女人那里学会了食用鸦片,后者的丈夫是个中国男人。卡尔顿死后,苏格兰女人因吸食鸦片并将其供应给卡尔顿而被判入狱五个月。

卡尔顿的死因疑点重重,作者马雷克·科恩(Marek Kohn)认为,卡尔顿并非死于鸦片,而是死于用于治疗鸦片宿醉的合法镇静剂。但是,一名美丽的白人女孩因吸毒过量死亡,再加上一名中国男子的参与,造成了20世纪第一起重大毒品丑闻。

新闻界掀起了一股不寻常的狂热,晚报尖叫道"被黄种人催眠的白人女孩",并补充说,"每个英国人和英国女人都有义务了解年轻白人女孩堕落的真相"。

《画报新闻》(The Pictorial News)刊登了一系列关于伦敦东区、莱姆豪斯以及他们所描述的正在蔓延的"黄祸"的文章。小说家甚至电影制作人都津津乐道并夸大唐人区的危险和不道德行为,争相搭上这股丑化华人和唐人街的潮流之船。莱姆豪斯被描述成肮脏、奇怪、邪恶、神秘、残忍,声名狼藉。尽管莱姆豪斯的华人社区是个安静守法的社区,但却从此臭名远扬。

托马斯·伯克(Thomas Burke)写了一些关于莱姆豪斯唐人街的"肮脏和病态"的短篇小说和报纸文章。他的一个故事"中国佬和孩子",来自一个名为莱姆豪斯之夜的系列,被种族主义者格里菲斯制作成一部成功的电影,名为《残花泪》(Broken Blossoms),由莉莲·吉许主演。

旅行作家和记者莫顿（H.V. Morton）在1926年的《伦敦之夜》一书中这样描述莱姆豪斯："莱姆豪斯的肮脏是东方那种奇怪的肮脏，似乎隐藏着邪恶的光彩。在那些封闭的房屋狭窄的街道上，有一种不为人知的气息，每一个似乎都在拥抱自己可怕的小秘密……你可能打开一扇肮脏的门，发现自己置身于一个甜美的宫殿，那里有奇怪的东西发生在烟雾中……寂静笼罩着你，几乎让你相信，在它的背后，是一直处于发现边缘的东西；某种邪恶或美丽的神秘，或恐怖和残酷的神秘。"

最残酷的投机者毫无疑问就是前记者萨克斯·罗默，他利用自己对莱姆豪斯的可疑知识撰写了令人难以置信的傅满洲系列小说，并大获成功。故事讲述了一个堕落的中国人，他的邪恶帝国建立在莱姆豪斯的贫民窟里。

罗默写道："想象一个人，高大、瘦削、如猫科动物、高耸的肩膀、像莎士比亚一样的眉毛和像撒旦一样的脸"，"一个剃得很干净的额头，以及猫绿色的长长的充满磁性的眼睛。将整个东方种族的所有残酷狡猾投入到身上"——傅满洲这幅如夜行妖魅般的经典肖像，其中不乏李鸿章品尝杂碎的身影，落后和邪恶交织于一体，成为西方人对中国人的刻板印象的来源。

1913年《傅满洲的谜团》一书首次出版，并通过戏剧、电影和广播广为人知，成为当年英国中产阶级的热门话题。傅满洲瘦高、留着长胡须，精通各种西方知识，狡诈凶残，经常在唐人街策划组织针对自由世界的攻击。这本小说点燃了针对华人的种族偏见。

傅满洲是西方人对"黄祸"恐惧的代表，集中代表了西方社会对于华人数量剧增的担忧。"黄祸"一词发端于成吉思汗大军对欧洲的扫荡，后来转化为对整体黄种人群的普遍忧虑。当黄种人群呈现了数量上的优势，这种忧虑就转化为整体的恐惧。

20世纪初,导游们带游客到唐人街组织快闪参观,把唐人街形容为鸦片馆、窑子、赌场汇集的罪恶之地,令其恶名远播。这种令人不快的刻板印象长期存在于西方影视作品和出版物中,这样的流行文化一直传播到近代,深刻地影响了舆论和大众的观感。

在一种刻板描述中,中餐也成了神秘的异域风情。最早的中餐样式,从器具到烹饪、从食材到加工,绝然不同于西式餐饮,令传统的英国社会惊叹不已。西方社会一直没有改变将中国人及中国文化(包括中餐)视为"他者"的观察视角,隐隐地视中餐——东方文化——为一种具有邪淫性质的美食,就像诱惑白雪公主的红苹果,美味但是堕落,更多地代表了一种腐朽落后的文化形态和生活方式,塑造并且定格了中国人东亚病夫的形象。

对于海外华人来说,中餐业愈加成为身份的认同,它最初只是一种生活方式,逐渐在海外衍生成为职业技能,现在则加入了身份的自我认知。从来没有一种餐饮像中餐般烙上了如此复杂的族群印记。它与众不同,是一套格格不入的语言体系,来源于生活却具有身份抗争的意味。

哥伦比亚大学的历史学教授艾明如认为,反苦力主义是西方国家和帝国身份的基础,面对暴力、骚扰和制度化的不平等,华人在自己的社区内寻找出路。他们成立了"会馆"(协会)和"堂"(秘密社团),在被主流社会边缘化时,建立与家乡的网络,在被剥夺公民权和投票权时,寻求影响当地政治的其他途径①。许多方面表明,华人社区本身就是变革的推动者。

海外华人群体在陌生的西方世界守护着传统,遭遇系统性的歧

---

① 《书评:一场排挤、禁止华人移民的全球运动》,纽约时报中文网。

视与偏见，等待他们的有收获，也有风暴。此时，伴随新兴的中华民国政府的成立，更多的中国人走出国门，接受风暴的洗礼。

  2017年7月中旬，我去伦敦摄政大学参加一个讲座。讲座的主题关于一战华工。这是个不为人熟知的历史角落。主讲人约翰·德路西（John de Lucy）展示了数十张摄于一战期间的照片。这些照片由约翰的外祖父霍金斯（W.J. Hawkings）拍摄。霍金斯是一个商人，1908年来到中国。1916年英军在威海招募华工赴欧洲参战，霍金斯担任华工营的中尉。他有一部相机，记录了华工部队从成立到奔赴战场最后又归国的全过程。约翰在四十年前继承了这些照片，当时照片放在一个玻璃箱子里。他并没有意识到照片的价值。几年前他听到一战华工的故事，利用退休后的时间，重新扫描保存了120多张华工照片，并让它们重见天日。

  一战开始阶段，英法联军对入侵法国的德军发动索姆河战役，伤亡惨重，急缺人力，英国和法国同刚成立不过五年的中华民国政府签订合同，分别招募了约10万和4万华工。1916年，首批来自山东与河北的劳工从海上先抵达英国的利物浦，8月穿越英吉利海峡来到法国前线。华工主要参与修挖战壕、搬运军火、修筑道路、清理战场之类的工作，他们长期生活在军事环境中，由英国人管理，穿制服，领军饷，虽然不直接参战，但是同样遵守军纪，形同不扛枪的军人。

  霍金斯拍摄的照片展示了新生共和国人民的风采。一张照片上，表情严肃的华工正在合约上摁手印。这些以农民和穷人为主的华工，就像那些前辈海员一样，为了改善生活奔赴一场冒险。一个华工的哥哥寄出的家书中写道，自从弟弟"四月初一上船"之后，家中领到了"安家银月工银毫无差误"，他告诉弟弟"身体无恙在外不必挂念"。想必是后顾无忧，被记录在相纸上的华工大都神态坦然，流露着迎接新生活的兴奋之情。

照片记录了华工营的日常生活。春节，一名华工男扮女装扮成丑角，和另一名华工表演小品，博观众一笑；春天，举行胶东特色的放风筝比赛；一名体型彪悍的大汉轻松举起石担，另一个汉子在单杠上展示发达肌肉。山东大汉被认为吃苦耐劳，具有很高的忠诚度。霍金斯的威海人仆从"吉米"，看上去敦实质朴，不苟言笑。

照片上可以发现，华工营配有医疗、厨房、洗浴设施。从他们的精神状态和生活细节可知，华工得到了相对人道的战时待遇。一名华工去世了，数名华工抬着的棺材上，覆盖着一面英国国旗。葬礼也是中西结合的，坟头竖起了十字架，不过刻着中国字，朝向故乡。

华工在战场上的死亡人数，有2000到20000等不同的说法，至今都没有明确的统计结果。有些人死于德军的轰炸，有些人则是因为疾病和气候。1917年2月24日，一艘运送900名华工的法国船被德国潜艇的鱼雷击中，543名中国人丧生。这直接导致中国政府于1917年8月14日对德宣战。1918年一战尾声，英国开始送华工回国。1920年9月，最后一批英国人招募的华工抵达青岛，而法国人招募的华工晚两年才回国。记录显示，有相当一部分华工留在法国，构成了法国最早的华人社区。

英国人参加了两次世界大战，都是战胜国，每逢胜利日都会大张旗鼓庆祝。每年11月11日，伦敦会举行盛大的游行，英国人穿着各个时期的军服，佩戴象征勇气和胜利的红罂粟，走上街头欢庆。但是，在公开记录中鲜有提及华工的贡献。14万华工的往事被风吹散。英国现存的43000座一战纪念碑中，没有一座为华工建立。最近十年，这些尘封的往事得到发掘，英国的华人社会也推动对这段历史的纪念。在伦敦南岸中心上演了由华人艺术家创作的话剧《新世界》，描写华工漂洋过海在炮火纷飞中的生活，同时探讨华人身份认同这一永恒母题。

民国出版的日记影印本《欧战工作回忆录》，作者是当年随英军华工营担任翻译的上海人顾杏卿。顾杏卿认为，近代以来，"东亚病夫"的屈辱形象一直让中国人耿耿于怀，华工赴欧洲参战，直接导致中国向德国宣战，中国的战胜国地位得到国际承认，意义重大。这成为当时高涨的中国民族主义情绪的先声。

在讲座现场，听说我老家也在山东，约翰·德路西问我："威海有个纪念一战华工的博物馆，你去过吗？"威海一战华工纪念馆的入口设计成一个巨大的十字架造型，据说寓意是华工将要踏上的是一条不归路。事实上，一战爆发时，两千年帝王统治刚被革命推翻不过两年，一战华工的大规模出海，固然血泪交织，也激荡着百废待兴，力求加入国际社会的强烈意愿，构成了近代中国极具活力的一个侧影。这将极大地改善华人在世界上的形象。

一战后，伦敦的中餐业得到了极大的发展。退役的中国海员，加上一战退役的华工，纷纷加入中餐馆创业队伍之中。1919年，张氏族人组织了有限公司，将有实力的中餐馆统一旗下，被视为中餐连锁店的先声。同一年，维护中国企业主利益的中山互助工作组成立。1921年，英国人口普查，定居在英国的华人达到2419人。在西方人傅满洲式的冷眼中，一批中餐馆在伦敦亮相了。

然而就在此时，华人社区出现了一个戏剧性的人物，他是英国最早的中餐馆经营者之一，但不是作为创业者而是作为毒枭，在英国历史上留下了特殊的印记。他的故事很好地配合了对于华人社区的偏狭描述，再度令华人社会蒙羞。

我是在参加唐人街街区游的时候，偶然听中国站的马萧女士谈及:莱姆豪斯唐人街曾经出过一个叱咤风云的华人毒枭,搅动了英国社会,"他开过餐厅,为明星提供毒品被抓,1922年上了法庭,英文很好,有很多支持者,很有魅力"。

这引起了我的兴趣。关于华人的记载总是过少,华人通常被描述为一个安静的、跟主流社会有隔绝倾向的族群。这样一个特立独行的邪恶角色的出现,显得意味深长。

此人的信息至今残缺不全。英国人称呼其Brilliant Chang,真名也许叫Chang Nan,1886年生于广州的一个富商之家,因此他有能力负担昂贵的旅费,于1913年以学生身份来到英国。

他来英国并没有读书的记录,而是在伯明翰落脚,开了一家餐馆。这应该是英国最早的中餐馆之一。1917年的一次毒品案中,他引起了警方的注意,但是没有被抓。1916年以前,毒品仍可以在英国合法销售和使用,之后则为法律明令禁止。随后Brilliant Chang搬到伦敦,帮助叔叔管理位于摄政街107号的餐馆——如今这个位置是一家大型的服装连锁商店。在伦敦的日子,他通常被称为比利(Billy)。比利的叔叔是谁?如今缺乏详细的资料可供查询。当时正值伦敦兴建中餐馆的第一波热潮,可以确定,他的叔叔很可能亦是早期华人海员,上岸后开了这家餐馆,不知是否和距离并不遥远的张氏兄弟的餐馆业有所交集?

我们不清楚比利何时具有了餐馆老板和毒贩的双重身份,他英语很好,聪明,传说精通毒品知识。有种说法是,比利被牙买加裔乐手介绍到一家著名的夜店,成了明星和社交名媛的熟人。比利也开始为利润丰厚的毒品生意找到了稳定的销售渠道。他穿着时髦,温文尔雅,充满异国情调的形象成为英国爵士时代的一个注脚。

所谓爵士时代,是特指1920年代,英国社会相对繁荣稳定,社会生活轻松,诞生了一批追求洒脱的爵士精神的文艺作品,20年代也被评论家称为爵士时代。比利在这种宽松的社会氛围中脱颖而出，成为社交场合的一剂润滑剂。

另一些研究说，比利介入毒品买卖的部分原因是性。作为单身的东方男子，他不容易在英国找到合适的伴侣。那会儿只有很少中国人住在英国，且多数是男性。种族的因素也使得作为外来者的华人很难获得白人女性的青睐。在《泰晤士报》的报道中，曾说比利使用毒品来诱惑英国女性和他发生性关系。

1922年的《画报新闻》报道说：比利向女孩"提供了中国美食以及吸毒恶习。他要求以实物支付毒品"。白人女孩用"礼貌与种族的骄傲"，拒绝了这个有着"薄嘴唇和黄牙"的残忍家伙。

但是也有人被比利举止轻松的异国情调所吸引。弗雷达·肯普顿是一名活跃在伦敦夜场的舞者，有一次去比利的餐馆吃饭，期间侍者走过来递给她一张纸条，上面写着，比利仰慕她的气质，希望跟她共进晚餐。用这种方法，很多女孩成了比利的长期顾客，有些则成为他的情人。

在跟比利约会后不久，1922年3月6日，弗雷达·肯普顿被发现因服用过量可卡因死亡。因为平时经常在夜总会跳舞到凌晨，透支严重，她依靠药物来维持体能。

纵情欢愉构成了当年伦敦的一幅浮世绘。一战中英国人经历了死亡的威胁和穷困的生活，战后的伦敦洋溢着一股及时行乐的氛围，似乎是对过去艰难岁月的补偿。伦敦的娱乐业蓬勃发展，夜总会和爵士乐十分流行，毒品则成为在夜场中助兴的工具，帮助人们忘掉不快的现实，也成就了比利的隐秘事业。

弗雷达的友人萝丝·海因伯格向警方提供证词称，有人曾转告死者一名叫比利的中国男人想和她见面，他的餐馆位于摄政街。萝丝描述比利向弗雷达提供了毒品，也曾见过弗雷达持有3大袋可卡因，超过任何吸毒者日常所需剂量，疑似在为比利贩毒。弗雷达所租公寓的房东女儿作证称，死者曾表示自己正被一名中国男人"包养"。

对于死者的香消玉殒，比利的说法是："弗雷达是我的一个朋友，但我对可卡因一无所知，这对我来说全是一个谜。"由于证据不足，比利未被起诉。但警方及英国大众媒体坚信他罪恶滔天，贩毒并毒诱祸害年轻白人女子，肯普顿案结束后持续对他追踪搜查。

警方被这起命案背后的因素吸引。虽然比利没有被指控和女舞者之死有关，但是舆论关注到一个白人女孩和中国男子、吸毒及种族间性行为的复杂关联。单纯的白人女孩正被邪恶的东方男人控制为奴隶的邪恶论调开始流行。

比利被盯上了。警方反复突击检查他的餐馆，发现有些工作人员的确在卖毒品，但是比利很狡猾，每次都逃脱了。不堪其扰的他卖掉了摄政街的餐馆，开了一家俱乐部，1923年搬到莱姆豪斯，也就是最初的唐人街。这个地方原本就臭名昭著，自维多利亚时期就是鸦片交易的重点区域。

比利在这里开了一家上海餐厅，至今还可以找到他写在餐厅信笺上的流畅英文。1924年，比利就住在莱姆豪斯Causeway 13号一栋三层楼的中间楼层，卧室用奢华的蓝色和银色装饰，配有龙的图案。有一次警察突袭此处，在他床上发现了两个在夜总会唱歌的女孩。

警方的长期关注注定他难逃风险。直到有一天，一个叫佩恩的女孩成为压倒比利的最后一根稻草。佩恩在夜场演唱谋生，是一个吸毒成瘾者。1924年2月23日，警察在酒馆搜查到佩恩随身携带了一包可卡因，身上也有使用皮下注射器的明显痕迹。根据佩恩的交代，警方当晚对比利的家进行了搜查，在柜子里发现了一袋可卡因。比利被指控拥有和供应可卡因而被捕。

侦办案件的警察说:"这名男子只有当白人女孩把自己奉献给他时,才会出售毒品。他用真正的东方工艺和狡猾来维持交易。"

法官则说:"你和你们这样的人正在腐蚀这个国家的女性。"

在仅能找到的几张照片中,其中一张是记者在庭审时拍摄的照片。比利穿着时髦的毛领大衣,油头后梳,露出宽阔的脑门,左手夹烟,脸上带着一丝柔弱的笑,露出一口黄牙。在他周围环伺着几个白人,其中一个戴着礼帽的男人正望着他。

佩恩因藏有可卡因被判处三个月苦役,比利于1924年4月10日被判处十四个月监禁,并驱逐出境。英媒认为比利可能控制了当时伦敦40%的可卡因交易,毒品俚语Chang亦源于他。

佩恩案件是比利在英国被定罪的唯一罪行,但却无法阻止英国大众媒体将比利描述为伦敦的毒品之王,虽然缺乏足够的根据。《泰晤士报》一篇受到欢迎的报道说,他招募不知情的女孩担任代理人,让她们用内衣从巴黎偷运毒品到伦敦,并组织销售。美国媒体称比利为"莱姆豪斯蜘蛛",说他控制着一个犯罪网。媒体上还重复出现了一张半身像,但是与比利本人完全没有关系。

比利的行为很可能只限于他和那些伦敦的年轻女性之间,也没有证据证明他操纵了一个国际贩毒网络。在比利被定罪的几年,英国的涉毒定罪数量有所下降,也并非因为比利的消失,而是由于英国全面禁毒后警方采取的行动增加的缘故。

比利案件之后,关于"黄色男人催眠白人女孩"的怪论十分盛行。现实中华人社区喜欢赌博和吸食鸦片,现在一名美丽的白人女孩因药物过量而死亡,加上一名中国男子的参与,造成了20世纪第一桩大型毒品丑闻。白人女孩与中国人的种族关系产生了不道德的联想。1925年,萨克斯·罗默的新小说出版,其中有一个名为Burma Chang的中国恶棍,据说就是基于比利的故事。

比利于1925年监禁期满后被驱逐出英国,他乘坐出租车直接从监狱来到伦敦东南部的芬丘奇车站,乘火车前往皇家阿尔伯特码头,从那里出海,永远离开了英国。

此后在大众媒体上仍有一些他的故事,但缺少佐证。1926年,美国媒体报道他在法国尼斯开了一家俱乐部。1927年,他被描述为欧洲的毒品皇帝。1928年,又传说他被仇家追杀逃去了香港,法国警察在香港找到他时,发现他因过度吸毒而失明。也有说法称,狡猾的比利利用假象躲过了警察的搜捕。

我找到一张照片,好像是比利正在香港接受警察的调查,手里持着写有他中文名字的纸牌,上面的繁体字似乎是"陈报鎏"。中文世界里关于此人的故事仍旧一片空白。在比利活跃的年代,中国也正经历巨大动荡。大批中国人出海闯荡,造就了最早的一波移民潮。比利既是移民的先驱,也为后来者敲响了警钟。

至今比利的名字还被英国人津津乐道,BBC的电视剧《浴血黑帮》第五季出现了这个轰动一时的华人毒枭的形象。一个中国人以如此独特的方式在英国留下印记,加深了黄色人种威胁论。毒枭和中餐开拓者这两种角色奇妙地出现在同一人身上,就像是彼时西方世界对于中国人的印象,集神秘和邪恶于一体。

比利和傅满洲一样,都代表着西方人眼中的"他者",既是利益上的他者,更是文明的他者。他的腐朽名声一部分来自事实,一部分来自当年西方社会对于他者的"异视"。那些令人印象深刻的偏见并未飘散,而是长时间潜伏在意识深处。

比利消失后的几年,英国的华人数量增加了。莱姆豪斯唐人街在1930年代有大约5000名居民,其中许多是中国海员①。位于希腊

---

① "How Long Have Londoners Been Eating Chinese Food For?", Sejal Sukhadwala, https://londonist.com/london/how-london-got-a-taste-for-chinese-food.

街6号的上海商店（Shanghai Emporium）开始向餐馆和食客供应中国食材，经营者叫郑绍经（S. k. Cheng），他同时经营着旁边的上海楼餐厅。中餐越来越地道了①。1936年英国有华侨8000多人。1930年代的明星餐馆是莱永（Ley On）开的"杂碎"，老板莱永是演员，1890年出生于广州，在好莱坞电影中扮演了很多中国人角色，1930年代定居在伦敦，并且开了这家广受欢迎的中餐厅。

1932年7月21日《昆士兰人报》的一篇题为"伦敦中餐馆"的文章描述到，从皮卡迪利广场出发，半小时的步行路程就可以把西区的所有中餐馆都吃个遍。从皮卡迪利广场，沿着沙夫茨伯里大街一直走到华都街，在那里会看到两边的餐馆，左边的更老、更壮观。从1918（应为1908）年开业的马克西姆打头，从这里来到海缤街，会在白金汉街的拐角处找到最近开的"杂碎"餐馆，它的特别之处是提供一半中餐一半日餐，厨师当面为食客制作食物，穿过沙夫茨伯里大道来到华都街，是伦敦第一家称作杂碎的中餐馆，老板是演员莱永，餐馆由位于米尔德街拐角处的两层楼组成，两条通道均设有入口。在这里可以买到各种中国食品，甚至鱼翅，而陶器、象牙筷子、中国铅笔和中国留声机唱片都有出售，沿着狭窄的米尔德街穿过弗里斯街进入希腊街，从广州餐厅出来，对面就差不多到了上海楼餐厅。它和中国餐馆都是最早一批开的中餐馆，文人喜欢在这里吃喝，沿着穿过旧牌楼的狭窄小路向右转，我们来到另一家广州餐厅，它位于查令十字路的一楼。它和爱丁堡的另一家广州餐馆，都由黄先生（Mr. Wong Gee）经营。进入丹麦街，现在几乎完

---

① "London's Shanghai Emporium—where to pick up your hoisin sauce in 1934?", http://www.chinarhyming.com/2013/01/13/londons-shanghai-emporium-where-to-pick-up-your-hoisin-sauce-in-1934/.

全被中国人和日本人占领了①。

尽管如此,英国《卫报》的美食作家杰伊·雷纳(Jay Rayner)认为,"这只是开始",在1930年代,中国菜仍然是一种古玩。更大、更高档的中餐馆要等到十多年后才出现。1940年,全英中餐馆约三十几家,进入50年代后,中餐馆以每年新开150家的速度递增,至60年代末,全英大大小小中餐馆已经达到3000家上下②。一个属于中餐的新时代即将开启。

---

① "London's Chinese Restaurant Scene in the 1930s," http://www.chinarhyming.com/2012/12/28/londons-chinese-restaurant-scene-in-the-1930s-one-of-three-posts/.
② 《饮食西游记》,三联书店,95页。

第三章　再见利物浦

利物浦华人中心。大厅里，一群英国老人正在练太极操，动作并不娴熟，大家只是图个乐子。看到我的东方面孔，一位老太太从队伍里走过来打招呼，用抑扬顿挫的利物浦口音说道："几年前，我去过北京和上海，那是一次很棒的旅行。"

老人取出一张照片：她和另一些英国人在北京摆出姿势打太极拳。"这是在天安门广场拍的。"很明显她搞混了地方，照片上的背景实际是北京某家酒店的门前小广场。

寒暄间，她介绍自己叫朱迪（Judy Kinnin），七十六岁了。朱迪女士又取出另一张泛黄的老照片，这是一张家庭合影：一位端庄美丽的白人女士，一位眉毛粗重的中国男士，中间一个小姑娘。"女孩是我，这是我妈妈，这是我爸爸。我的爸爸是中国海员。"她说。

我怔了一下：眼前这个对中国充满好奇的老人，就是曾经在利物浦生活过的中国海员的后人。利物浦是欧洲第一个中国人移民社区，在二战期间达到一个高峰。1939年，英国政府需要数以千计的商船海员运送大量的食物、武器弹药、燃料，甚至装甲车，1940年，包括蓝烟囱和壳牌这些大公司总计招募了约20000名中国海员。招募中国海员的原因很多，英国海员被征召入伍，缺乏稳定的商船海员；蓝烟囱有长期征用中国海员的传统，中国海员一如既往勤劳、忠诚，而且价格低廉。

罗孝建在《中国海员大西洋漂流记》中记述，二战期间服务于协约国船只的中国海员约 15000 至 18000 人左右。中国海员和英国海员的待遇差很多。英国海员除了工资，还有战时津贴，从 5 英镑涨到 10 英镑。而中国人的工资由船东决定，不稳定且多变[①]。

随着战事的加剧，一些中国海员在炮火中丧生。罗孝建回忆，中国海员死亡人数达 10％，其中至少 5％的牺牲直接由战争导致。中国中央电视台的专题片《中国海员的传奇经历》则提供了更详细的数据——1943 年 3 月，在二战期间的英国商船上，中国海员的伤亡人数是：死亡 831 名，失踪 254 人，还有 268 人被俘，合计 1353 人。据统计，被德国 U 型潜艇击沉的各国商船上，中国死亡海员有具体名单的为 1256 人。平均死亡年龄是三十五岁，因当时档案管理落后，还有很多阵亡的中国海员没被写入名单[②]。

在死亡威胁下，一些左翼人士开始领导中国海员争取权利，海员们的不满逐渐演变成抗议。中国海员工会通过组织罢工，争取到和英国海员一样的每月 10 英镑的战争风险金。此后，罢工、跟警察对抗，暴力冲突仍在继续。因为不满谈判结果，利物浦有 500 名中国海员拒绝上船工作，在加尔各答，中国海员也拒绝上船，为此船东用印度海员替换了 2000 名中国海员。中国海员争取平等的抗议，使得他们跟英国政府和船东之间的关系遭到了永久性破坏[③]。

战争结束后，这些中国人的利用价值消失，报复开始了。战后英国的失业率和通胀严重，中国海员和当地海员面临着竞争。航运公司急于摆脱中国工人，削减工资，收回战争风险金，令中国海员

[①]《海之龙：利物浦和她的中国海员》，中国民主法制出版社，101 页。

[②] 中国中央电视台：《中国海员的传奇经历》，https://www.xindemarinenews.com/m/view.php?aid=3163。

[③]《海之龙：利物浦和她的中国海员》，中国民主法制出版社，123 页，127 页。

无法生存，自动滚回老家。英国内政部估计利物浦约有2000名退役的中国海员。一些海员在利物浦开洗衣店和餐馆，有的甚至经营英国传统的炸鱼薯条店，其中有大约300名中国海员和当地的白人女性结婚育子。那些白人女性处境也不太好，大部分是爱尔兰裔，信仰天主教且处于社会最底层，由于宗教原因不可能得到一份体面的婚姻。这些年轻的爱尔兰裔女性将与中国男人结婚视为一件值得渴望的事情。中国男人不喝酒，工作努力而且顾家，虽然可能是个赌徒，但仍然会照顾自己的孩子①。朱迪就是这些中英家庭的结晶。在朱迪的出生证明上，爸爸的名字登记为Chang Au Chiang，是一名船舶装配工。除此之外，朱迪对爸爸完全没有印象。爸爸在1946年的一天突然消失，她怅然若失地说："有人看到他和一些中国海员被装进一辆车子，拉去码头停靠的船上，船开走了。"

一份解密的档案让后人窥见这一历史事件的真相。1945年10月19日，当时英国工党政府的内政部决定采取驱逐行动，这份代号为HO/213/926的秘密档案的标题是"强制遣返不受欢迎的中国海员"，政府允许和英国女性组建了家庭的中国海员留下，准许留下的人数被严格限制在300人左右。大批船员从被警方扣押到送上开往中国的船，前后不超过四十八小时。

周末，我走进熙熙攘攘的利物浦生活博物馆。一张展览文字上写着，1942年的罢工让利物浦的中国海员被视为麻烦制造者，内政部遂采取措施减少中国海员在利物浦的数量。有些是自愿的，有些是被骗上船的，有超过200名海员在夜间搜捕中被迫离开。"在政府的强制执行下，至少150个家庭被活活拆散，450个孩子一夜间失去了父亲。"

---

① 《海之龙：利物浦和她的中国海员》，中国民主法制出版社，23页。

根据《卫报》的数据，1945年底，128人被遣返，至1946年3月23日，已遣返800人。最大的一次行动是1946年7月15日，移民官向内政部提交的一份报告宣布："我们花了整整两天的时间对大约150个家庭进行了密集搜查。"到这年夏天，计有1362名"低薪和其他不受欢迎的"中国海员被驱逐出境。那些有家室的中国男人们来不及向妻女通报，就被抓捕和驱逐出境，无数中英家庭一夜之间被拆散。

《海之龙：利物浦和她的中国海员》的作者认为，强制驱逐加上被迫签署"自愿离开"协议的中国海员，数量约在1993名①。

中国中央电视台的专题片提供了更惊人的数据：从1945年10月到1946年7月，一共遣返了4931人。专题片分析了大规模驱逐中国海员的原因，二战后大量英国士兵从海外返回利物浦，英国政府急需要征用中国海员拥有的住房去安置英国士兵②。

七十七岁的皮特（Peter Foo）走入利物浦百祥塔华人中心。他身材魁梧，步履略微蹒跚。皮特的父亲也是中国海员，1946年被驱逐出境时，皮特只有两岁。皮特从随身携带的包里取出父母的结婚证明和结婚照，照片上的父亲衣着体面，戴眼镜，人很儒雅。皮特一直保留着父亲的中国姓氏"符"（Foo）。

他说："我的父亲来自海南。"一旁的朱迪说："我的爸爸来自上海！"语气笃定。因为船只大多由上海出发，所以很多人认为他们的爸爸都是上海人。这当然是一种猜测。因为有出生证明和结婚证明，皮特还知道父亲的一些信息，而朱迪只是模糊地知道父亲由上海来

---

① 《海之龙：利物浦和她的中国海员》，中国民主法制出版社，181页。
② 《浦之龙，寻找中国水手父亲》，http://news.sohu.com/20060208/n241731214.shtml。

到利物浦。除此以外，他们对各自的父亲都所知甚少。

"我从来不知道爸爸是个什么样的人，"皮特说，"那会儿我们都太小了！"朱迪说，父亲消失的时候，她只有十五个月大。"我一点也不了解爸爸。我只知道，爸爸和妈妈没有结婚，爸爸消失的那一天，衣服还留在家里，妈妈和一群中国人在打麻将，不知道怎么回事，以为男人出海了，一个月后，才觉得不对头，也不知道发生了什么。她再也没有见过爸爸。"

在朱迪两岁时拍的照片背面，妈妈写下了对中国男人的思念：给我最亲爱的，你离开我们十个月了，我们的女儿都长大了。

"妈妈写完准备寄给父亲，但是不知道寄到哪里。妈妈到死都不知道爸爸去了哪里。一直到很多年后，听到一些传言，说爸爸的船被炸弹炸了。爸爸被炸死了。"

一旁倾听的皮特插话道："不可能，我没有听过这种事，1946年二战已经结束，不可能发生炸弹炸船的事情。"

他说，1946年正逢中国人民解放战争，所以很多从利物浦遣返的船只无法停靠中国口岸，一些海员就被随机扔在了香港、新加坡等地，后来就不知道这些中国海员的下落了。

解密的内政部 HO/213/926 文件写道：驱逐目标是有犯罪劣迹——抽鸦片和赌博——的中国海员，被认为给利物浦治安带来了隐患——这是一个不公平的分析，实际的强制遣返是随机和不受控制的。"政府利用一两个犯罪的少数人来污蔑整个中国人社区。"皮特忿忿不平地说。

皮特说："不管什么情况，也不应该驱逐那些有老婆和孩子的中国海员。"

这些孩子从小认定是不负责任的中国爸爸抛弃了家人，这成为难以愈合的心理创伤。由于这个缘故，他们在成长中几乎都有遭受歧视的经历。

皮特说:"我不喜欢这座城市,不喜欢这个国家,因为他们歧视中国人!上万名中国海员,打完仗就剩下 1000 人,中国海员为英国贡献了生命,但是像垃圾一样被丢掉了!"

"我希望这个国家(英国)向我们道歉!"皮特郑重地说。

皮特早年曾是一名童星,1958 年跟大影星英格丽·褒曼合作过电影《六福客栈》。这部电影在威尔士和伦敦拍摄,是 1959 年英国票房第二受欢迎的电影。电影取自真人真事,描写了英国传教士艾尔沃德在中国抗日战争期间,营救上百名中国孩子的故事。

影片中,英格丽·褒曼饰演艾尔沃德,导演专门去利物浦找了一些中国海员的后代充当片中的中国儿童,十四岁的皮特被选中,饰演其中一名中国少年。朱迪也曾去试镜,被筛掉了,"他们说我眼睛太大了,所以没让我拍"。依据西方人的种族偏见,中国人都应该是小眯缝眼才对路。

这个经历并没有带给皮特成就感,失去父亲的伤口在作痛。电影拍摄前一年,妈妈又嫁给了另一个海南海员,搬去美国纽约,把和前任丈夫生的三个儿子留在了英国。最小的皮特起初跟外婆生活在威尔士,外婆去世,他回利物浦跟哥哥生活。这种成长经历造就了他有些愤世嫉俗的性格。皮特二十多岁结婚,去一名中国海员开的餐馆吃饭,这人是父亲的朋友,他告诉皮特:你父亲还活着,当年被遣送去了新加坡,并表示愿意帮忙联系。皮特心中隐藏着对父亲的怨恨,拒绝了和生父联系的建议:"他已经离开我们了。我不想见到他。"

几年后皮特收到了一封从新加坡寄来的信。信是从未谋面的爸爸寄来的,"我是你的父亲,你有两个妹妹和一个弟弟"。原来父亲在新加坡组建了新家庭。直到内政部的档案解密,皮特才知道事件真相,他后悔没能和父亲见上一面。1976年父亲已经过世。

朱迪的成长也充满了动荡。"妈妈是从曼彻斯特来利物浦的,我也不知道她怎么认识爸爸的。爸爸离开后,妈妈就出现了一些精神问题,我从小跟外婆一起长大。后来妈妈又嫁了一个中国人,生了妹妹。"朱迪一度以为这个中国人就是生父,一次父母吵架,朱迪劝"爸爸别朝妈妈大喊",男人回应"我不是你爸爸",朱迪才知道生父另有其人。

驱逐行动涉及的无辜者很多,仍有一些中国海员留了下来。朱迪保留的一张照片显示,很多具有中国人特征的混血儿聚在一起玩耍。中国海员的后人们保持着认同,抱团取暖。这些中英混血儿在人生暮年再度取得联系。皮特和朱迪相差一岁,但是生日相同,几乎每次都是一起出面,向外界讲述伤心往事。

朱迪说:"这件事永远在我心里。我想知道爸爸到底有没有回到中国?在中国或者别的地方还有没有亲人?这是我一直想知道的。"

利物浦的许多孩子因此失去了父亲。不知道他们的父亲是被杀,被驱逐出境还只是逃离了。有些孩子从来没有意识到他们拥有一半中国人的血统,他们的母亲不想向他们解释。一些家庭仍然对事实一无所知,主要是由于秘密行动在事件中蒙上了一层面纱。有些孩子,即使他们知道父亲是中国人,也感到羞愧不愿意挺身而出。

一些孩子由于了解到英国政府骇人听闻的行为的真相,因此很难接受这个事实。许多人一直处于难以置信的状态,当他们阅读到这些解密的证据,就不再对英国所拥护的道德观念充满信心。今天的英国政府仍然无法或不会回答被迫驱逐的中国海员后代所提出的问题,这些孩子现在大多七十岁以上的年纪,他们需要答案。这些风烛残年的海员后代们别无选择,"请愿"要求政府为他们的遭遇道歉。

皮特说,曾经有一批印度军人,替英国打完仗之后,被赶回老家。事情曝光后，英国政府按照每人每月 5 英镑做了赔偿。但是中国海员后人向政府索赔很有难度，因为没有办法证明他们的父亲是被政府在秘密行动中驱逐的，"我们首先需要的是英国政府的道歉。道歉之后，就有了证据"。

2015 年 7 月，利物浦市议会通过了一项动议，承认 1946 年大规模驱逐中国海员，并呼吁内政部为这些不公正行为道歉。皮特写了很多信给很多英国议员陈情，2015 年在网上向当时的特雷莎·梅首相发起请愿，要求内政部道歉，但没有回应。很多政客表示关切，但是一旦卸任，事情就没了下文。

"他们不会特意为中国人说话，"皮特说，"中国官员从底层做起，用一生的时间去做事。因此中国人做事可以有长远的目标。英国议员只做四年，所以他们不会真正关心我们这些人。"

2021 年 3 月，工党国会议员金·约翰逊（Kim Johnson）在国会问询中，向首相鲍里斯·约翰逊提出这一问题，鲍里斯·约翰逊拒绝说明政府是否会考虑发表官方道歉，而是含糊其辞地说："我们当然非常感谢全国各地的华人社区做出的惊人贡献。"

在我到访利物浦之前，7 月，金·约翰逊议员来到百祥塔华人中心和中国海员的后代见面。她发言说，利物浦的数百个华人家庭于 1946 年被英国政府强制遣返而强行分离，"这是英国政府有史以来最赤裸裸的种族主义事件之一，是我们历史上可耻的污点，但几乎没有人记得"。"官方应该承认这些罪行，这些家庭应该为遭受分离的痛苦得到正式道歉。"

我和皮特离开百祥塔华人中心，走到利物浦海边。在熙熙攘攘的滨海大道上，嵌着一块纪念牌，记录了中国船员和他们的家庭所遭受的不公正待遇。碑文上中间的汉字是：和平。这是中国船员的利物浦孩子们竖立的。皮特自己也设计了一座中国花园，希望未来在利物浦的街区呈现，以纪念被驱逐的中国海员。一对英国夫妇游客走到碑前，专注地看着上面的文字介绍，得知皮特就是中国海员的后代时，连连摇头，"难以置信！英国居然发生过这么丑陋的事情"。双方沉默以对。

我告别了皮特，傍晚时分，利物浦华灯初上，我独自走进唐人街附近的一家中餐馆。

我点了一道麻辣豆腐，一道鱼香肉丝，一碗米饭。侍者很有礼貌地跟我搭话，她会说一些磕磕巴巴的普通话，我感到满意，至少她没有讲难懂的利物浦方言。一会儿工夫，菜上齐了，我慢慢品尝着麻辣豆腐，立刻分辨出这是一道适应英国人口味的"假中餐"，"辣度"大大减弱了，"麻"几乎吃不出。放眼望去，周围几乎全是白人面孔，而侍者都是华人面孔。防疫政策刚刚放松，人们就迫不及待走出家门，把这间餐厅差不多坐满了。中餐已经很好地融入了当地生活，就像那道著名的利物浦炖菜一样，加入了大量的南亚作料，现在中餐也加入进来。

二战结束后，社会伤痛在修复。中餐业继续稳步前进。莱姆豪斯在战争期间被炸毁，沦为东伦敦的贫民区。许多中国人开始从东区搬到苏活区，通过购买廉价房产表现出精明的商业头脑。一部分中国海员后来回国，留下的一部分人想要寻找租金低廉的地方居住，也开始涉足餐饮业，他们还有另一个现成的客户群：在远东对中国菜产生兴趣的前英国士兵。从远东参战回国的英国士兵提供了一个很好的商机，他们在亚洲生活多年熟悉了亚洲口味，于是一些华人从莱姆豪斯搬到了苏活区开始经营中国餐厅。在美食作家罗孝建的笔下，当时战后他认为最好的三家中餐馆，依次是香港餐厅，老板是杨先生（Chang Moon Hsiumg），罗孝建最爱他家的蒸鱼；其次是华都街上莱永开的杂碎馆;第三是法娃(Fava),一家中西合璧的餐馆,老板是福州人,娶了一个白俄太太,吸引人的招数,是让他们的混血女儿玛丽迎来送往①。

民国期间,伦敦的中餐馆皆为广东特色,即便是上海楼和南京楼这样的餐厅,实际上也是广东人开的。1946 年,记者韩钟佩被特派到伦敦,她对上海楼情有独钟:"我最喜爱的一家馆子是上海楼,上海楼开在希腊街,由一位中英混血种的小姐主持。这馆子原是一位中国人所开,他娶了一位英国太太,儿女成群,临终时把这一生经营托了大小姐经管,大小姐也不负所托,把它经营得蒸蒸日上。我想我之所以喜爱上海楼,第一因为它环境清幽,但最大的原因,是因为它有两个菜是地道中国做法,一个是香肠,一个是豆腐②。"

英国颁布《1948 年英国国籍法》。之后,很多英国殖民地的人士涌到英国本土以谋求更好的生计——1948 年到 1971 年,有大约 50 万加勒比海人移居英国,他们被称为"疾风一代"(Windrush Generation)。同一时期,在香港亦有一批华人移居英国,形成了战后第一波移民潮③。很多人亦投入了餐饮业。

一个旧时代远去。几年后,伴随着中国内战结束,新中国成立,随后东西方进入冷战,陷入了长达半个世纪的隔绝。中国人社区在西方世界转入了漫长的潜伏期,沦为不为人注意的边缘角色。他们默默操持着中餐馆,在油烟中寄托无尽乡愁。中餐及中国人,仍然是那个被打上了烙印的他者,一个永远的局外人,伴随着英国社会的审视的目光,长久无法改变。

---

① *The Feast of My Life*,罗孝建,173 页。
② 《岭南饕餮》,周松芳。
③ 《香港战后第一波移民潮:〈1948 年英国国籍法〉》,https://www.cup.com.hk/2021/11/02/british-nationality-act-1948-and-hong-kong-immigrants/。

第二部　锦绣余烬

第四章 乱世漂泊

食物是很好的工具，将成长的记忆串联起来。我庆幸家人通过食物把爱传递给我，让我在风起云涌的大时代没有迷失自己。

外婆和外公是裁缝，解放初从上海来到济南工作生活至去世。我对上海人的认识都来自他俩。除了终生难改的上海方言，还有外婆过年过节时花费很多精力制作的肉粽、酒酿、汤圆、红烧肉、肉面筋、蛋饺这些上海味道。这些食物传递给我的，是外公外婆对故乡的思念，做人的本分，对家人的照顾。

我父亲是青岛人，少小离家，到济南谋生，考入山东省歌舞团做舞蹈演员，绰号"杨龙套"。他时常回忆年轻时吃不饱肚子的往事。有一年梅兰芳来山东剧院演出，送给舞蹈老师一把糖果，这在当年可是奢侈品，师傅回到宿舍挨个把学员从睡梦中叫醒，一人分一块，"这是梅先生给的糖"。父亲每提及此，总是感慨生活不易；父亲喜欢谈论吃的故事，他的一个女同事，当年上山下乡缺油水，一顿吃下20个鸡蛋；还有一个男同事跟人打赌，吃完了拌着大粪干的一碗面。父亲后来转行成为一名文物修复专家，成家立业。他是个细心、有很多心事的人，工作上有很多目标，受制于单位人事关系，时常落落寡合。他对家乡的大海情有独钟，喜欢海鲜和小酌，夏天每天一瓶啤酒，冬天一小盅白酒，雷打不动，配上他最拿手的芥末菠菜或凉拌白菜丝、炸花生米、松花蛋、水煮蛤蜊，就可以消磨一整个晚上。他吃饭很慢，总是饭桌上最后留下的那个人。我永远记得黄昏时他一个人坐在饭桌上的背影。那一刻，他沉浸在食物的享受中，也许回忆起家乡和童年，排解了白天的所有不快。他是个负责任的父亲，为家庭努力工作，五十九岁的年纪患胃癌去世。我猜想可能是他年轻时吃东西太不注意的缘故。我曾觉得父亲过于严厉，跟他无话可说，父子关系一度很僵。他去世后，我才慢慢理解他这一代人是多么不容易。

我妈妈倒像个实用主义者，满足于让哥哥和我吃饱吃好，每天忙个不停。她负责一日三餐，喂大了我们，怎么感激都不为过。她从外婆那里继承了上海菜的做法，也学会了山东吃食的做法，但是两者都不太地道。她知足常乐，善于处理人际关系，心态要比我们父子好很多。

外公和外婆，还有父亲都故去了。想起他们，总是伴随着那些记忆中的味道：肉粽子、酒酿、芥末菠菜。这些简单的食物，是家的味道。家的味道，可以支撑一个人走很远的路。

1950年1月6日发生了一件大事：英国政府宣布承认中国共产党领导的新政权，而与逃亡到台湾的国民党政府断绝外交关系。西方阵营中，英国是首个承认中华人民共和国的欧洲国家，对于务实的英国人而言，没有永远的朋友，只有永远的利益。

因为英国在台湾和香港问题上的立场，新中国没有急于和英国建立全面外交关系，只是在1951年派出了一名驻英国外交代办，双方的这种准外交模式一直持续到1979年建立正式的外交关系。这中间的近三十年，世界动荡不安，朝鲜战争1950年6月爆发，此后东西方进入长达数十年的冷战，直至1989年东欧社会主义阵营及苏联解体。在中国，则进入政治动荡时期，直至1977年"文革"结束，中国迎来了改革开放，进入新时代。

这段历史改写了两个中国人的命运。英国政府承认新中国政权后，原国民党政府大使馆的工作人员滞留英国，不知何去何从。前外交官罗孝建开始在英国倒卖中国工艺品，甚至写起了中餐食谱，并因此成为英国餐饮界的传奇人物；同样，来英国读书的上海少年周英华，因为时局滞留英国，此后跟父亲京剧大师周信芳再也没有见过面。英华后来告别不如意的艺术生涯，转而投身餐饮业，开创了英国中餐业第一个高档品牌"周先生"。

作为两个有代表性的"厨神"，罗孝建和周英华投身中餐，改变了海外中餐业低端廉价的刻板印象。1949年以前，英国的中餐馆很大程度上是一种功利主义的存在，旨在满足18和19世纪在利物浦码头和伦敦莱姆豪斯附近的华人小社区的基本需求。突破发生在1950年，英国承认新中国政权，这一决定让原国民党政府大使馆的工作人员陷入困境，他们无法返回中国，但又需要新的工作，投身餐饮业便成为一种积极选择，并将有别于海员杂碎的中餐隆重推介给英国市场。

早期华人移民的文化较低，处于社会边缘，不得已从事劳动密集型的餐饮业谋生。除了矿工和海员这些劳工阶层，那个年代漂洋出国的基本上属于非富即贵的家庭，周英华和罗孝建都是这种家庭背景。为了糊口而投身中餐馆的海员们，在中餐市场站稳了脚跟，杂碎作为中餐的代名词在西方世界深入人心。现在罗孝建和周英华成为这支队伍里的新成员，并注入活力，改善了中餐业低端廉价的刻板印象。不过，无论来自民国的旧人，抑或支持新政权的华侨，在异国他乡始终面临身份认同问题，他们怀着对故国的思念，成为精神上的流亡者。现在他们在中餐事业中找到了新寄托，准备用美食在异国星空涂抹下金碧辉煌的颜色。

罗维前的家位于伦敦市区的一条小巷，布局宛若北京胡同。她的小公寓面积不大，底层改建成一处融合厨房、会客厅和工作室的场所，小跃层用作卧室。我去的时候，罗维前刚从法国度假回到伦敦。她是伦敦政经学院的教授，主持一个透过中国当代电影解析中医的研究课题。这种中西混搭的研究方法很对她的路子。她是混血儿，会说中文，年轻时就对中医、武术这些东方事物感兴趣。说起故去的父亲罗孝建，她强调了罗家的显赫背景，语气里怀有对历史传奇的敬意。罗孝建于1995年8月11日去世时，英国《独立报》的讣闻说，罗孝建成为英国首屈一指的中餐专家是偶然的，但是在普及和改善中餐消费方面发挥了巨大作用，他举止温和、谦逊，是一个干劲十足、博学多才的人，可以在任何领域取得成功。罗维前是罗孝建的三女儿，随着她的娓娓道来，罗孝建的传奇人生缓缓展开。

1913年，罗孝建生于福州的一个官宦之家。他的祖父是晚清重臣罗丰禄。罗丰禄是船政学堂第一届学生，1877年作为第一批留学生赴英留学，后作为李鸿章外交助手，参与了晚清一系列重大外交活动，在1896年那趟著名的杂碎外交中，罗丰禄也是李大人随行人员之一。罗丰禄曾任英国、意大利、比利时公使，在接到出任俄国公使的任命后，未赴任而因病去世，享年五十三岁。

罗孝建的外祖父魏瀚，是中国近代著名的造船专家，1880年12月奉命赴德国建造定远舰，1882年回国后参与建造了中国第一艘巡海快船开济号，后又主持中国第一艘钢甲舰龙威号的建造。

罗孝建的父亲罗忠诚，毕业于英国剑桥大学，曾出任中国驻伦敦总领事。

罗孝建出生于这样一个了解西方的中国传统官宦家族，家境优渥。童年时，他最喜欢的故事是《西游记》和《三国演义》。他的管家兼厨师喜欢讲故事,英雄猴王闯入大千世界的画面,深刻地印刻在罗孝建的童年记忆里。

1919年,六岁的罗孝建和哥哥罗孝超,跟随父亲来到英国履任,当时父亲罗忠诚是中国驻伦敦总领事。一位英国医生不习惯兄弟俩的中文名字,便用肯尼斯和查尔斯称呼他们。他们的小学教育在伦敦完成,因而习得纯正的英语,罗孝建逐渐发掘了人生的两大爱好,美食和网球。

1926年兄弟俩回到福州英华中学读书,之后考入燕京大学外文系。罗孝建在燕京大学又获得物理学学士学位,他的网球才能也得以继续发展,成为华北地区的网球冠军。很多年后,他还代表中国队参加了戴维斯杯比赛。

抗日战争期间,战火逼近,很多同学做出了选择,有的奔赴延安。罗孝建也对未来进行了思考,他发现自己的家庭背景和经历塑造了中西兼具的品性,特别是祖父、外祖父和西方打交道的经历,对于他世界观的塑造起了重大影响。孙大圣在向他招手。他意识到:"很明显,孔孟之道不会带我们走太远,他们提供了道德基础,但如果我们要在现代世界有所作为,必须追随那些闯入西方的英雄的脚步。[①]"

1936年燕京大学毕业后,二十三岁的罗孝建再赴英国学习,在剑桥大学攻读硕士学位。在他的这段记忆中,仍是风花雪月的生活——追女孩和打网球。他想找一个白人女子结婚成家。二战期间,他成为BBC有史以来首位中国播音员,每周用普通话播报一次新闻摘要和评论,赚取一点微薄的报酬。1942年至1946年,罗孝建在利物浦领事馆担任劳资关系官员,作为国民政府的代表,解决中国

---

① *The Feast of My Life*,罗孝建,65页。

海员和西印度海员的分歧，以及中国海员和雇主之间的纠纷。

二战期间，利物浦有 10000 多华人海员，很多中国海员服务盟军商船，和雇主船东发生了多次劳资纠纷。罗孝建是主要的中方调停人。其间，他听说了中国海员潘濂独自在海上漂流一百三十三天，靠吃鲨鱼海鸟维生最终获救的故事。战后，罗孝建以英文撰写《中国海员大西洋漂流记》，褒扬了这位传奇英雄，潘濂也成为享誉西方世界的人物。

1946 年 1 月至 1947 年 11 月罗孝建在英国曼彻斯特担任副领事，不久随着中华人民共和国宣告成立，英国与民国政府断绝关系，他的外交生涯戛然而止，失业了。罗孝建从英国人对中国文化的痴迷中发现了商机，开始销售中国贺卡和工艺品，但几年后因为资金周转紧张，濒临破产，还是远在美国大学工作的哥哥罗孝超，帮忙支付了他钟爱的网球俱乐部的会员费。

锦衣玉食的生活一去不返。罗孝建进退维谷。他曾于 1954 年在英国电视台介绍过中国美食，在这一年他和英国农民的女儿安妮·布朗结婚。当时东西方的跨国婚姻还很少见。罗维前后来找到英国外婆和姨妈的信，她们劝安妮说："不要这样做，为孩子着想，不要嫁给那个中国男人，为孩子着想。"罗孝建和安妮在阻力中牵手，此时一个二手书商找上门来，希望他写一本书介绍中餐。1950 年代美食评论开始在英国出现，对于餐饮业的发展逐渐拥有了话语权和影响力，但是中餐领域的美食评介还是空白。罗孝建拿了预支的 50 英镑稿费，却迟迟没有动笔。在书商一再催促下，他酝酿写一本让西方人读得懂的中餐入门书。他开始审视英国的中餐业并震惊地发现，由于战后物资紧张，有些中餐馆还在使用稀释的马麦酱来充当酱油的替代品，并且提供带有杂碎的薯条。那些鲜衣美食的生活在脑海里复活了，家乡福州的美食在冒着热气向他招手。他开始了一场美食探险，原以为只是玩票，就像一日游那样随性而为浅尝辄止，没想到却开始了跨越人生的长征。

此时，年轻的周英华也在英国挣扎，只不过更加无助。1952年他踏上英国土地时只有十三岁，感觉掉入了一个黑洞。父亲周信芳京剧大师的光环和上海惬意的公子哥生活，全部被黑洞所吞没。他向我回忆初到英国时的情景：感觉自己"被连根拔起了"。

2021年夏天，美国西部时间早上9点，八十四岁的周英华在美国洛杉矶的家中醒来，脸上还带着"起床气"。他性格直率，穿着一件黑色T恤，没戴标志性的圆框眼镜，面皮松弛，说话底气十足。他自言自语道："习惯了讲英语，国语不太好。"

我从小跟外公外婆长大，能听懂一些上海话，告诉他："其实你可以讲上海话。"

周英华一听来了精神，改用上海话说："阿拉的上海话可是老上海话，现在已经听不到了。"

周英华对上海的童年回忆，定格于一个普通的生活场景：离家前的最后一周，父亲周信芳拉着他的手，带他到剧场参观。今天的周英华已经忘记了那一周的相处时，父亲都讲了什么。舞台是周信芳的生命，寡言的父亲以自己的方式和儿子作别。这一幕深刻影响了周英华在事业上的追求：自信，乃至偏执。

周信芳出生在江苏农村，他的父亲喜欢唱戏，影响了周信芳的选择。当他决定成为一名职业演员后，他和父亲被家族逐出了祖居的村庄。在崇尚读书和做官的中国社会，唱戏是不体面的，演员也被称为下九流，供人娱乐，往往成为黑社会赚钱的工具，以及权贵阶级的玩物。

周信芳一意孤行，靠着勤奋和天资在舞台上迅速崛起。这时发生了一件意想不到的事，处于青春期的周信芳"倒仓"了——因为变声，他的嗓音失去了洪亮和柔美，变得沙哑干枯——这经常预示着京剧生涯的结束。周信芳不愿意接受命运的羞辱，他利用嗓音特点，改唱老生，发展出一种具有沧桑感的唱腔，别具一格。

京剧是起源于安徽市井的地方戏，徽班进京演出，受皇家推崇，改称京戏，成为国粹。京剧诞生于民间，无拘无束天马行空，师徒口耳相传，发展出一套严格的表演体系、舞台规范和审美哲学，涌现出各具风采的大师。周信芳是那些最具创新意识的大师之一，他不仅是声音的创新者，他的舞台动作、表演，对舞台艺术的理解和表现力，都形成了独到的美学，因此由其艺名"麒麟童"，他的表演被称为"麒派"。

在周信芳成功的背后，有一个兼具勇气与智慧的女性丽琳。丽琳的母亲有一半苏格兰血统，家境不错，丽琳在少女时代被周信芳的舞台艺术倾倒，和周信芳私订终身，在当时轰动一时。周信芳痴心舞台艺术，但在理财上却是"小白"。丽琳成了周信芳舞台事业的支持核心，扮演类似经纪人和管家的双重角色，帮助周信芳的剧团在上海滩摆脱了黑社会的控制，拥有了独立结算的经济权力，使得周信芳在艺术生涯高峰阶段积累了不菲的财富。两人生育了六个子女，周英华是最小的儿子。1940年代，他们一家的生活相当富裕，居住在现上海长乐路的一栋洋房里。

在三女儿周采芹的记忆里，父亲周信芳是一个非常注重家庭生活的人，喜欢孩子。他们兄妹六人，都得到了很好的照顾和教育，之后都在不同领域做出了成绩。父亲喜欢工作，总是埋头工作，仿佛生活在自己的世界里，只有妈妈才能把他唤醒回来。他看起来温柔又带孩子气，但是如果违背了他的原则，他也会怒火冲天，吓得孩子们大气也不敢出。父亲对日常生活的需求很简单。和大多数中国人不同的是,他对饮食一点儿也不讲究。他总是狼吞虎咽吃下两碗米饭,喜欢吃"东坡肉",最不爱吃蔬菜,但身体却非常健康,从来也不生病[①]。

1949年5月的一天,周信芳怀着忐忑的心情目睹共产党军队接管了大上海。几个月后,毛泽东宣布全国得到解放,中华人民共和国成立,一个新时代到来了。和其他对国民党失望透顶、渴望变革的文化界人士一样,周信芳对新政权充满期待。这时候,丽琳决定把孩子送到海外读书。也许是血缘的因素,丽琳相信子女们应该具备海外的求学历练,总之,丽琳开始积极为子女留学筹划准备。除了大儿子喜欢演戏,决定留在父亲周信芳身边,丽琳把大女儿送去美国读书,二女儿去了香港,现在她准备把三女儿采芹和最小的儿子英华送到英国读书。

在周家拍摄于1949年元旦前夕的一张照片上,一家人站在圣诞树下,没有笑容,似乎预感到这可能是最后一张全家福。不久,子女们四散世界各地,无法回家,只有年迈的父母独守空屋。

英华的姐姐采芹首先打点行装准备去香港上学,跟家人道别后,采芹来到父亲的书房,父亲正一个人静静地坐着。告别是中国式的,很简短,没有拥抱,大部分时间都是沉默。父亲给采芹一本用毛笔字手抄的《文天祥》剧本作为离别赠礼,这是抗战时期周信芳一出被禁演的戏。在采芹眼中,父亲身上集中了世间人所具有的一切优点,也代表了中国戏剧最优秀的精华。多年后,父亲和祖国在采芹的心中融为了一体,非常遥远,但是更加浪漫。最后,父亲简单而温和地对她说了一句:"你要永远记住你是一个中国人。"这是他当面对采芹说的最后一句话,之后采芹再也没有见过父亲[②]。

[①]《上海的女儿》,周采芹,36页。
[②]《上海的女儿》,周采芹,110页。

采芹先于英华来到香港，在潮湿的英国统治地开始学习英文，她继承了父亲对于舞台的热爱和天赋，正热切等待着皇家戏剧学院的入学考试。1945年日本投降后，香港人口下跌至50万。随着国共内战以及中华人民共和国建国前后，各地难民逃至香港，香港人口急增至220万。这批新增人口中，有一部分经由香港来到英国，英国的华人人口显著增加了①。

在香港，采芹感受到社会上的种族隔离随处可见。公共汽车上，英国孩子和保姆都以鄙视的眼光看她，觉得自己高人一等。本来妈妈希望她随大姐去美国读书，但是采芹喜欢戏剧，拿到了英国伦敦皇家戏剧学院的录取通知书。在等待启程的时候，她兼职找了一份工作，做接待员。英国老板准备提拔她，得知她要去英国读戏剧，开玩笑说，说不定哪天我能在霓虹灯广告上看到你的名字。七年后，他在伦敦威尔士剧场后台再次见到了采芹，采芹的名字正在霓虹灯上闪闪发光。

很快，妈妈带弟弟英华来到香港，准备让英华和采芹一起到英国读书。对这个体弱多病的小儿子，周信芳想必不放心，他特意在儿子离家前安排时间与他相处，每天带他去剧院，看自己的排练和表演。十三岁的英华和十七岁的采芹不知道，他们会永远告别长乐路788号那幢三层的法式洋房，永远告别父亲周信芳。

1952年10月，一个美好的清晨，客轮漂了一个月之后，慢慢驶进南安普敦港。下船后，姐弟两人分手。英华读的是伦敦外的一所寄宿学校，很快就被学校接走了。从亲热温暖倍受呵护的家庭一下掉进陌生的英国式教育和纪律中，对于还不会讲英语的十三岁男孩是一段痛苦的经历。采芹被安排到维特岛一家寄宿学校，等待皇

---

① 《二战前后华人移民英国的历程》，宋爽，http://www.ems86.com/lunwen/html/?66047.html。

家戏剧学院的面试。在这里她结交了第一位黑人朋友。

周英华回忆初来英国，伦敦笼罩在无边的浓雾中。1952年冬季，雾霾笼罩伦敦，严重的空气污染在接下来的数月内造成至少12000人死亡。糟糕的天气和食物贯穿了他最初的记忆。他对英国食物感到失望："在学校吃的主要是土豆，一根羊腿要几个人分着吃。"在英国几乎找不到像样的中餐馆。"那时候英国根本没有中餐馆。没有东西吃，只有吃苦。"他摇摇头说。

采芹回忆说，1953年1月她去伦敦参加戏剧学院的面试，看到伦敦破败萧条，还带着二次大战的伤痕。当时其他同学以为来了一位东方公主，因为英国年轻人很少有机会接触洗衣店以外的中国人。当时英国只在伦敦和利物浦有几家退休海员开设的洗衣店，在伦敦市中心苏活区有几家中餐馆①。

周采芹记得在一家名为南中国的中餐馆吃了炒杂碎。老板陈太太在鲁珀特街开了这家中餐馆，常请她和英华去吃饭。采芹很不习惯吃杂碎，那些华人"只会讲广东话而不会英语，大家很抱团，长年在这片陌生的土地上苦苦挣扎"，"我们之间并没有多少共同之处"②。

不光是食物，过去建构在上海大家庭的情感之上的一切东西都失去了，年幼的英华完全没法理解。"所有的一切都失去了，完全是一个陌生的地方，陌生的语言，陌生的人群，陌生的味道。我连味道都失去了。我失去了一切，比孤儿更糟糕。突然间，我的内心出现了空虚。"

若干年后，周英华仍然认为这段经历是悲剧性的，他说："一个人只有两种选择，变得更好，或者变得更糟。"

---

①②《上海的女儿》，周采芹，127页。

英华没有时间去消化那种排山倒海的情绪，他在寄宿学校读了六个月，有了一个新名字 Michael Chow，他庆幸遇到了很好的老师，教他英语和历史。但他承认自己不是用功的孩子，从未通过考试。"后来工作也没有超过两个月的。"他笑着说。

1952 年到 1956 年，他逃进电影世界麻痹自己，缓解跟家人分别的痛苦。1956 年他首次在《暴力游乐场》客串角色。后来，他参与拍摄了 15 部电影，几乎都是无足轻重的角色，包括在著名的傅满洲电影中跑龙套。

1956 年，英华进入圣马丁艺术学院学习摄影，1957 年进入哈默史密斯建筑学院学习了一年建筑，至今他还记得和台湾来的好友一起习画的场景。父亲在舞台上的光彩影响了他。英华想像父亲一样在艺术界扬名立万，站在聚光灯下，却发现英国的艺术圈对这个东方小子毫不在乎，他无法推倒那堵墙。

采芹遇到的第一个麻烦，则是身份的认同。令她忿忿不平的是，因为身为中国人而被拒绝租住公寓，偏见无处不在，有一次一个英国人甚至当面问她："你的乳房是真的吗？"[1]

其次糟糕的是饮食体验，采芹说："对于英国饭菜，不管我怎么往好处想也不敢恭维。虽然有高级饭店，但是一个国家的烹调水平是要用广大老百姓的标准来衡量的。那种又甜又烂再加上牛奶的布丁让我难以下咽。"

在饮食上，英国批评中国人喜食狗肉，后来采芹学会了反唇相讥以保护自己，"英国人还吃兔子，法国人吃马肉。那只不过都是食肉动物在吃肉罢了[2]"。

生活的碰壁令采芹决心融入英国生活，婚姻也许是躲避艰苦生

---

[1]《上海的女儿》，周采芹，130 页。
[2]《上海的女儿》，周采芹，129 页。

活的避风港,她很快和一个在英国的中国人结婚生子,但是婚后生活充满争吵,于是她决定重新到学校学习,做个演员。采芹1957年首次登台,在杜利巷剧院演出,开始了新的人生规划,弟弟英华则掉进了一个鸿沟——先是绝望,然后是艺术。他在圣马丁学习并继续绘画十年,现在已经离开美术学校,开始在伦敦挣扎着做一个画家。1958年采芹参演了《六福客栈》,饰演英格丽·褒曼的义女。在白人的世界,东方人的面孔注定只是一个花瓶。采芹想起了父亲的话,"记得自己是中国人"。然而令她无比后悔的是,为了生存,她不得不接受一些刻板角色的演出,在演艺生涯中,曾经演过五次傅满洲的女儿。在萨克斯的小说中,傅满洲有一个和俄罗斯女人生的混血女儿花露水,她在大多数时候是父亲傅满洲的得力助手,私下一直密谋取而代之并接管傅满洲的犯罪帝国。周采芹之后为此觉得不安,可是当年能给亚洲面孔的角色少得可怜,她别无选择。

采芹和英华在苦苦寻找机会,此时,罗孝建的第一本美食书《中国烹饪法》于1955年出版,随即在英国知识界和出版界引起了轰动,好评如潮。

我手头有这本书的第二版,全书分为15章,扉页的献词中,罗孝建用自嘲的口吻写道:献给我的妻子,从她那里我学到了许多厨房知识,特别是后期的清洗。

他断言:"在中国文化的迷宫中,中餐是传播力最强的,消费者不需要具备除了使用筷子之外的复杂技能,甚至连这也不需要。"

罗孝建写道,过去几十年,中餐馆纷纷出现,中餐风靡了各国首都和大城市。究其原因,一是中餐的魅力在于质量和数量并重;二是相对于西方烹饪,中国烹饪是非常自由的。例如对时间的把握和配料的精准度上,中餐烹饪只是提出建议,很少给出细节和进行精细的测度，当一个厨师想要向上发展时，一般要练就更高水平的更完美的调味能力，通过对比味道或出其不意的配比使用，发挥其自然香味，抑制不良口味，而不只是在制作手法上下功夫。

在第二章中国烹饪的特征、要素和原则中。罗孝建认为，中餐最显著的烹饪特色有两个。一是高温下短时间内翻炒，所谓"爆炒"占了很大比重；第二，讲究火候，而非倚重酱汁。中国烹饪有酱油、味精等独特的调味品，一般把原料分割成易于入口的小块，即便是整形，也必须酥烂到利于筷子分割。中餐普遍使用的与西方不同的一种方式是把肉类和蔬菜混在一起烹饪，让两者吸收彼此的美味。

罗孝建总结了中餐烹饪的12个原则：所有的烤炙或煎炸食物要嫩中有酥（也适用蔬菜），保持菜肴中各种用料本身的独有味道；精心选择并准备配料；烹出独特或稀有口味，如鱼翅燕窝或各种菌类的味道，炖菜中的陈年酒香；所有汤都要口感纯正香味浓郁；鱼肉要鲜甜；蔬菜要甘甜；鱼肉禽肉和畜肉要肉质酥脆，如用泡酸菜来炒肉丝，或者用豆豉炒或蒸鱼；追求色泽的亮丽丰富；炖菜要呈现棕色或红色；蔬菜要翠绿或奶白；鱼要嫩白；通过姜蒜洋葱和酒等巧妙遮盖住各种本来不是很好的味道。

罗孝建介绍了99道中国名菜点的做法。在第十五章，他还对当时伦敦的14家主要中餐馆进行了点评。

罗孝建的这本书具有启蒙意味，第一次将中餐文化系统地引介给英国社会，提升了英国社会对于中餐的兴趣。罗孝建是一个在东西方语境中游刃有余的角色，他用通俗易懂的英语向西方读者介绍了中餐美学，显示中餐普及推广的时代已经来临。

罗孝建的书生逢其时。1950年代是英国的战后恢复期，失业率低，生活水平提高，婴儿潮到来，人们对未来充满信心，对中餐乐于尝试，英国社会开始认识和接受中餐作为一个独立的餐饮品种。

50 年代的唐人街中餐馆开始供应叉烧、海鲜和蚝油蔬菜，还有馅饼、薯条和黄油面包以及大量英国化的粤菜。这一趋势在很大程度上一直延续到今天。1957 年或 1958 年，中餐馆还推出了西式三道菜餐点，以适应英国人的点餐习惯①。

英国第一家中餐馆的老板张材（Chung Koon）的儿子约翰后来继承了父业。1958 年，约翰在贝斯沃特的金钟道开设了 Lotus House，同样非常受欢迎，以至于找不到位子的顾客会央求可否把食物带回家——于是，英国的第一家中餐外卖就这样诞生了。

不过也有华人认为，英国首家中餐外卖店是位于莱姆豪斯的 Local Friends。事实再一次消失在时间的迷雾中。

英国《卫报》的美食作家杰伊·雷纳对 50 年代的中餐馆评价不高，他认为，1950 年代在伦敦兴起的代表中餐馆包括 Asiatic 和 Good Friends，Shangri-La 和 Good Earth。后来出现了 Gallery 和 Rendezvous 连锁店，他们都只供应粤菜，"老实说，食物很糟糕"。缺乏趁手的东方食材是一个重要原因，华人美食作家熊德达回忆说："他们当时唯一的中国食材是豆芽，甚至没有真正的酱油，直到 1950 年代末期，香港商场在伦敦开业，才有了一些。"

在 1950 年代，中餐不可避免朝着更加生活化和商业化发展。在大英图书馆为口述历史项目录制的录音中，华人超市荣业行的老板叶焕荣指出了早期中餐馆成功的几个原因。他们不仅适应了英国人的口味，而且在酒吧关门后仍然营业到很晚，对顾客友好，非常实惠。

50 年代的美国三重奏组合 The Gaylords 曾经唱过一首叫做《炒面》(*Chow Mein*) 的歌，歌词是这样的：

---

① 《英国中餐历史》, https://www.britishchineseheritagecentre.org.uk/zh_cn/ph/timeline/british_chinese_food.html。

> 我整夜悲伤哭泣
> 我整日痛苦哀悼
> 因为那个中国餐厅搬走了
> 我的生活完全被颠覆
> 如果我继续这样生活
> 一切都将是徒劳
> 如果没有炒面的话
> 这算是什么生活啊

歌曲形象地反映了中餐开始渗透到西方世界的日常生活之中。

但是在英国，中餐业仍然只是一个点缀，一件古董。直到60年代到来，随着大量香港移民的涌入，中餐业得到了极大的普及。到1961年，为了保持行业的良好声誉，并从香港招聘更多的餐馆工人，中餐馆们成立了中国餐馆业主协会（Association of Chinese Restauranteurs）。对于中国餐馆来说，正在酝酿一个闪闪发光的时刻。而周英华将缔造自己的餐饮王国。

第五章　中西合璧

在英国，采芹和英华跟父母的联系变得更加困难。断断续续得到的消息称，父亲在中国得到了党和政府的信赖。1955年周信芳担任上海京剧院院长，大部分过去的私营剧团被改制为国营剧团，固定工资取代了明星制和分红。像梅兰芳和周信芳这样的大师被委任为剧团领导后，拿到的工资跟国家领导人差不多。京剧演员的社会地位提高了，成为党的文艺战士，不再是从前的"下九流"和"戏子"，而被称为"人民艺术家"。1956年，官方主办了周信芳从艺五十周年庆祝活动。周恩来总理写信祝贺。周恩来对上海的文化界名流非常了解，许诺党会保护文艺的发展。至此周信芳的疑虑完全打消了，1959年加入中国共产党。周信芳感受到强烈的责任感，热情投身党领导下的文艺事业中。

父亲周信芳加入中国共产党的这一年11月，采芹在威尔士王子剧院演出《苏丝黄的世界》，并获得了成功。采芹被誉为"身高一米五的炸弹"。这是一个英国青年和中国妓女的老套爱情故事，被看做是最后一部远东情调的舞台剧。东西方已陷入漫长隔绝。几年后，她获得英国国籍，完成了与英国人同化的过程，中国离她越来越远了。

采芹在英国的生活开始有了起色，她买了房子，还投资出租房生意，伦敦动物园一头新出生的小豹子，也以她的名字命名。除了婚姻不太顺利，其他一切尚好。她在第一段婚姻中有了一个儿子，离婚后归中国前夫抚养。现在她跟一个野心勃勃的白人艺术家的第二段婚姻，也陷入了危机。

1961年妈妈来到英国，这是母女的最后一次见面，但采芹当时并不知道。英华在异国挣扎了八年，成了二十一岁的青年。他从小患有哮喘，因而得到母亲的特别疼爱，他一直无法理解，为什么在他那么小的时候，母亲就狠心让他来英国。在机场接母亲回伦敦的汽车上，多年的辛酸涌上心头，周英华爆发了，他捂脸哭泣，责问母亲："你为什么把我们这么小就送出来？"

大姐二姐也从美国飞来英国相聚。妈妈丽琳好不容易争取到出国探视子女的机会。她不愿意谈论太多国内的局势，只是无意中流露出内心的焦虑。

相聚是短暂的，不久妈妈就要回国了。留在采芹眼里的最后形象是妈妈的后背，她走向机场入口，头发盘了一个髻，胖胖的，圆圆的肩膀。就在这一刻，妈妈永远离开了采芹的生活[1]。此后，采芹和英华再也没有见过母亲和父亲。一场席卷全体中国人的风暴即将来临。

而在英国，一场由年轻人主导的摇摆的60年代革命也拉开了序幕，战后紧缩政策贯穿了整个50年代之后，英国慢慢复苏，1960年英国废除了男子国民服役，50年代婴儿潮一代已经成人，他们比父母享有更大的自由和更少的责任，他们渴望改变社会，渴望性，渴望一切新鲜玩意儿。伦敦作为这场文艺革命的中心，大量艺术人才汇集于此，强调现代性和享乐主义的音乐、时尚蓬勃发展，性解放和反战思想盛行，从战后的阴沉肮脏变得明亮闪耀。在伦敦，这

---

[1]《上海的女儿》，周采芹，172页。

段时间被称作摇摆的60年代。文化转变意味着伦敦人更愿意尝试新鲜东西。

1961年，英国拥有了30000名华人。中国餐馆业主协会成立，以规范行业，标志着中餐业在英国强盛起来[①]。

1962年之前，英联邦和英帝国的公民可以不受限制进入英国，整个1960年代，华人移民潮持续不断，主要是来自香港的男性农业劳工。由于土地改革，也因为英国与香港的联系，男人们搬到英国寻求更好的生活，并在苏活区和贝斯沃特区定居。那时，航运业和中国洗衣店业急剧下滑，新移民们在不断增长的餐饮业找到了工作，构成中餐业的主力。他们寄钱给家人，一旦攒够钱就自己开餐馆，把家人带过来。华人社区的构成很复杂，有些是躲避战乱的难民，有些是华工和海员后代，他们身在英国，却充满了漂泊的无奈，仍然对家乡怀有强烈的归属感，相信英国只是暂住之地，早晚有一天会克服困难返回故里。

1962年底，采芹的第二段婚姻结束了。她开始了餐厅演唱生涯，并且成为亚洲面孔专业户。英国人对华人的认知更加固化和脸谱化。为了生计，采芹曾经五次扮演辱华角色傅满洲的女儿。

周英华很久很久没有父亲的消息了。此时周信芳已经陷入了一场风暴。1964年，周信芳创作并上演了京剧《海瑞上书》，周信芳因为这出戏遭到了批判，命运开始急转直下。

周英华热情投入到摇摆伦敦的艺术热浪中，周英华回忆过往，口气里充满自豪，形容自己会折腾，是伦敦"艺术圈里的108将之一"，那个时期的照片上，他梳着60年代披头士乐队式样的浓密长

[①]《英国华人遗产之餐饮》，https://www.britishchineseheritagecentre.org.uk/zh_cn/ph/library/articles/catering/4qr3i4d878g59pq3sege6eskb2.html。

发,蓄着一撮小胡子,穿着紧身丝绸礼服和高跟皮鞋,他对市场和宣传有着敏锐的直觉,他回忆说:"伦敦是一个有文艺气质的地方,你的装扮举止越古怪,别人越以为你很牛。如果有创造力,加上古怪,你就更容易成功。"

1965 年,他为 Smith Hawes 美发店设计了全白的室内设计,这个带有梦幻色彩的舞台,反映了他从父亲的艺术世界和中国虚无美学所受到的影响:梦幻、无常。他提出了"比白更白"的设计理念,这些看起来前卫的言行吸引了公众注意。二十六岁的他成了冉冉升起的设计明星。

1968 年英华在国际联盟画廊办了画展,但却一直没能积极宣传,所以作品卖不出去,他意识到,市场力量已经表明,它不接受中国艺术家。至今他仍然耿耿于怀,把一切归为种族主义。

"歧视从来没有消失,今天也是如此,"坐在美国家中沙发上的周英华骂了一句粗口,"我做的所有工作,都是为了与种族主义作斗争。我的父亲就是不公平的牺牲品,他在旧上海被当成戏子,解放后又受到政治冲击。而我在异国也是为机会挣扎奋斗。反对不公平,一直是我在做的事情。这是我的 DNA。"

艺术上没能成功,但英华在经商和理财上却是个天才。借助中餐热,他要做一个梦幻般的中餐馆,名字都想好了,就叫"周先生"(Mr. Chow),Chow 在英语俚语也是吃的意思。他是一个不服输的人,在艺术界遭遇的冷遇令他忿忿不平,渴望每一个进入餐馆的人都尊称他一声"周先生"。周英华这样描述自己后来创建周先生餐厅的动机。

1968 年 2 月 14 日情人节这一天,是"周先生"开业的第一天。周英华欢欣鼓舞地回忆起了当天的盛况,"滚石、披头士,都来了。这一天载入了历史"。

那年周英华二十九岁，他的商业才能显现出来。摇摆的60年代已经来到尾声，中餐受到前所未有的欢迎。"周先生"的出现，正逢其时。

当时文艺圈有一位叫罗伯特·弗雷泽（Robert Fraser）的领袖，经营画廊，跟文艺圈很多人关系都很好，与甲壳虫乐队和滚石乐队的成员关系密切。他是银行家的儿子，毕业于伊顿公学，他开办的画廊成为英国现代艺术的焦点，他通过展览推广了许多重要的英国和美国艺术家的作品。弗雷泽成为1960年代的潮流引领者，保罗·麦卡特尼（Paul McCartney）形容他是"伦敦60年代最有影响力的人物之一"。他的公寓成为当时艺术家聚会的场所。有一天晚上，周英华在朋友家看到了罗伯特，告诉他想借一些艺术品挂在自己餐馆的墙上，罗伯特说："为什么要这么做？你为什么不请一些艺术家为你画一些作品？"

周英华问："比如谁？"

罗伯特说："比如坐在你面前的吉姆·戴恩（Jim Dine）。"

吉姆·戴恩立即为周英华做了一个盘子，表示"你可以给我提供一些免费食物，作为交换，我给你一些艺术品"。他制作了一幅名为"巴特西之心"的作品，现在还摆放在"周先生"餐厅里。

那之后，周英华开始致力于收藏顶尖艺术家的作品。在接下来的六个月，他得到了大卫·霍克尼、理查德·史密斯、霍华德·霍奇金等人的作品，作为交换，他为他们提供可口的中餐。"周先生"和艺术家建立了密切的关系，这成为它的一个特色。

我在一个周末的晚上造访位于骑士桥的"周先生"餐厅。它位于著名的哈罗商场隔壁的街上，老式的旋转门，里面的格局带着60年代的审美趣味。墙上挂着周英华的画像，乱蓬蓬的头发，标志性的圆形眼镜，两撇小胡子，是个精力无穷的顽童形象。作为20世纪成名的人物，他至今活跃在社交界和商界。餐厅的空间并不宽绰，过道的一面墙上，是周英华最早收购的五幅"巴特西之心"。吉姆·戴恩使用粉红色绸缎制作的红心表达了各式各样的主题和情感。

餐馆地下还有一层，一侧墙上，挂着罗伯特·弗雷泽的三幅画像。1986年1月罗伯特因为艾滋病去世，同年，皇家艺术学院佩斯画廊举办了"罗伯特·弗雷泽肖像"展览，纪念这位摇摆的60年代的艺术领袖。这三幅画显然来自这次展览。周英华以此纪念这位开启了"周先生"餐馆的艺术灵感的引路人。

他的餐馆装潢没有用大红灯笼和雕龙画凤这些中式元素，而是充满了新潮又典雅的现代设计元素，屏风、马赛克地板、银盘子和刀叉似乎都来自60年代，带有浓厚的怀旧气息。他从开业就坚持不用中国侍者，而是意大利侍者，就跟英国餐馆用法国侍者以彰显高级的意思一样。英华专门到香港选好了中国各地风味食谱，把油焖大虾等中国名菜介绍到英国，还请了面点师傅现场表演拉面。口味上，"周先生"餐馆跟我所熟悉的中餐馆保持了明显的距离：我们点了套餐，价格不菲，一位要近百英镑。前菜炸虾球个大饱满，浇上了热乎乎的蛋黄酱，这种搭配令人惊喜。老式中餐馆常见的油炸浒苔在盘子上铺了浅浅一层，上面有两粒滚满了芝麻的蟹肉球。烧牛肉很嫩，造型类似叉烧，酸甜汁比起其他中餐馆柔和了许多。爆炒龙虾的用料很新鲜，勾了淀粉芡汁，清爽，不像老式中餐馆那么黏稠。总体上，"周先生"餐馆的口味比较柔和，没有特别刺激的味道，风格介于粤菜和北京菜之间，你可以说它是中餐，但又不太像。我的同行者认为它"跟伦敦其他的中餐馆似乎都不太一样"。与众不同，恰恰是周英华毕生所追求的。

周英华在骨子里是个有强烈表演欲的人，从一开始，周英华就决定把中餐做成一件概念性的艺术品，餐馆的设计仿佛剧场，灯光从桌底打上去,透过桌布,让餐桌笼罩在柔和的灯光中,于是餐桌具有了舞台的效果,彼此看得很清楚,坐在餐桌前的男男女女,人人都有了一种做主角的幻觉。餐桌铺着洁白的桌布,服务生系着洁白的围裙,优雅地穿梭,上菜时非常注重样式。自然它的价格都不便宜,对中餐来说明显太贵了。但这正是周英华想要制造的高档形象。

英华并不知道,"周先生"餐馆创立一个月之后,上海家里发生了巨大变故。1968年3月24日,周信芳被捕入狱。几天后,3月27日,六十三岁的丽琳因为癌症去世。

"周先生"开张一年后,采芹在《柳营春色》中扮演了甜姐露西。1969年英华结束了一段短暂的婚姻,1972年他和模特周天娜结婚,一年后儿子出生了。采芹的事业不温不火,1972年,她在电视剧《斗争对象》中出演了刘少奇的妻子王光美。1974年,周英华决定把餐馆开到美国洛杉矶。采芹则被摧毁了。英国遭遇了经济大衰退,她的投资失败,吞了大量的安眠药,最后被抢救回来。

英华在洛杉矶的"周先生"餐馆,给了姐姐采芹一份工作。采芹来到洛杉矶,但是姐弟关系不睦,英华是老板,十分严厉,像个严厉的家长,一个男权主义者碰上一个女权主义者,后果十分严重。在"周先生"餐馆工作六个月之后,采芹大病一场。这一年,1975年3月8日,弟弟菊傲写信报告了父亲的死讯,随着父亲的故去,采芹英华姐弟和中国的最后一丝联系也中断了。[①]

美国比起英国更前卫和具有爆炸力。周英华从摇滚年代来到了朋克时代,1979年,第三家"周先生"餐馆来到了东海岸。纽约的"周先生"餐馆见证了1970年代末1980年代初美国艺术界的盛况,

---

① 《上海的女儿》,周采芹,224页。

成了艺术家聚会的俱乐部。

"当'周先生'来到纽约时,餐厅电话一直在响,不得已只能拔掉电话线。让·米歇尔·巴斯奎特过来给了我一幅画。朱利安·施纳贝尔来到餐厅想见我。"周英华回忆说。从那一刻起,"周先生"就成了艺术家的时尚自助餐厅。波普艺术家基思·哈林(Keith Haring)用120瓶Cristal香槟举办了生日派对,之后,艾滋病流行打破了闹哄哄的世界。基思·哈林,包括和周英华离婚的周天娜,后来也死于艾滋病。

"我很幸运能在正确的地方,正确的时间,与所有这些艺术家在一起。我从伦敦搬到洛杉矶再到纽约,我为他们提供了油彩和一切。当然,一旦他们看到谁在其中,他们就是在与所有人竞争。安迪·沃霍尔非常调皮,用辣椒酱做了一个瀑布,漂白了别人的作品。这是一种恐怖主义。"周英华说。

周英华总结说,他做这些事情所具有的能量,都是来自父亲。"在中国,周信芳就像莎士比亚,但西方对此一无所知。"

评论家们会说,人们去"周先生"根本不是为了吃饭,周英华的第三任妻子艾娃(Eva)对此不能苟同。她告诉《美食》杂志说,他们的菜肴是北京菜的真实反映,而且,主厨和厨师都是从香港和北京聘请的。菜品的主要口感似乎是"甜腻"和"甜脆",但是对于那些只点可靠的菜肴,比如馄饨与咸辣口味对虾的食客们来说,还是可以享受到愉快的一餐。

如果有人说这里的菜价实在高得过分,周英华会笑着点头表示同意。极高的价格也是战略的一部分。"人们会说,太贵了!我却说,太棒了!"他说,"昂贵很重要。非常重要。"

首先,高定价是他对自己家乡菜的一种宣示。"中国菜过去一直被当做便宜货,"周英华说,"我改变了这一点。但是花了我将近半个世纪的时间。"

"周先生"的菜量也特别少，周英华说这是故意的。他一直希望菜量和芝乐坊餐厅（Cheesecake Factory）之类连锁店的大盘子大碗形成鲜明对比，在那样的地方，"沙拉能让你吃上两个钟头"。高昂的价格也让他为餐厅创造出上流场所的气派，那正是他想要的。直到今天，在"周先生"入座时，侍者还会推着香槟车走过你的桌边。"香槟是奢侈品，"他解释说，"有奢侈品就有幻想。有幻想就有性。"

听上去有点像作秀？"这一切都是戏剧性效果，"周英华说，"像打造一出戏剧那样去塑造它，这很重要。一切都是为了别让观众无聊。"

但是伴随成功而来的还有挑剔。2006年《纽约时报》上就曾刊登过一篇尖刻的餐评，给"周先生"打了零星，作者是弗兰克·布鲁尼（Frank Bruni）。他这样描写餐厅的一份羊腿肉："如果我知道它是在冰箱里放了快十年才拿出来，然后又在微波炉里加热了差不多一天，我会震惊的。它尝起来远没有那么柔嫩美味。"

《纽约》（New York）杂志的评论家亚当·普拉特（Adam Platt）说，一般情况下，这样的评论足以毁掉一家餐厅，但是洛杉矶和纽约的"周先生"仍然红火，吸引着各界名流和其他在1968年、1974年和1978年还没出生的宾客们。[①]

2021年10月采访周英华的时候，他翻看着一张财务报表，告诉我，刚刚过去的周末，美国几家餐馆的营收一天就达到20万美元。虽然受到疫情影响，仍然是很不错的销售成绩。

"周先生"的餐单数十年没有更换。周英华很自豪地说："中餐有三种，一种是中国的餐饮，一种是美国中餐为代表的海外中餐，

---

① 《周英华与屹立不倒的中餐馆传奇》，《美食 JEFF GORDINIER》，2016年9月14日。

第三种就是'周先生'的中餐,'周先生'的中餐是最好的中餐。"

我觉得有点夸大了,问:"你说你的中餐是最好的中餐,它和现在中国的中餐有哪些不同?"

"怎么说呢?我的中餐是那种最传统的中餐,"他语焉不详地解释说,"是已经消失的那种。"

自始至终,周英华的语气里表露出京剧大师的儿子、独具眼光的艺术家以及见证了半个世纪消费潮流并且深度参与者的自信与不由分说的狂傲。

1960年代是中西分野更加明显的时刻。中国持续动荡,西方在发生化学反应,各种思潮活跃。在一个越加多元的空间,中餐得到了解放,香港来的移民最终成为英国中餐业的支柱。他们决定在英国发展下去。而在旧时代就被迫出走的一代中国人,渐渐熄灭了回家的念头,罗孝建和周英华,几经挣扎之后,已经完全适应了异国的生活。曾经漂泊的蒲公英,现在愿意扎下根来,各自对无法回归的故土,做出最后的凝望,通过烹饪来想象一个回不去的中国。

第六章　东成西就

1980年，罗孝建在切尔西的艾布里大街开设了忆华楼（Memories Of China）餐馆，并延续至今。我在一个寒冷的中午寻访这家传奇餐厅，门框上仍写着"罗的中国记忆"。男接待是一个有着东欧口音的年轻人，笑容可掬。他热情地把我们引领到里面坐下。这里的装修风格有些老派，雕栏的木制屏风，把餐馆分割为几个区域，在墙上悬挂一排中国灯笼，张贴着几幅中国山水画。墙上有几张老照片，是罗孝建和披头士、皇室成员以及英国知名演员的合影——这大概是忆华楼仅余的罗氏印记了。

我和L两个人点了四道菜。两道前菜是椒盐虾、麻酱鸡丝，主菜是回锅肉和白菜香菇。除了椒盐虾没什么问题，L认为麻酱鸡丝的酱汁不对，没有麻酱的味道。替代白菜的油菜烫过头了，香菇泡发太久没有香气。最大的问题出在回锅肉，这是道典型的川菜，猪肉片要带着肥肉才香，大量的葱叶和少许的豆豉激发出肉脂香气，带有略微的麻辣红油，才叫完美。而餐馆给我们提供的竟然是用叉烧肉代替的回锅肉，干巴巴的。令L不能忍受的还有例汤，作为广东人，她敏锐地品尝到例汤是滚汤而不是煲汤，所以表达了失望之情，认为是给老外做的中餐，并且毫不客气点评说："这就是takeaway（外卖）水平！"

我能说什么呢？也许我们点的菜恰巧是现在的厨师不擅长的吧！

一打听方知,很久以前罗孝建把忆华楼转给了大厨毕金宝先生,毕大厨是上海人,自幼在香港长大,在忆华楼一直干到退休,并接替罗孝建成为老板。随着毕先生年事已高,又把餐厅转给了新的老板。现在的忆华楼,已经跟罗孝建没有太大的关系了。

不可否认的是,罗孝建和谭荣辉一样,在向英国人介绍美食方面发挥了重要作用。把中餐从一种边缘化的异域风味,提升了其文化价值和文化融合。翻译家文洁若1984年访问伦敦时曾去过忆华楼。她的丈夫萧乾是报道过二战的中国记者,曾经和罗孝建是剑桥的同学。后来文洁若在回忆文章中说,当时罗孝建已经出版了32本关于中国食谱的英文著作,本本畅销,在中餐推广上不遗余力。

那时,大部分英国的中餐馆是粤菜馆,偶尔供应四川菜或山东菜。罗孝建认为应该打破地域限制,为顾客供应北京、上海等地的菜品。

罗孝建组织了一个专门品尝中国菜的中国美食俱乐部,七年间指导17000个英国人品尝过中国菜。他开办中餐烹饪学校,戴安娜的母亲也来参加。

一个叫熊德达(Deh-ta Hsiung)的华人加入进来。他和罗孝建的经历有相似之处。熊德达出生于北京,家庭背景显赫,1950年来到英国,在牛津和伦敦完成学业。1981年至1996年间,熊德达在罗孝建的中餐烹饪学校担任固定教师,并在法国、意大利、芬兰介绍中餐,又被联合国派去印度教授中餐课。熊德达也出版了许多介绍中餐的畅销书。

1983年罗孝建连续六个星期出现在电视节目中,教英国的主妇们如何做中国菜,因此家喻户晓。"几乎每一个英国老太太都看过我爸爸的节目。"罗维前告诉我。

1986年4月,阔别中国五十年后,罗孝建首次返回家乡福州。

他以美食专家的身份，带领一支英国纪录片摄制组来到中国，行走了差不多三个星期，遍访东南沿海一带，从福州又去了厦门、泉州、杭州、上海、苏州、北京。

在家乡，罗孝建重温儿时记忆。黄晨的《光饼和乡思》一文，记录了罗孝建对家乡食物的感情。"车经福清宏路，罗孝建突然急呼停车，下车后，他直奔路边一光饼摊，抓起一串光饼，闻了又闻，接着又招呼拍摄人员下车。车到福州西湖宾馆，罗孝建的亲友在大堂迎候。一见面，没有拥抱，没有握手，罗孝建从西装口袋里掏出一块光饼，用福州话对亲人说：'光饼、光饼，五十年不见了，好吃、好吃。'"①

福建的烹饪非常不同于中国其他地方，大量使用海产品，大量使用酒烹饪。罗孝建率领一干英国人在路边品尝甘蔗，在农贸市场闲逛。在福州老家，大部分道路比罗孝建小时候更为宽阔和平坦。鼓山秀美依旧。罗孝建再次来到祖居的罗园，对着祖先的牌位燃香鞠躬。他们一行乘坐蒸汽火车到了杭州。在罗孝建看来，随着人口流动增加，以及交通工具的改善，中国人出外旅游越来越多，可以到达很多过去只在书本上看到的地方。在北京，他在颐和园品尝了宫廷宴，又去了母校北京大学。他们品尝了正宗的北京烤鸭。北京正在变得更加国际化，第一家肯德基快餐店在前门出现了。罗孝建来得正是时候，伴随着中国改革的日益深入，这些属于80年代的景象将不复存在，中国变得更加繁荣和多彩。

在女儿罗维前眼中，罗孝建"看起来傻傻的，其实心里什么都明白"。罗孝建虽然受到良好的教育，有很好的教养，但在赚钱方面实在不敢恭维，一生都没能签到一个好的出版合同，所以并不富裕。

---

① 《严天生：光饼情结》，2019年5月17日，《福清新闻》。

"我们几个孩子的学校都很差。"罗维前说。

在罗维前的少女时代，跨种族家庭在英国还不常见，那时她产生严重的身份危机，常常因为族裔问题受到攻击，甚至在街上大打出手。为了不受欺负，不得不学习武术。

在罗维前看来，父亲对子女的教育采取了完全放任的方式，原因是他和其他传统中国家庭的父亲大不相同，父亲出身显赫、富有，注定不可能扮演传统家庭的父亲角色。母亲安妮是农民的女儿，对教育比较反感。父亲在剑桥交往的人，大多是文人，不特别传统，像李约瑟这些人，都是左派。罗孝建对英国的公共教育体系充满信心，在培育孩子的过程中不怎么循规蹈矩，对于孩子的教育不上心，也没有要求他们都上大学。父亲的教育风格如此随性，所以子女们都变得无拘无束。作为典型的六七十年代的年轻人，罗维前也是国际反主流文化运动的推崇者，她的两个哥哥都成了彻头彻尾的工人阶级，对于教育和文化不感兴趣。他们的孩子也是一样。

罗维前很叛逆，曾经惹过很多麻烦，父母把她送到纽约大伯罗孝超家里，那会儿她十三岁，穿着阿富汗风格的外套和嬉皮士的服装，还吸毒，母亲完全绝望了，她的哥哥们那时还在监狱里坐牢。

罗维前和大伯罗孝超一起待了十天，完全改写了人生，心里埋下的种子慢慢发芽长大，并在之后的人生中结出果实。大伯常常在洗澡时吟诵《庄子》。他从不要求维前必须学习中文。在她人生的大部分生涯里，他都是她的精神导师。

罗维前在英国20世纪六七十年代的反主流文化中，开启了一段学习中国文化的经历，罗维前十七岁学习针灸，当针灸师。在她的人生中，很讽刺的一点是，她接触的所有和中国文化有关的东西，除了中餐之外，都来自白人老师。后来她逐渐意识到这些老师的局限性，不会说中文，没人能够阅读中文经典，于是她带着两个孩子来到剑桥，成为露西卡文迪许学院的一员，这是唯一能够接纳她的剑桥学院，毕竟她没有受过任何高等教育，只取得了 A-LEVEL 成绩。罗维前成为家中四个孩子中唯一受过高等教育的人，那时她已经三十岁了。[1]

如今，罗维前在中英两国之间游走，在医学史、健康人文方面获得了一定的突破。

罗维前回忆她 1980 年代第一次访问中国时，看到中国的火车站外，许多小摊兜售各种小吃，现在这种景象当然消失了。如今人们走出火车站外，映入眼帘的是麦当劳、肯德基和中式快餐连锁店。中国人的饮食生活变得更工业化，跟西方一样，也面临着儿童超重以及糖尿病的困扰。

另一方面，中国人仍然津津乐道于传统的饮食方式，用阴阳平衡解释一些饮食的逻辑和选择，并且为食物赋予了品质，例如冷、热、苦、寒，这些中国古代哲学得以在饮食中流传和存活。对罗维前来说，中国的饮食知识与其说是一套信仰，"不如说是一套共同的社会实践，普通人可以在其中获得一定的专业知识"。[2]

接手忆华楼的毕金宝大厨曾经回忆罗孝建说："他一直希望可以回到福州养老。"但是时代发生了不可逆转的改变。那个记忆中的家已经永远消失了。罗孝建把对中国的美好记忆，都投入到忆华楼中，试图留存他所理解的中国文化的一脉香火。

2013 年安妮去世，享年八十四岁。罗孝建形容她有着"富有感染力的笑声和不分青红皂白的友善"，并将她描述为"一座力量之

---

[1]《探索自我认同的中国文化根源——访英国医学史学家、伦敦大学学院教授罗维前》，2022 年 1 月 27 日，第 2 版，《中国社会科学报》。

[2] *CHINESE FOOD PHILOSOPHY：A RECIPE FOR LIFE*，https://oxford-culturalcollective.com/chinese-food-philosophy-a-recipe-for-life/.

塔"。混血婚姻在 1950 年代并不容易。两家人都反对。然而，对于两人来说，那是快乐的岁月。贝尔塞斯公园到处都是年轻的社会主义者、作家、汉学家和音乐家。婚后，因为财务不景气，全家人搬到了萨里，安妮在那里照顾家庭并为学校做饭赚钱，每天要为学童提供多达 1000 份午餐，然后再回家喂养自己那群不守规矩的青少年。

1980 年代，罗孝建夫妇开始了他们最成功的事业。他们首先开设了专属的中国美食俱乐部，探索伦敦的中国餐馆。这很快导致他们在艾布里街开设了第一家餐厅忆华楼，并使之成为伦敦最著名的餐厅之一。接下来他们又开了两家餐厅，还有一所烹饪学校。中年时，她游历中国，并去了西藏。

罗孝建早于安妮于 1995 年去世。他经历了英国和中国历史最为动荡的时期，精彩而又平凡。他跨越东西方，在不同的文化语境中游走。就像他喜爱的《西游记》开篇所描述的那样，石猴没有母亲，汲取天地精华，见风就长，四海学艺，异域打拼长大，活出了精彩的人生。

罗孝建本人，就是那个在西方世界大展身手的石猴。

父母的死对于周英华的打击是巨大的，他当时患上了抑郁症，至今也很回避谈论这些往事。我问他是否知道当初远离中国的根由，他含混地回答："当然是因为政治形势了，你们年轻人不晓得。"他突然意识到了什么，要求更换话题。"故事太长了，一个星期也讲不完。"

我不甘心，再次试图揭开创伤："难道你对这些经历不耿耿于怀吗？"

让我意外的是，周英华哭了："我当然痛恨。那怎么可能忘记呢?"

沉默。他话锋一转:"不过你们年轻人不知道,过去中国落后,被人欺负,现在中国强大了,中国人的地位提高了。这都跟中国的富强有关系。"他更愿意讲述过去中国曾经多么落后贫穷,如今中国如何强大。

他在一次采访时对《纽约时报》说道:"我创办'周先生'是因为我受过苦。我当时十三岁,因为政治原因被送离中国。妈妈把我一个人送走了。在我离开中国之前,父亲对我说:'无论走到哪里,永远记住你是中国人。'

"在1952年的那一周,我最终来到了大雾弥漫的伦敦——如果你看《皇冠》,有一集有12万到18万人在大雾的那一周死亡。我在那里。我被摧毁了。我失去了一切。我受到了彻底的文化冲击——超越——恐慌发作和创伤。从绝望的深渊中爬出来,我画了十年,却遭遇了种族主义。我的绘画生涯毫无进展。没有黑人,没有中国人可以……所以我放弃了绘画。但我总是被父亲的戏剧所激励,这些戏剧涉及不公正。"[1]

2014年,他重拾绘画,他使用了拼贴、鸡蛋甚至金子做的叶子。这种杂糅像极了他的五彩斑斓的人生。

《纽约时报》的报道指出,正是在纽约艺术交易商与前洛杉矶现代艺术馆馆长杰弗里·德奇(Jeffrey Deitch)的帮助下,周英华决定重回绘画艺术。几年前,他看到周英华在1960年代期间绘制的一张小油画,从那以后便开始鼓舞他重返画室。这幅画当时放在周英华洛杉矶家中厨房附近的一堵墙边。

---

[1] "How restaurateur Mr Chow became the unlikely hero of the art world," https://www.dazeddigital.com/art-photography/article/39014/1/how-mr-chow-became-the-unlikely-hero-of-the-art-world.

"我知道他有艺术背景,但我并不知道他曾是一个非常严肃的画家,"德奇说,"他的画中有年轻艺术家的能量与冲劲,也蕴含着成熟男人的智慧与历练。"

周英华的画作融合了多种技巧,包括泼溅画法与拼贴,周英华将之称为"有控制的意外"。

只有仔细审视,人们才能发现画中的细节:用树脂防腐的蛋黄;一片价值14000美元的金子;古董钉子;金箔与银箔;画家的一条短裤;甚至还有一张100美元钞票,被放在塑料袋里,围绕在干涸的油彩之中,"因为我爱钱",周英华这样解释。

拼贴技巧也是很自然的选择。周英华说:"使用拼贴,你就可以把不可能的东西放在一起,而这正是我的人生。"

"丹尼斯·霍珀(Dennis Hopper)在伦敦给我拍了一张照片,背景中有一个牌子,上面写着'艺术第一'。艺术是一切的第一:对于生活,对于我们的文明,对于我们的未来。尤其在21世纪,艺术是灵性的媒介。真正的艺术家是只有纯粹意图的牧师。

"艺术也基于想象力和贡献。我们从洞穴时代一直画到现在。这是一个一直存在的中介系统。艺术家的工作就是承担这一点,使其与时俱进,符合时代要求,旋转它,做出贡献,并向前迈进,以便未来的艺术家能够承担它。

"那些从事艺术但没有做出任何贡献的艺术家通常不是最好的。像毕加索和巴斯奎特(Jean-Michel Basquiat)这样最有影响力的人,他们的贡献最大,并且从过去到现在再到未来。"

"伦敦战争结束后,来自不同班级的所有年轻人都去了艺术学校,这是有充分理由的:圣马丁学院、皇家艺术学院,不胜枚举。这是最解放的革命。"周英华如是说。

2015年,周英华回到了故乡上海。他此行的目的是在上海和北京办画展。绘画毕竟是他的老本行,他浸淫餐饮业超过了半个世纪,是时候用另一种方式来回顾人生了。姐姐采芹后来回到中国教学,又在中国兴旺的影视剧中继续着演艺工作,深受好评。

展览的名字就是致敬父亲周信芳。展览中除了周英华自己的画作,还有若干他的肖像,来自他范围广泛的个人收藏,作者包括安迪·沃霍尔、凯斯·哈林(Keith Haring)和让-米切尔·巴斯奎特的作品。此外还展出了若干周信芳的档案照片,他在六十年辉煌的艺术生涯之中创作了 200 多部京剧,饰演了 600 余个角色。

他告诉《纽约时报》:"对于我个人来说,这个展览在很大程度上填补了一个空白。"周英华在展览开幕式上接受采访时说:"很久以前,我十二岁就来到英国。我失去了一切。我真的失去了一切。从此就再也没有见过父亲,也没能和他联系。整个'文化大革命'期间,我甚至不知道他已经悲惨地去世。"[1]

父亲周信芳在周英华心中幻化成了一种符号,一座桥梁,代表了遥远的中国文化的精髓,他滋养着周英华,因为见过那种精髓的高度,支撑了他在他乡闯荡的勇气和骄傲。周英华说,能够在自己人生的"第三幕"期间,把这些油画带来中国,这种感觉无与伦比。"我感觉这像是一个终结,"他说过,"我已经回到家,回到父母身边,回到了中国。"

任何一门艺术形成成熟的流派,预示着艺术黄金时期的到来,艺术不再是一个大一统的教条式的东西,而具有了各具特色的活生生的个性。从徽剧进京肇始,到民国后期大成,也跟社会风气的逐步宽松有关。餐饮就如同京剧的发展轨迹,一开始是大众的,民以食为天,在广泛性的基础上,最终会形成不同特色的流派和经典菜

---

[1] 《周英华,以画笔向父亲周信芳致敬》,《纽约时报中文网》,2015 年 2 月 5 日。

式，锤炼成艺术。它既是生活式的一日三餐，又会在某一个环境里成为一种一骑绝尘的艺术，独自前行。

后来，那个舞台上的苍凉雄壮的形象，消失在动荡的社会中。周英华一直在异国生活，去追寻他认为应该属于自己的中央舞台，那个位置，过去曾经属于京剧大师周信芳，现在是漂泊的周英华，他要延续这种家族的光荣传统。在普通食客那里，"周先生"不过是一家价码昂贵和浮夸的中餐馆，但对于它的拥有者周英华而言，却是传承了父亲精神的一间博物馆，在这个悬挂着西式抽象绘画的餐馆，似乎总是传出咿呀呀的京胡，继续着关于艺术和人生的对话。

几年前，周英华打算把父亲的故事搬上银幕。"我很喜欢电影，现在中国成为世界电影大市场。当有战争、革命和饥荒，没有经济，也不会有文化繁荣，你不会考虑文化。中国衰落了数百年，现在她又回来了，富有和繁荣。中国电影可能很快就会超过好莱坞。"剧本都写好了，名叫"The Voice of My Father"，但是因为某些原因，没有审批通过。

说实话，我对他的表态一开始颇为困惑。对于周英华这样一个被迫失去文化根基的人来说，文化的复兴被寄托在富强的中国之上，或许是他家族根脉延续的基础。但是国家的强盛无法掩盖那些具体的历史悲剧。周信芳的人生遭遇了贫穷、歧视、战争、革命，接连不断的动荡贯穿了中国近代史，为这一代人的生命涂写了苍凉的底色。中国正是摒弃了"文革"的混乱年代，才走上了正确的发展道路。1978年8月16日，周信芳和丽琳的遗骨在上海龙华墓园重新安葬。中国进入了改革开放的年代。一个动荡的时代终于结束了，中国迎来了长久的进步和富足。我感叹，只有周英华这种遭遇过巨大人生挫败的人，才知道富裕和稳定对于中国的意义，惟愿一切都顺遂吧！

我们都准备聊一些更轻松点的话题，说说我们的主题：美食。

"有哪些上海的美食是你现在能够记得的？你愿意去说去吃的？"我问。

他变得轻松起来："哦，太多了，上海臭豆腐什么的，太多了，你知道吗，外国人不懂得味道的，中国人有几种东西外国人是不吃的。骨头、皮、血、内脏，中国人都把这些做成了美味佳肴，丰富发展了饮食的内涵和形式。"

他开玩笑说："西餐怎么可以和中餐比，一个在天上，一个还很原始。中国人吃饭用筷子，这很了不起。西餐使用刀叉，就知道打打杀杀，中国人的竹筷是很和平的自然的工具，远比打打杀杀的刀叉高明多了，高级多了。"

现在太阳已经升起，周英华斜靠在沙发上，从我的方向望去，朝晖把他笼罩为一个剪影，一个符号。周先生现在和第四任南美裔妻子住在一栋大宅子里。而且，两人又有了第二个孩子。当时大的两岁，小的只有半岁，预示着周英华旺盛的生命力。这股生命力曾经带领他穿越了生命的不可知。

到最后，我有点明白周英华的意思，为什么他标榜自己的中餐是"已经消失的""最好的中餐"，他一直生活在过去的辉煌幻影中，他认为那些代表了一个最原汁原味的文化中国。无论是父亲开疆辟土的舞台艺术，还是那种优雅的艺人生活，代表了一个时代的不可挽回的走远。他所做的一切，都是和他所承载的文化重新建立一种联系。父亲是一座纪念碑，代表了中国文化可能达到的高度。周英华在"周先生"这样的梦幻舞台上，延续和缅怀曾经的荣光。

第三部　不中不西

第七章　洗大饼

我不满足于走马观花，参加了一次唐人街探访之旅。组织者"保护中国城遗产"项目的负责人马萧告诉我，苏活这个地方很具传奇色彩。五六百年前，这块地方属于天主教堂，亨利五世打击天主教势力，遣散了僧侣，将这片土地收归皇室，这里成了皇家猎场。苏活这个词，最早出自法国人狩猎吹喇叭发出的声音，英国贵族们追逐小动物时会大声吆喝，猎人相互保持联络，就沿用了"Soho"做吆喝声。

1666 年，一场燃烧了四天的大火焚毁了大半个伦敦城。灾后，伦敦市的重建重点放在了当时还是农田的西郊。这片土地的主人杰拉德勋爵（Lord Gerrard）同意帮助因火灾而流离失所的人们重建家园。1685 年，以他命名的爵禄街（Gerrard Street）建成。曾经的农田变成了熙熙攘攘的闹市，伦敦西区应运而生。爵禄街建成后的一百年里，西区成了伦敦最热闹的地方——浓烈的市井气息和丰富多彩的生活吸引了包括莫扎特、德莱顿和马克思在内的骚客文人。伦敦西区也受到许多移民群体的欢迎。17 世纪逃到英国的一部分法国宗教难民就住在苏活，德国人和意大利人因为天灾和宗教迫害也躲在这里，犹太人也来了，这些国际移民带来了不同的文化、饮食和生活方式。

我们穿过这条街道拐到小广场，马萧让我抬头看建筑墙面，很多窗户用砖头封死了。这就是著名的窗户税的遗迹：英王根据窗户的多少向社会征税，为了减少交税，很多人封死了自家的窗户。这也是王权影响力和公众力量相互博弈的一个见证。

主街上，新龙门行超市的位置，曾经是1774年很有名的文学俱乐部，中国人对它的主人塞缪尔·约翰逊比较陌生，但是一定都听过他那句名言："假如你厌倦了伦敦，你就一定厌倦了生活。"紧挨着旁边，女作家伍尔夫和丈夫开过一个俱乐部。新龙门行对面的龙凤行超市，原来是1920年代伦敦有名的夜总会43号俱乐部，店主凯特·梅瑞克（Kate Meyrick）号称爵士时代的夜店女王。在喧嚣的1920年代，传奇爵士乐手朗尼·史葛（Ronnie Scott）也在爵禄街39号地下室创立了他的第一间爵士乐俱乐部。

我们往西来到主街上的石狮子雕像旁，马萧指着斜对面的一座小楼说，1850年恩格斯住在二楼，由此往北，马克思住在对面街上。马克思和恩格斯这对战友，在资本主义的大本营伦敦结下了深厚的革命友谊。我们经过一条窄小的胡同，这是著名的披头士乐队拍摄宣传照片的地方，里面曾有一个很有名的同性恋公厕，是同性恋者秘密聚会的据点。很长一段时间，同性恋在英国是有罪的，直至1970年代，同性恋在英国才免于刑罚。

我们绕到了主街背后平行的街道，客流量明显减少。华尔兹之父老施特劳斯在这里的一家酒店创作了拉德斯基进行曲。历史上这条街是著名的烟花巷，现在也有许多隐身建筑物二楼的性工作者，入口贴着"新进泰国妹"之类的字条。这条街的中文名"俪人街"自然十分贴切。

1854年苏活区暴发了霍乱，受到重创，贵族们大多搬走了，这里变成了工人阶级地区。到20世纪，苏活成了伦敦夜生活所在地。后来中国人发现了这块风水宝地，逐渐聚集于此，食肆林立的唐人街逐渐成形。

苏活是伦敦多元化的集大成者。唐人街在这样一个地区独居中心位置，但是它又是作为一种他者的景观而存在，仅供猎奇和取景。我去过不少国家的唐人街。美国、泰国、西班牙、南非，都有一条唐人街，多数都是开中餐馆的。华人每到一个国家必定要搞一条唐人街，如同国中之国一样。这是一个有趣的现象，其他族裔很少如华人这样热衷建一块域外飞地，聚众吃喝。

我看到 BBC 中文网的一篇文章说，"中国城"往往位于城市中心，却是应对排外与种族歧视而产生的边缘社会。华人移民面临针对华裔的歧视和暴力，抱团取暖。中国城在语言、文化上行使着与所在国城市不同的逻辑，又与母国、故乡时空相隔，仿佛一块夹缝中的飞地。①

那一刻我有所悟：华人是一个封闭的边缘族群，英语不够好，又吃不惯西餐，不能融入主流社会，所以喜欢聚集在一起，开中餐馆，解决生活难题。

英国有 60 万华人，体量并不大，但是其构成丰富多彩：中国香港人、越南华人、马来西亚华人、中国台湾人，不一而足。虽然血脉相同、语言相通，但是由于历史的原因，具有不同的成长背景、社会制度及生活习惯，并非铁板一块，而是拥有丰富的面貌。这其中，香港作为曾经的英国统治地的特殊历史，一度近水楼台，长期以来输送大批华人移民来到英国，他们中的大部分都进入餐饮业，经过数十年的发展，奠定了香港华人移民在英国中餐业的龙头地位，英国的中餐业因此具有浓厚的香港特色。

---

① Bitter Melon, "Sweet Mandarin".

我出发去曼彻斯特，寻访英国中餐市场上具有传奇色彩的餐馆——"甜甜"。"甜甜"同英国其他的中餐馆似乎没什么区别，但是其背后的故事十分传奇：这是承载了一家三代香港移民梦想和奋斗的中餐馆，并且，其三代经营者均为中国女性。这在英国中餐业十分罕见。

2021年夏天，我看到曼彻斯特的"甜甜"餐馆在网上发出求助信，称受疫情打击和封锁影响，希望消费者和粉丝们帮忙渡过难关。

"甜甜"餐馆老板海伦（Helen Wong）的求救信：

> 在这困难和不确定的时期，直到所有人的生活恢复正常之前，"甜甜"（Sweet Mandarin）将向其朋友、粉丝和家人寻求帮助。
>
> "甜甜"对我们所有人意义重大。这不仅是曼彻斯特历史上的重要一环（我们跟随外婆莉莉的脚步，和我们的妈妈梅布尔创立的最早的中餐馆之一），这对于整个社区来说都是一种资源。
>
> 我们卖掉了房子（因为银行拒绝借钱给我们），甚至在北区创建之前，就在曼彻斯特大街上建造了"甜甜"。我们姐妹也放弃了作为金融家，工程师和律师的工作，专注于餐馆业务和梦想。我们真的把钱放在了嘴边。
>
> 在我们经营餐馆的十六年，我们向NHS、慈善机构和弱势群体捐赠了数千顿饭菜。我们很荣幸能成为家庭成员和朋友的庆祝活动的一部分。我们看到孕妇开始使用辛辣咖喱来迎接生产，并带着新生儿来餐馆，享用成为妈妈后的第一顿中餐。我们目睹并参与了精心策划的婚礼。我们一直与病人、逝者家属见面。"甜甜"在生活中发挥了作用。有太多的回忆，我们想做

更多。

在大流行暴发之前，我们已经投入重金，建立了一个单独的厨房，用于专门制作无麸质餐食，以确保零交叉污染。

当然，留在家里，保护生命和 NHS 至关重要，但封锁时间越长，"甜甜"的风险就越大。对疫情流行的恐惧依然存在。

在您的帮助下，它将处理一些急需要的付款支出。在您的帮助下，我们可以确保在这些艰难的日子过后，"甜甜"将能够重新开张。届时将有一些很棒的聚会。

请尽一切可能确保"甜甜"的未来。谢谢！

这封信的字里行间，透露了作为小型家族餐饮企业的"甜甜"，在疫情中所遭受的重创。这是整个英国中餐业的缩影。作为传统的家族式餐馆，"甜甜"身陷危机。无数中餐馆在疫情中关门，因为封锁而遭遇经济损失，挣扎在生存的边缘线上。

几个月后，英国结束了又一次封锁，社会恢复了有限运转。"甜甜"的命运如何？

"甜甜"餐馆的故事，始于这个华人移民家庭的第一代，一个被称作莉莉（Lily）的广州农村女性，也就是发出求救信的老板海伦的外婆。根据现有资料，莉莉很有可能是第一个在英国开中餐馆的中国女性。

莉莉是她广为人知的英文名字，她的中文名字叫"水晶"，1918年出生在一个广东农民家庭。莉莉在娘胎里就表现出了男子气概，一直用力踢妈妈的肚子，以至于助产士认为会是个男孩。后来，莉莉成长为一个充满力量、精力旺盛的女性，这种品格伴随她及她的家族一生。

20世纪初的中国，农民很难赚钱，饭桌上总是缺少足够的食物。莉莉的父亲梁庆昌种大豆，然后酿造酱油，1930年代，为了改善生活，他带领家人搬到家乡村庄对岸的香港，这成为改变家族命运的关键一步。父亲的酱油生意在香港取得了成功，家庭生活得到了很大改善。莉莉在十多岁的时候，吃得起任何她喜欢的东西，也买得起任何想要的衣服。

莉莉很少提及自己的父亲，只是有一次带着海伦在商场买酱油时，触景生情，提到父亲梁庆昌死于一场谋杀。原因就是酱油生意的恶性竞争。虽然梁庆昌搬去了香港，但他的酱油生意还在老家村子里完成。他的生意很火爆，招来了村人的嫉妒，特别是一个同行试图用低廉的价格吞并他的酱油企业，遭到梁的拒绝之后，厄运就开始降临了。先是家里无缘无故失火，造成了损失。莉莉十二岁生日的那一天，梁庆昌赶回广州的作坊，一个闯入者袭击了他，梁在反击时被杀死。后来证明这是竞争对手指使的凶手所为。①

梁庆昌死的时候只有三十七岁，留下妻子和六个女儿。在那个年代，中国的许多女性无权获得教育或财产。莉莉的父亲去世时，他的所有资产和生意都交给了一个远房男性亲戚，这位亲戚没有给遗孀和六个女儿任何东西。莉莉的生活再次陷入贫困，小小年纪不得不出去工作。

莉莉出去做保姆，她学习清理房间、洗衣服，还学会了此后受用终生的技能：烹饪。这时候日本占领了香港，她最早的雇主是个荷兰实业家，做可可粉生意，脾气暴躁。这名荷兰人在战时获得了一份丰厚的合同，为日军提供巧克力制品，要求莉莉在照顾他之余，负责在荷兰人和日本人之间跑腿，并让莉莉学习了日语。这段经历

---

① Jade and Ebony, "Sweet Mandarin".

在莉莉脑海中留下了不可磨灭的画面,一方面她展现了学习和工作能力,另外,她也目睹了日本占领军如何对普通中国人施暴。战后,香港再度兴旺起来。莉莉更换了工作,来到一个叫伍德曼的英国人家帮佣。这成为她命运的转折点。伍德曼负责香港电力供应系统的重建工作,人很好,工作繁重。莉莉快乐的个性,令伍德曼家充满了欢笑。她陪伴伍德曼的母亲在海边散步,在码头看人来人往,照顾老人,老太太对她很满意,她的英文名字莉莉(意为睡莲),就是老太太取的。一家人都很喜欢这个伶俐懂事的女孩子。[1]

1946 年莉莉结婚,丈夫叫郭展,大莉莉四岁,他们有了两个孩子。1947 年儿子阿达(英文名亚瑟)出生,1950 年女儿宝儿(英文名梅布尔)出生。可惜郭展待妻子不好,沉迷赌博,还吸毒和养情妇,甚至加入了黑社会组织三合会。莉莉为伍德曼一家工作赚到的钱,也几乎都被丈夫挥霍掉了。

1953 年,湾仔的贫民窟发生了大火,莉莉在湾仔的蜗居之处也受到波及。此时,伍德曼一家正准备离开香港返回英国,他们希望莉莉随他们回英国继续工作。当时莉莉刚生下了第三个孩子,是个女儿,取名阿冰。丈夫在外躲债,莉莉只能靠乞讨养活自己和女儿,她已经对丈夫失去了信心,赶巧莉莉在医院结识了一位中产阶层的李太太,李太太人很好,就是没有孩子。于是,莉莉狠心抛弃了新生的女儿,送给李太太收养。这成为莉莉一生的伤痛。后来海伦在外婆的桌子上发现了一封中文信件,原来那是李太太发来的,告知阿冰已经结婚怀孕。当年,莉莉无奈抛弃最小的孩子,又把两个大孩子留给母亲照看,独自一人跟随主人上路。她也成为香港华人移民的先行者之一。

---

[1] Lung Fung, "Sweet Mandarin".

一路上花了六个星期，轮船"广州号"在不同港口停靠。枯燥的旅途中，莉莉跟随船上的其他人学习烹饪，特别是学会了一道咖喱鸡的做法：将椰粉添加到咖喱中，加入自发面粉和辣椒，跟鸡肉一起炖煮，再加上其他调料，这样制作的咖喱鸡很受雇主欢迎。这道菜源自印度半岛，经过改良，后来成为她经营的中餐馆的招牌菜。

她跟随雇主来到英格兰的萨默赛特郡中部的乡镇生活。几年后，伍德曼太太去世。对莉莉而言，这是一个艰难时期。她没有足够的钱回香港，雇主去世了，她不知道该怎么办，非常沮丧。

令她惊喜的是，伍德曼太太在遗嘱中为她留下了一笔钱。她看到曼彻斯特新闻晚报上的广告，离市区 8 英里的米德尔顿有一家店转让。于是她就用那笔钱盘下了那间位于泰勒街拐角的店铺，决定开一家中餐馆，取名龙凤（LUNG FUNG）——这是非常具有中国特色的名字。1959 年，她成为有记载的最早在英国开中餐馆的中国女性。

火车抵达曼彻斯特是个下午。刚下了一场小雨，地上湿漉漉的。我走出车站，穿越城区，寻找"甜甜"餐馆。

来到英国我才发现，作为老牌资本主义国家，英国社会有着浓重的工人阶级色彩，政策上偏向高福利，工会组织活跃，社会上有非常浓厚的平等意识。特别在一些大城市，比如伦敦或曼彻斯特，这种特质更加鲜明。伦敦和曼彻斯特这两座大城市的市长，也是由号称工人阶级支持的工党议员担任。时间久了我了解到，伦敦或曼彻斯特这些大都市，是外来移民的首选地，2021 年的统计显示，每五个在伦敦常住的人，其中就有两个是外国人。这些地方因此非常国际化，有一些乌托邦气息。然而这并不代表英国的全部。真正体现英国保守价值观的地区，也许在中部、北部，甚至偏远的乡村，这些是生活在伦敦的国际主义者无法接触到的广袤区域。

如米德尔顿这样的，大概也应当归于偏保守的地区。当年龙凤餐馆的顾客大部分都是当地的白人工人，以男性为主。尽管二战结束了，当地白人仍然以为莉莉是日本人，担心她在食物中投毒，因此集体抵制这家餐厅。于是莉莉雇用了一位名叫梅维斯的本地女士，梅维斯认识镇上的每个人，并将每个人带到餐厅，最终帮助餐厅生意走上正轨。

这家特别的餐厅位于米德尔顿市政厅附近，经常有一些歌手和乐队在那里演出，龙凤关门比其他餐馆要晚。当演员们演出结束没有其他地方可以吃饭，就选择去莉莉的龙凤餐馆。一来二去，就开始宣传龙凤的饭菜好吃。这样的机缘巧合，像现在一样，通过名人代言的力量，龙凤餐馆为自己建立了一个相当大的粉丝群。

作为中餐业的开拓者和探险者，莉莉身上浓缩了许多珍贵的品质：勤劳、不服输，在异乡保持着谦虚和拼搏的气质，这种精神将帮助后来的华人移民在英国餐饮业大显身手。

"甜甜"位于一栋高层建筑的底层拐角处，远远就能看见醒目的中文招牌"甜甜"。受疫情影响，餐厅还是以外卖为主，在保证2米社交距离的前提下，允许小范围的堂食。这些繁琐的规矩暗示，在英国吃饭需要承担一些风险。

下午5点，餐厅刚开门营业，我迫不及待推门而入。餐馆的内部基调为红色，中间有绿色的绿植，朱红色的天花板，桌椅则是咖啡色。整体格局可以用古朴雅致来形容。落地玻璃挂着猩红色的透明纱帘，由珠链穿制，为餐厅增加了一些性感元素。东欧人长相的女服务生引导我坐在临街的餐桌前，拿起餐单翻看，餐单背后，印着一张黑白合影照片：穿着旗袍的莉莉的和一儿一女站在餐馆门前。

当初莉莉离开香港时对女儿承诺："女儿，我向你保证，当我有足够的钱后会回来接你。"她信守了诺言。1959年，莉莉经营餐馆挣了足够的钱，回香港接儿子阿达和女儿宝儿（梅布尔）来英国。1960年丈夫郭展也一起来了英国，不幸第二年就死了。

1959年宝儿跟随母亲抵达英国的时候，大量的香港移民开始涌入英国。当时英国的移民政策执行的是《1948年英国国籍法》，规定香港居民拥有英国居留权与工作权。香港移民与来自加勒比海英国殖民地的"疾风一代"几乎同时抵英。第一代香港移民，大部分都是男性，很少把家眷带来。他们没有想到在英国长居。只是希望在英国挣钱，挣够钱就回家。

第一批香港移民，尤以来自新界的农民最多。伦敦唐人街华埠商会的会长邓柱廷说："英国人很聪明，当时香港经济发展，但是地少人多，没有地皮，只有新界有地皮，英国人欢迎新界人来，政府低价买地，再高价卖出去。"

新界土地开发，剩余劳动力需要寻找新的就业市场。以鸭洲及盐田子村为例，当地村民原本捕鱼为生，自20世纪五六十年代起，渔获大减，难以维生；沙头角的农业又因为中英设立禁区和边防而大受打击。另外，在1959年，荃湾成为香港第一个新市镇，及后港英政府大力发展新界，征收了很多土地，也令乡民失去本来的生计。这都促使大量的剩余劳动力向海外转移。①另一方面，内地居民特别是广东人，往往借道新界移民英国。

从新界来英国的移民，大部分都投身到中餐馆的工作中。今天粤语中常有"洗大饼"一说，意思便是指移民到外国后以中餐馆洗盘碗谋生。一直到1963年以前，港人到英国工作不需要"劳工纸"，当年只要在餐馆做满五年，由大厨签发就行，形同居留证，随便找

---

① 《战后港人历次"走出去"的因由》，https://www.bbc.com/zhongwen/simp/world-55874253。

个"企台"（楼面侍应）签就行，相对宽松。①

进入1970年代，沙田、屯门、大埔、上水等相继建立，不少原居民的田地在这个过程中遭到征收和拆迁。一些新界居民也在这段时间移民到荷兰、爱尔兰等欧洲国家。2020年当选爱尔兰都柏林市长的朱颂霏（Hazel Chu），其父亲就是沙头角鸡谷树下村村民。②

诸多因素造就了大批的香港移民如候鸟一样飞去英国。那时飞机不方便，大部分移民都是乘船去英国。香港《苹果动新闻》的照片显示，鸭洲第一批移民的人要搭船去尖沙咀，再从尖沙咀码头乘二十八天的船前往英国。

在《苹果日报》的一篇文章中，对于一位来自新界的移民有着生动的描述：

> 一位当地叫何安的村民在60年代移民英国，他是鸭洲第二批移民的人。他说，鸭洲人没有在英国开车房，开的都是餐厅，"上一批移民英国的人出了七张劳工纸（俗称飞蛇纸）给我们，说请我们去餐馆工作"。刚好启德机场启用，一行七人不用摇一个月的船横跨大半个地球。那时去英国是一件大事，他们会先逐家逐户敲门，跟村民握手道别。离开鸭洲之前，何安先去临近的沙头角找人定做了一套西装，"去英国，男人一定要有一套西装吧！"一套西装200多港元，他没有钱，就先赊账，就是等将来有一天回来了，再还这笔西装钱。何安没有读过书，不会说英文，去到英国怎么过活？他"嘿"笑了一声："我做厨房

---

① 《回缅岁月一甲子：坑口风物志》，叶德平，初文出版社有限公司，66—68页。
② 《战后港人历次"走出去"的因由》，https://www.bbc.com/zhongwen/simp/world-55874253。

的，用不着说英文。"

何安打工的餐厅早上 8 点便营业，一直开到晚上 9 点；后来他开了快餐店，外卖做到深夜 12 点。说起英国的生活，他总是摇摇头说："辛苦呀。"又说："如果可以游水、走路，也要走回来。"

另一位香港移民 Michael 于 60 年代末去英国，也在餐厅做厨房。"每天在厨房切马铃薯、切洋葱、拿镬铲、炒饭，一做就是十几小时，收工睡觉，睡醒又开工，每天不断煮、不断煮，"他按按自己的右手，"做到手指都是肿的，整只手都有毛病。"

那时去英国的人，都是为了赚钱养家，工作辛苦，又想念家乡，晚上便躲在房间里哭。隔天起床，也只得硬着头皮撑下去。"新界人去了英国，基本上无法回头，一定要挨下去，不挨下去，回来香港可以做什么？最开始去英国的人挨了世界，现在子女便能享福。"

Michael 说，现在英国的上千名鸭洲人，每一个都有车有房。何安在英国生活数十年，开了三间快餐店，现在关了两间，另一间留给儿子。

第一波投身餐饮业的香港移民中，客家人叶焕荣是一位杰出的代表。

生于 1937 年的客家人叶焕荣中学毕业后，于 1959 年独自乘船远赴英国打拼。当他到达英国赫尔时，身上只有 10 英镑，在利物浦客家人协会的帮助下，在餐馆洗盘子打工。1962 年，他与两个朋友合伙，用 500 英镑在克莱克顿开了一间海边茶馆。后来他对在深夜酒吧打烊后匆忙地送古老肉和炒饭感到厌倦。因此决心为英国的中餐馆供货，而不是经营餐馆，他知道前者比后者更能赚钱。

1969年叶焕荣搬到伯明翰,创建他的华人杂货店"荣业行"(Wing Yip),向周边的华人商家和餐馆提供食材。荣业行在80年代开始,陆续发展成华人连锁超市,分布在英国最主要的三大城市伦敦、伯明翰、曼彻斯特,雇员超过300人,为英国2000多家中餐馆和零售店提供商品,年营业额达1亿英镑。每个超市的商品都在2500种以上,不仅有中式食品,还有中国蔬菜、日泰韩等亚洲食品、自家品牌的中式酱料、速冻食品和厨具等。伯明翰的荣业行总部更是一个集中餐馆、诊所、会计师事务所、律师事务所等多种服务为一体的商业中心。2010年,叶焕荣因对东方食品业的服务而被授予OBE勋衔。

英国在1960年代初开始收紧居留权,很多移民赶在1962年7月1日《英联邦移民法》生效前涌向英国,因为该法案生效后,要求新移民必须先证明其已经在英国找到了工作才能获准来英国。后来,又有了限制移民的《1971年移民法》出台,对移民的陪伴者来英进行限制。于是在20世纪60年代末、70年代初,赶在新法生效前,这些"洗大饼"的人陆续申请新界的妻子儿女赴英团聚。

大量移民造成了香港一些地区十室九空。位于香港新界北部的荔枝窝村,过往大部分村民都以务农为生,不过踏入六七十年代,不少人离乡别井移居英国谋生,荔枝窝村的农作产业一度面临没落。①

前英治香港新界政务署署长许舒博士(Dr James Hayes)在《新界百年史》中提到西贡企岭下老围村与新围村的例子,他在1990年到访时只剩4户人家(以一家四口推算即约16人),村代表(村长)说许多人都移民英国了,要是全都回来过春节,就会有140

---

① 《荔枝窝的故事:英国回流移民和新居民如何传承香港传统文化》,https://www.bbc.com/zhongwen/simp/chinese-news-61489056。

人。盐田梓村村长陈忠贤说。盐田梓村最高峰时约有 50 户人家，在 1998 年最后一户迁出后，成了无人岛。①

伦敦的香港移民在 1950 年到 1960 年的十年间增加了五倍。有资料显示，1963 年 6 月至 1964 年 4 月，伦敦约有 150 到 200 家中餐馆，只有 4 家由新马华侨经营，其余都是香港人所开，以广东菜为主。陈本昌博士 1970 年出版《美国华侨餐馆工业》称，英国当年有华侨 10 万，中餐馆约 6000 家，从业者 90％是近年来自新界的。②

伦敦唐人街中国城大酒楼老板邓柱廷回忆说，他 1975 年从香港来伦敦，唐人街 90％以上的商家都跟他一样来自新界。他们那一代人来英国多数是做餐馆。

邓柱廷 1953 年出生，来英国时二十一岁，邓姓是新界的大姓，他的四个哥哥都早于他来到英国，大哥 1959 年就来到伦敦经营餐馆。邓柱廷和无数新界同乡一样，一头扎进了前辈移民已经编织好的商业网络中。当时的苏活唐人街被视为三不管地带，黄赌毒流行，社会上对华人的歧视很普遍。"在巴士上被人吐口水这类事情，太多了。"邓先生回忆说。还有些吃白食的经常在中餐馆闹事，所以年轻的香港移民经常在餐馆里准备棍子铁链一类的防身武器，随时准备开仗。在餐馆打了几年工之后，1982 年，邓柱廷和哥哥们在唐人街附近的希腊街开了一家名叫嘉丽华的中餐馆，至今经营餐馆超过了四十年。

邓柱廷说，进入 90 年代，随着中国改革开放，大量国人走出国门，英国涌入了大量福建人，很多是偷渡来的，他们作为新生的劳动力，补充进入中餐馆的厨房。加上老一辈香港移民很多从厨房退

---

① 《战后港人历次"走出去"的因由》，https://www.bbc.com/zhongwen/simp/world-55874253。

② 《饮食西游记》，三联书店，96 页。

休,厨师队伍青黄不接,一代代新移民进入中餐馆行业已经成为趋势。

2000年,邓柱廷当选前身为唐人街街坊会的华埠商会的主席,经常参与中国大使馆组织的活动,被视为中国政府信任的侨领人物。2019年,中国庆祝国庆七十年,邓柱廷作为欧洲唯一的华人代表,受邀参加了天安门观礼活动。

他有三个孩子,都学有所成,在律师行工作、在大学教书,融入了英国主流社会。像多数香港移民二代一样,没有如父辈一样再从事餐馆业。

邓柱廷估算,英国的中餐馆在1万间以上,从业人员10万到20万,几乎占到英国华人数量的三分之一。他目睹无数华人来到英国都是投身厨房,中餐业除了是一种职业技能,也是凝聚各地华人的一种纽带与文化。他对新一代移民创业的建议是:"脚踏实地做工,认真经营,一定要做好中国菜,把中国菜发扬光大。"[1]

香港风味开始占据英国中餐业的龙头地位。英国中餐业从此摆脱了杂碎时代,一跃进入港味时代。

海伦的妈妈梅布尔跟随战后第一波香港移民潮到达英国,当时她只有九岁,完全不喜欢英国,因为曼彻斯特总是下雨,寒冷、污染严重,食物看起来很奇怪,而且她是镇上唯一的中国孩子。海伦记得妈妈经常说,来到英国的那一天,自己就失去了童年。那个时候,梅布尔甚至不知道自己真正的母亲是谁。因为长期跟外婆在香港生活,小时候她以为外婆才是她的母亲。现在她发现和开餐馆的生母莉莉在一起并不愉快。他们家是镇上唯一的中国人,莉莉送梅

---

[1] 《邓柱廷:新界移民的成功故事》,https://www.bbc.com/ukchina/simp/uk_life/2011/01/110110_life_tang_story。

布尔去学校，她非常不适应学校生活，因为英语不好，别人把她当成哑巴，还遭到了霸凌，每天回家头发都是乱糟糟的，衣服很脏，梅布尔想要逃避不友好的学校生活。她怀念家乡，想返回香港。

莉莉责怪梅布尔没有对霸凌采取反抗，同时又更加怜爱女儿，当初莉莉独自来到英国的时候，也经历了同样的孤独和痛苦，现在她在女儿身上看到了自己的影子。为了让女儿停留在视线里，莉莉开始让梅布尔在放学后到餐馆帮忙。

为了讨女儿欢心，莉莉专门为女儿做了一道菜，"梅布尔的煲仔鸡"，先用米酒腌制鸡肉焖煮，然后加入新鲜蔬菜和蘑菇，放入烤箱烤制而成。梅布尔很喜欢这道菜，觉得吃完好像又回到了香港的家。这道菜消除了母女之间的隔阂。家乡口味的食物帮助梅布尔融入了新环境。梅布尔也开始帮助莉莉在餐馆做事，母女之间修补了关系。①

随着时间的推移，香港变得模糊，更多的华人移民涌入了曼彻斯特，这里很快成为又一个华人聚集地。到1970年代，中餐已经从异国情调，成为英国人经常食用的廉价美食。莉莉很快在伯里和布莱克本开设了新的中餐外卖店。

很多时候，食物的确可以疗愈游子的心灵，甚至修补家庭关系，一顿饭胜过万语千言。我被这充满感情的故事打动，也点了这道梅布尔煲仔鸡：用米酒腌制过的鸡肉经过煸炒，添加蘑菇、胡萝卜、洋葱，放入调料、蚝油、高汤，在砂锅中慢慢加热，鸡肉变得鲜美滑嫩。酱汁包裹着食材，淡淡的褐色，有种土豆泥的软糯滑嫩。咖喱味道不那么辛辣，明显做了改良，只保留了一点辣度，相信即使是小孩子也可以适应。

---

① Mabel's Claypot Chicken, "Sweet Mandarin".

我又要了一碗蛋炒米饭，飞快吞下肚去，脑门沁出了细密的汗珠。我对饭菜的质量很满意，它的口味不像传统中国菜那么油腻，也没有英国菜的那股干巴劲儿。鸡肉被咖喱酱汁包裹，咖喱的味道恰到好处，觉得温暖和舒服。它综合了中餐、印度餐的特色，最终成为深受本地英国人喜爱的一道菜。但自始至终，直到结账走人，我都是店内唯一的食客。

第八章　异乡残梦

《1971 年移民法》令二战后的移民浪潮暂告一段落。1971 年英国华人上升到 43000 人。同时，香港经济起飞，成为全球的轻工业中心，移民潮随之退却。此时，在英国历经十余年的耕耘，香港移民已经担当起中餐业的主力重任，把中餐发展成为一种廉价美味的日常食物，很好地融入了英国人的日常生活。1970 年代"港式"一词出现，用来形容融合了西式口味与中式餐饮技法的粤菜，伦敦的唐人街也迁移到现在位于伦敦市中心的苏活区，并日趋成熟。

潘伟廉（Bill Poon）是 1970 年代香港移民中的杰出代表。1967 年潘伟廉从中国香港来到英国，他曾在澳门和香港工作，接受过瑞士糕点师的培训。彼时中餐业还没有遍地开花。刚来英国时，潘伟廉也是从"洗大饼"开始做起。他对当时英国的中餐质量感到失望，于是和妻子塞西莉亚于 1973 年在唐人街的莱尔街开设了第一家潘记餐厅。那是一家主打腊肠的铺子，是从一个炸鱼薯条店的老板那里兑过来的。餐厅空间很小，只够容纳四张桌子。但潘的粤菜非常受欢迎。

他称，成功的秘诀在于固执。他从未放弃传统的烹饪方法。"我是一个非常固执和保守的人，"他说，"我总是尽量保持原汁原味。"

他自豪地记得自己是伦敦第一个用"臭"虾酱炒牛肉的人。尽管它在香港很受欢迎，但他在唐人街的同行认为他疯了，他们认为这道菜不适合西方食客的口味。

但潘的大胆举措取得了成功，他的菜肴深受食客的欢迎——无论是英国本地人还是华人。他的叉烧、烤鸡肝和猪肠是菜单上最受欢迎的菜品。其按照古老家庭食谱制作的中国腊肠和腊鸭很受推崇，也是伦敦最早推出煲仔饭的中餐厅之一。

随着他的第一家餐厅的名声越来越大，人们在隔壁的一家酒吧里等着开门，很明显，餐厅太小了，无法容纳越来越多的粉丝。潘伟廉的解决方案之一是创建套餐，帮助食客选择，并缩短点餐时间。他认为这是英国首创。

"当时，所有餐厅的菜单都很长，顾客很容易迷茫，"潘伟廉说，"我的餐厅很小，我负担不起顾客花很长时间看菜单，所以设计了不同的套餐，标有 A、B、C、D，这成为一种趋势，其他餐厅也开始效仿。"

受香港移民人数剧增的推动，粤菜在伦敦盛行。1976 年，潘伟廉和妻子塞西莉亚在国王街 41 号开设了标志性的潘记考文特花园酒楼（Poon's of Covent Garden）。当时很多人不太敢尝试中餐。他将厨房设计成玻璃窗，周围环绕着桌子，就像一个"动物园"。厨房的开放性为他带来了更多的顾客。潘伟廉的女儿艾米回忆说："我爸爸是中国古典技术的拥趸，潘记的食物十分干净，当时英国的中餐馆很多只是提供廉价的配料，外面裹着浓稠的酸甜汁，中餐的名声也不太好，很多人确实以为中国人吃猫吃狗，厨房卫生习惯不好。为了回击这种评价，爸爸特意把厨房放在了餐馆的中央，它看起来不太像中餐馆，没有红色和金色，没有龙和凤。他超前于时代。"

1980 年，这家餐厅荣获米其林一星，正式获得认可。他工作很忙，没注意到邮局里的米其林信封。他从路边一家餐馆的经理那里得知这个消息，经理在报纸上看到了这件事，就冲过去祝贺他。

在鼎盛时期，潘伟廉开设 7 家潘氏餐厅，分店开到了日内瓦和纽约。

比起初来乍到的时光，粤菜在英国取得了长足的进步，潘老板相信粤菜将永远在英国食客心中占有特殊的地位。他说："川菜和湘菜都不错，但人们不太可能每天都吃辣的，所以我认为粤菜不会消失。"遗憾的是，潘先生在 2006 年卖掉自己所有的餐馆，退休了。他的潘记腊肠在英国的许多超市仍然可以买到。

女儿梅布尔帮助妈妈莉莉扩展了生意版图，全盛时期母女俩拥有 3 间餐厅和 6 间外卖店。梅布尔成了妈妈的得力帮手，在餐厅做招待时，梅布尔认识了一个从香港来到英国的青年艾瑞克，艾瑞克和梅布尔有着相似的家庭背景。父亲在香港文华东方酒店做厨师，艾瑞克是 6 个孩子中的老大，担负着父母的期待，但是艾瑞克本人喜欢电影和音乐，留着流行歌星一样的长发。艾瑞克本来打算攒点钱去加拿大，来英国只是当做跳板，结果在龙凤餐厅跟梅布尔坠入爱河，他们总是有说不完的共同话题。

1975 年两人成婚。他们在伯里举办了一个小型婚礼，没有度蜜月，甚至餐厅的工作都没有停下。艾瑞克搬进了梅布尔的小房间，起初莉莉觉得女儿被人夺走了，很长时间才接受了艾瑞克的存在。①

当年来英国的香港移民，因为语言不通，生活习惯差异，不免陷入空虚寂寞。此时，许多针对华人的赌场开始出现，结束一天辛苦的餐馆工作，华人移民试图排遣孤独，在这种刺激的游戏中，找到了新的娱乐方式。

"过去常常工作到凌晨一两点，那时电影院关门了，餐馆也关门

---

① Chips，Chips，Chips，"Sweet Mandarin"。

了,下班后唯一开放的就是赌场。它成了吸引中国人的一块磁铁;你去那里雇人,谈生意,社交,吃喝——也去那里赌博。"海伦回忆说。

莉莉和梅布尔都有此嗜好。起初只是梅布尔玩玩老虎机,但是莉莉和艾瑞克很快加入进来,而且赌瘾更大。艾瑞克在香港辛苦攒下的钱很快输光了,莉莉的龙凤餐馆一个星期的收入,仅仅一个周末就赔了进去。龙凤的生意依然兴隆,但是所有的利润都投入了无底洞。赌输了,就向三合会的人借钱。华人黑社会从香港渗透到英国,接管了粤语社区的议事规则。香港人有事不愿意找英国警察,黑道大行其道。因为无法偿还高利贷,莉莉卖掉了伯里和布莱克本的外卖店,接着卖车、家具和厨房设备,最后无力支付员工的工资,干脆卖了龙凤,直至一无所有。

莉莉和梅布尔发生了争吵,艾瑞克和梅布尔搬离了旧家,现在莉莉又是孤身一人。她毫不气馁,又开了一家新龙凤中国外卖店,虽然生意不如老龙凤,但还是为自己赚到了足够的养老钱。艾瑞克夫妇则开了一家炸鱼薯条外卖店,地点在米尔斯山路。这时候梅布尔马上要当妈妈了。1977年10月13日,一对双胞胎女儿诞生了。第一个取名丽莎,然后是海伦。1979年和1981年,他们又有了三女儿珍妮特和最小的男孩吉米。为了维持生计,全家人挣扎着。海伦记得父母甚至一度买不起牛奶。

海伦记得,十一岁的时候,她听到母亲和一群少年顾客发生了争吵,那些英国少年买了薯条但是拒绝付钱,当梅布尔训斥他们时,一个少年一拳把梅布尔击倒在地。父亲艾瑞克的英文不好,在周末也时常成为醉汉的骚扰对象。很多第一代香港移民在异国陷入身份和生存的双重危机。梅布尔夫妇又将何去何从?

在伦敦哈尼克华人社区中心，我见到了中心经理林怀耀先生，他的英文名叫Jabez，因此在香港移民中有"楂巴士"的绰号。我去的时候是个早上，几名华人正在活动室挥汗如雨，打乒乓球。这个社区的华人90%是越南华人，大部分是1970年代因为越南国内动荡，作为难民来到英国定居的。如今他们以牙医、会计师、律师和护士的身份在英国生活和工作。

坐在办公桌后面，头发花白的林怀耀回忆起在70年代初到英国时的情形。林怀耀1956年生人，他成长在动荡的环境中。二战后香港发展的关键时期，英国殖民政府为香港搭建了一套走向现代化的制度。英国在香港的前期统治比较专制，香港人的生活非常缺乏民主，英人在港有许多特权，对在港华人的歧视也层出不穷。1967年"文革"时期，香港左派反对港英政府，暴乱、罢工，直到被英政府镇压。那时，香港政府也很腐败，社会混乱，福利、就业、治安都不理想，不少香港人决定移民英国。

林怀耀说："那时香港只有两所大学，精英才能进去，父母觉得我学业不太好，在香港读大学没机会。"

1973年，十七岁的林怀耀来到英国，投奔先一步来英国的哥哥，希望在英国读书。初到英国，赶上英国煤矿工人罢工。当时执政党是工党政府，工人提出诉求：每星期休息三天。林怀耀在香港从没见过工会组织这么强硬，觉得很新奇，他第一个印象就是：工人组织起来可以令政府害怕。

他一边在学校学习，一边利用课余时间在餐馆打工，那是一家小型中餐馆，帮工一晚上只挣1.5英镑的报酬。"很辛苦，"他回忆说，"最大的问题就是不平等。劳资关系不公平。"

那时候治安不太好，顾客吃饭不给钱的事情时有发生。他去餐馆学会的第一件事，就是把棍子和车链藏在门后，随时准备跟不讲理的顾客干架。社会上种族歧视也很厉害。林怀耀初来伦敦第一年，恰逢冬季大雪，香港长大的林怀耀第一次见到下雪，在雪地里开心奔跑，迎面来的一个英国人把他推倒在地上，还恶狠狠啐了一口痰。

如同所有第一代移民一样，年轻的林怀耀面临着生存和身份认同的双重危机。苦闷的林怀耀决定寻找志同道合者。1975年，他认识了一位六十八岁的老人家，老人来自中国内地，是个有故事的人，家中时常高朋满座。林怀耀在那里认识了一批跟他几乎同龄的香港移民，并且第一次萌生对于政治和社会公平的兴趣，奠定了今后从事社会运动的志向。

老人叫王凡西，在早期共运史上曾经非常活跃。王凡西生于1907年，1925年中国大革命时期在北京大学念书，并加入共产党，1927年大革命失败后到苏联留学。

1975年3月王凡西移居英国，过着简朴的独居生活，一些学生和学者都爱跟他聊天饭聚，交流社会主义的话题，家里经常高朋满座。这一年，岑建勋从香港来到英国，也加入这个圈子，林怀耀在这种场合认识了岑建勋，对他印象深刻。岑建勋大林怀耀三岁，在香港就有丰富的社会实践，很有领导能力，两人成了好友。岑建勋后来回到香港，成为活跃的演艺界人士，以扮演鲁莽的底层劳工而著称。

岑建勋、林怀耀还有一个叫陈运忠的同龄香港人也加入进来，陈运忠的父母是生活在香港的上海移民，1973年，陈运忠和林怀耀在同一年来到英国，当时唐人街还可以通车，有4间印度服装店，餐馆买食材要去很远的地方，远没有今日繁华。陈运忠也处处感受到了不公，香港虽是英统治地，他们仍需按照海外学生的标准交学费；相反，来自澳门的华人学生，因属于葡萄牙统治地，而葡萄牙又属于欧共体，按照法律可以享受英国本地学生的便宜学费，于是陈运忠加入示威队伍，要求政府对香港学生进行补贴，并因此迷恋上了群众运动。他目睹当时英国社会对于华人的歧视，因为很多华人做餐馆，身上老是有油烟味道，被英国人在公共场合嫌弃和嘲弄。

这些在异国同病相怜的二十几个年轻人，聚在一起，决定在英国延续香港的革命实践。1976年，他们在伦敦办起了《复醒》杂志，以图把香港的托派组织"复醒社"的活动发展下去。

林怀耀从手机里翻出仅存的一张老照片：《复醒》杂志创刊号封面。字体是手写的，红色设计，简单却不失热情。他说："追求权利，反对不公平，向往理想社会。就是希望这些啦。"

当时英国移民法发生了变化，之前香港居民申请签证就可以来英国，自动获得居留权。很多香港人考虑在新移民法生效前，申请子女老婆来英国。大量的香港移民持续涌入。新移民大部分人在餐馆做工，不了解英国社会，对政策变化完全没有准备，几乎什么也不懂。林怀耀看到不少同胞在医疗、居留、求学遇到实际困难，就去帮忙。

他说："英国人可以申请福利房屋，为什么中国移民拿不到？当时就认为这是种族主义。"他认为，空谈理想或社会主义已经过时了。当时华人社会地位低，没有自己的组织，没有觉醒和意识，于是决定从事咨询工作，去培训华人的权利意识，进而参加英国的社会运动，认为"这个才叫社会主义"。这样做了几年，到了1977年，林怀耀在唐人街成立了一个名叫华人工友的组织，印刷小册子，介绍移民权利，每个星期天外出宣传。到1978年，林怀耀每周去办公室三天，接受华人当面咨询。1982年，林怀耀所在的华人劳工组织跟另外一个劳工组织决定合作，成立华人资料及咨询中心，下设5个分支机构，一年后，该中心拿到了英国政府的资助，林怀耀开始在那里全职工作。该机构成为英国有影响的华人社团。

1970年代，崭新的唐人街在苏活出现了。1970年《每日电讯报》刊登了一篇题为《爵禄街上奇怪的人们》的文章。这篇文章敏锐地捕捉到了伦敦中国城从"餐饮一条街"发展成了一个多元的生活社区。文章写道："这里有华人理发师、华人美容院、华人运营的出租车、华人会计师、华人书店和图书馆，还有华人超市、旅行社、赌场，甚至还有一个专门负责华人商务的部门。"

1970年代早期，中国城里还开设了学校，主要负责教移民子女说中文，而这些学校和文化机构也成了移民与故土之间重要的情感纽带。另外，伦敦中国城附近的电影院、俱乐部也开始放映中国的电影，丰富移民的娱乐生活。①不仅在爵禄街，而且在莱尔街和小新港街，汇集了大约有100家企业。

唐人街的华人领袖邓柱廷说，1975年他来到伦敦的时候，唐人街还是破破旧旧，一直到1978年，伦敦唐人街组织了街坊福利会，从那时候开始，经过历任会长的努力，伦敦唐人街才开始蓬勃发展。

1979年，英国当局同意2万越南和华裔的船民到英国居住，所谓船民，是指1975年因越南国内局势动荡，包括大量华人在内的越南人乘船离开逃难。联合国难民署曾经估算，大约有20万至40万船民死于海上。越南华人难民曾经大量涌入香港。香港拍摄的电影《胡越的故事》《投奔怒海》对这一背景都有体现。至2000年7月17日香港最后一个难民营结束时，香港共接收多达20万船民。这是又一个因为政局动荡而产生的庞大移民群体，如同当初逃离香港的第一代华人移民一样。

香港接受的一部分越南船民，后来移居到英国，他们主要居住在如今林怀耀所在的哈尼克社区。很多越南华人也投身中餐业，他

---

① 《伦敦中国城的前世今生》，https://chinatown.co.uk/zh/about-us-zh/。

们有些已经淡忘了中文，为了让市场接受自己，仍然以中餐馆的名义经营。这些船民把东南亚的特色带到唐人街，再后来，新加坡、马来西亚的华人来到这边，还有印度来的华人，加勒比海的华人，也来到了英国，将地方特色和各民族的文化相融合，使唐人街向多民族文化方向发展。1981年，英国华人激增到10万余人。

岑建勋、陈运忠、林怀耀，这些在异国寻求梦想的香港年轻人，为了一个共同的理想，在海外挣扎，有争吵有合作，后来分分合合，因为不同立场，渐行渐远。异乡人的心底，除了对温饱和安全的追求，还有为理想社会而探索的初心。香港移民代表了近代中国历史中矛盾的一个侧面。他们生活在西方社会制度下，但对祖国忠诚，在异乡追问着自我身份和生命意义。

历史翻开崭新的一页。洗大饼的先行者们决定深度融入英国的生活，故园渐行渐远。在英国，中餐业开花结果的时代很快到来了。

第九章　每个城镇都有一家中国外卖

1980年代，大量的香港移民家庭经营的外卖店遍地开花。据说此间华人餐馆有个不成文的约定：不在同一地区内竞争，因此中餐外卖店分布比较分散，客观上造成了中餐外卖店遍布全英的局面。不夸张地说，在英国，几乎每个城镇至少有一家中餐外卖店，大部分由香港移民经营。

班国瑞（Gregor Benton）和戈麦斯（Edmund Terence Gomez）在他们的著作《英国的中国人》《The Chinese in British》中说，1950年代初期，英国只有36家中餐馆，二十年后，中国外卖在全国各地兴起。1971年，中国外卖店以每周3家的速度开张；到1990年代后期，全国发展到约有5000家中餐外卖。

中国外卖店的普遍形态多数是：一楼为门脸和收银接待，前店后厨，二楼则是家庭成员的生活居住空间。这样的紧凑布局，节省成本，亦延长了营业时间。

在我刚来伦敦的时候，离我居住街道不远的街区，有一家名为东方外卖的外卖店，店主是头发花白的香港移民夫妇，几年后，我发现老板换成了福建人。一次跟福建人聊天，他告诉我，自己是偷渡来的，在华人的厨房做了几年，有些积蓄之后盘下了这家外卖店。香港老夫妇因为岁数大了干不动，子女又不愿意接班，所以把店兑出。现在福建人仍然按照过去的菜单经营，店里一切如常，所以邻居们并不知道这家店早就易手,反正在一些没怎么出过门的英国人看来,中国人都是一个样子,中国菜都是一个样子。

英国美食作家扶霞曾考察过伦敦东部的一家名为新世界的中餐外卖店,店主叫朱莉·唐(Julie Tang),是香港移民的女儿,在她十几岁的时候就经营中国外卖。她的丈夫来自另一个中国外卖家庭,两人于1996年接手了这家生意。此后菜单几乎没有变化。经典菜品包括:炒面、炒饭、咖喱、糖醋、大虾饼和"英式菜肴",包括烤鸡和各种煎蛋卷。她说:"我们增加了一些菜肴,例如香酥鸭,但菜单上的主要项目保持不变。"

"我们的顾客中大约有60%是英国白人,其余的现在有很多东欧人,"唐说,"英国白人喜欢我们的鸡肉炒面、炒饭、糖醋鸡丸、咖喱酱和咖喱鸡。我们确实有一些中国顾客,但是他们点对我来说更传统的菜肴,例如米饭,港式糖醋猪肉和新加坡面条;他们从不点杂碎。"

店主跟邻居保持着友善温暖的关系,这是这类侧身于社区的中餐外卖店的普遍形态。就像酒吧一样,已经成为英国人的一个社区生活中心。唐女士的许多顾客不仅光顾多年,而且延续到下一代。"我认识的孩子现在有了自己的孩子,他们仍然会来。即使是十五年前搬到埃塞克斯的人,也仍然每周回来一两次。"唐老板说。

尽管新冠大流行造成了冲击,但是中国外卖店仍然顽强生存,诀窍是不断调整和适应环境。扶霞考察了中餐外卖店的经营种类,发现从马来西亚叻沙到英国派,从餐点到餐包,从价格实惠到天文数字的美食,几乎无所不包,有的甚至经营土耳其烤肉串和英国传统的炸鱼薯条,都可以及时送到客户的家中。

中餐外卖店提供的食物与中国人自己吃的食物相去甚远:没有肉汤,骨头或贝壳,几乎没有蔬菜,而是提供很多炸货。过去由于无法获得新鲜的中国农产品，外卖依赖罐装竹笋之类蔬菜，以及自发豆芽。辣椒和洋葱是必不可少的配菜。这种典型的配菜方法源于美国华人社区，价格合理，是大多数英国人吃过的唯一的中国菜。

自从香港从业者成为英国中餐业的支柱，连带粤语的厨房术语也开始流行，为英国中餐业普遍接受。时常在中文报纸上看到餐馆招聘广告，"招油煲一名"，诸如此类，每个中文字都能看懂，但是组合起来却不明就里，其实"油煲"就是做油炸工作的工人。时间长了，发现其他来自香港华人移民的厨房术语还有：

走位：服务生，负责上菜等为顾客提供方便的工作。

砧板：指的是当捶、切、剁、砸东西时，垫在底下的器物，一般指切菜师傅。

打荷：负责将砧板切好配好的原料腌好调味、上粉上浆、用炉子烹制、协助厨师制作造型。

水台：中餐厨房七大工种之一，负责鱼类、海鲜的屠杀及清洗。帮助厨师预备材料做准备。

我回忆起多年前第一次去伦敦旅行时，让面包奶酪折磨了好几天，胃口大伤，迫不及待走进一家香港人经营的中餐馆，准备大快朵颐。一口粤语的香港服务员递过来餐单。我点了几样耳熟能详的中餐：古老肉、春卷之类。饭菜很快端上桌，刚吃了一口，就意识到自己吃到了"假中餐"。古老肉色泽油亮金黄，这是油炸后在糖醋汁翻炒勾芡的结果。盘里搭配了几根胡萝卜丝和青椒丝，上头点缀几片香菜叶。卖相不错，就是味道不对。竟然带有浓郁的番茄酱的味道，还有一股刺鼻的酸味，大概厨师觉得甜度不够，又加了一大勺糖，酸酸甜甜十分"上头"。

古老肉起源于中国南方，通常选用猪肩肉，沾上生粉炸至金黄，醋、砂糖熬制的酸甜"咕噜汁"是这道菜的关键。有经验的厨师在烹饪时，把醋淋在锅边，高温让醋快速蒸发，菜有醋香味但是酸味不会"抢味"，再勾一层浓郁的芡汁，配以青红椒、洋葱炒制而成。这道菜在大江南北很受欢迎。北方厨师会突出咸鲜的底味，上海厨师做法更偏甜，颜色也更重。但是我在英国吃到的古老肉甜度过大，酸味过浓，酸甜复合十分冲鼻，那是为了适应英国人口味加番茄酱又加柠檬的缘故！完全迥异于国内吃过的古老肉。从上菜速度判断，估计酱汁都是提前兑好的，肉条也是提前炸制，只是复炸了一遍，然后浇上酱汁，齐活。我看看周围几个点了同一道菜的西方食客，大部分吃得摇头晃脑甘之如饴。

我明白这是西餐化的"假中餐"。后来的经历印证了我的判断：这种变异的中餐，是华人特别是香港移民发扬光大的，是适应异国环境的一种变通，就像早年的炒杂碎一样。英国人喜欢偏甜的食物，于是香港大厨就坡下驴，加大了糖的量，为增加酸度，除了多倒番茄酱，再加上柠檬汁，西方很少在同一道菜中融合酸甜两种口味，于是食客大呼过瘾，最终经营者和市场强强联手，把古老肉改造成享誉欧美的一道"特色中国菜"。

我看了下刚才没有留意的菜单，发现古老肉的英文名字，果然就叫 sweet and sour pork，直译是"甜酸猪肉"，在西方国家，此菜于唐人街餐馆内几乎家家常备，配以白饭或炒饭同食，某种意义上，"酸甜汁"已经成为欧美人士最熟悉的"中国菜"的代表了。

除了酸甜呛鼻的古老肉，唐人街还颇有几道受追捧但中国人并不熟悉的"中餐"，都是"港式风格"，对于我这样的中国食客而言，大都可归为"假中餐"之列：《每日邮报》曾列出英国人在 2004 年最爱吃的中餐菜品：炸馄饨、炒杂碎、炸春卷、幸运饼干这些让土生土长的中国人一头雾水的菜式，却是帮助中国菜打下半壁江山的"福将"。

幸运饼干：炸成三角的饼干里塞张小纸条，写着吉祥话，商家免费赠送，一般在客人结账前端到桌上。一般来说，它的实际作用就是令客人在看到账单前被麻醉并且心甘情愿掏钱。

　　酥炸馄饨：中国人吃的馄饨薄面皮塞上肉馅，连同热汤一起享用。而流行在西方中餐馆的酥炸馄饨，里面有奶酪。

　　菠萝鸡：大块猪肉锤松后炸酥，裹上橘红色酱汁，明显是深受BBQ风格毒害的一道菜。这道菜全部选用鸡的白肉部位，口感更好。旁边的几块菠萝可以减少你的负罪感。

　　炸春卷：表皮巨厚，炸得满是水泡，里面塞满了切成长条的蔬菜。咀嚼时当心划破嘴。

　　左宗棠鸡：把大块鸡肉锤松，炸完后用西式甜酱入味。用左宗棠的名字命名颇为奇怪，在中国几乎见不到这道菜，很多人甚至从没听过这道菜。标准的西方人对中餐的想象物。

　　香酥鸭：在英国，它搭配煎饼和调味品，如海鲜酱、韭菜和黄瓜，跟北京烤鸭神似。

　　香脆海藻：它不是海藻，而是陆生蔬菜，例如白菜或羽衣甘蓝，切成细丝，晒干并油炸。连美籍华人大厨谭荣辉都认为，这道所谓的中餐是典型的英国制造。可能是参考了炸花生米或者江浙一带的开胃小菜凉拌浒苔的做法。

　　当然，最著名的还有几乎失传的李鸿章杂碎：冰箱里的残羹剩菜一起丢进油锅，大火快炒，上面再盖个煎蛋，齐活——难怪大清走向了没落，作为朝中两大重臣的左宗棠和李鸿章在繁忙的公务之余都醉心于研发中餐，怎么能有精力治理国家抵御外敌？

　　中国人吃到这些不伦不类的中餐，可能觉得匪夷所思，但也不得不佩服海外华人的变通之道，中餐在英国和海外立足，为了让当地人接受,自觉不自觉地都经过了类似的改头换面。"假中餐"的流行,香港人在其中扮演了重要的推手,更大地扩大了中餐的影响力,也体现了中国人的智慧。

"港式"取代了"杂碎时代",但不变的是,中餐外卖店在异国生存,仍然要面对冷眼和种族主义的挑战。

1978年,英国朋克乐队"苏西与女妖"发行了单曲处女作《香港花园》(*Hong Kong Garden*),记录的就是一家名叫"香港花园"的外卖店。今天它是一家名为 Noble House 的中国外卖店,红色的门脸,英文 Chinese takeaway 旁边是两个硕大的汉字"汉堡"——中西混搭,正是此类中国外卖店的一大特点。

苏西(Siouxsie Sioux)是"苏西与女妖"的主唱,她当年经常光顾"香港花园"外卖店,是这家店的老主顾,偶尔会遇上光头党青少年来店里捣乱,恐吓那些在那里工作的中国人。这让歌手感到无奈和痛苦,同时激发了她的创作灵感。

1978年8月18日,苏西创作了《香港花园》,发布了乐队的单曲处女作,并在英国单曲榜上排名第7。这首歌的歌词,充满了对中国人浮光掠影的描述,不少源自刻板印象,但也表明中国外卖店已深入影响了英国人的日常生活:

> 孔子有一种令人费解的优雅
> 茉莉花的香气让你迷失方向
> 释放出野茉莉的香气
> 小斜眼睛遇见新日出
> 小个子的种族
> 鸡肉炒面和杂碎

就在香港花园外卖

英国美食作家许紫恩（Angela Hui）的家族来自香港，其家族1990年代至2018年期间在南威尔士拥有并经营着一家中餐外卖店Lucky Star。后来她以这段经历写了一本书，就叫《外卖：柜台背后的故事》。她说："在英国，中国外卖通常是从异国情调和恋物癖的角度来看的。""在英国的中国外卖值得尊重"，"它在恶劣的环境中发挥作用"。

2021年8月，我曾经作为《英中时报》的特约编辑，组织报道了一起中餐外卖店遭袭事件：

事发地位于南约克郡的一个叫罗瑟勒姆的小镇。有一间名为Wing-Lee的中餐外卖店。7月份，Wing-Lee的中餐外卖店陆续受到不明攻击。外界是通过店主的儿子西蒙·李8月在脸书上发布的消息，才知道事情经过。"我的父母一直在高街上的中式快餐经营了三十多年，但被迫无限期关闭，因为一群年轻人不断加剧的种族暴力。我们的窗户被砸过几次，被扔石头、烟花，汽车挡风玻璃被砸碎，轮胎被割破，商店的招牌被打破，还有更多针对我们的反社会行为。警方已经多次出动，但一直无法追踪或逮捕这些年轻人。他们通常以5到10人为一组，"他说，"我们已经走投无路了，在他们被抓住之前，我们都没有安全感，只好歇业，在此向我们的忠实客户道歉。"

我们在周末的下午，来到实地探访。在这条名为马特比的路上，行人稀稀疏疏，驶过的车辆也不算很多，许多店铺并未营业。在马特比公交站马路的斜对面，这个仅有10余平方米的中餐外卖店仍在运转，接连迎来了两批顾客。

走近店铺，令人疑惑的一幕发生了：这家名为Wing-Lee的外卖店的窗户上，几张海报赫然醒目，海报上用中文写着："耶和华，有怜悯、有恩典，不轻易发怒，且有丰盛的慈爱。"再细看下去，这些海报掩盖的竟是玻璃上被砸出的一条条裂痕。窗户的裂痕就是攻击者造成。

店主在此经营外卖店已超过三十年，她的第一反应是闭口不谈："别再问了，想起来我晚上都会怕，本来都要关门了，现在好些了，警察找到了那些人，教育了他们，安装了CCTV，我们安全多了，不用关店了。"

按照原计划，Wing-Lee本该在上个月歇业，但是店主告诉记者："当时也不是说彻底关门，只是想part time，因为我真的好害怕，他们常常来搞破坏，现在想想都好怕。"而在警察的帮助下，店铺得以继续正常运营。"他们找到了那帮人，已经对他们进行了教育，还给我们店里和门口都安装了摄像头，那些人，不再来啦！"店主口中所说的"那帮人"，正如西蒙·李在脸书上写道的那样，是一群十六七岁的孩子，店主分析，可能是由于课业压力并不大，再加上缺乏家庭的关爱，导致他们做出了这样的举动。

即便在这样一个小镇，到了晚餐时刻，这家餐厅的外卖订单和到店顾客也并没有间断。在记者与店家对话间，一位英国当地居民带着自己约三四岁的女儿来到店里点餐。对于店家来说，对这些顾客再熟悉不过，几句寒暄后，就开始将自己的关注点集中在小朋友的身上，一番交谈后，孩子笑了，上了年纪的店主脸上也露出了幸福的笑容。但就是这样一间传递着爱与幸福的餐厅，曾经陷入恐慌，直到警察介入，才让一切再度恢复平静。

"你看，我这店里和门口，全都有了CCTV，等下警察就来了，要看看这一天是否安全，最近他们每天都来。"店主说。根据我们的观察，虽然此前受到了袭击，但是并没有影响到店里的生意。小镇上人口并不算很多,但是约二十分钟左右的时间里,就迎来了四批顾客,外卖订单也没有间断。这样的忙碌节奏,让店主的心情也逐渐平复:"好忙啊,都没有时间谈,我得先去把单(外卖)送出了!"

事实上,店铺用于迎接客人点单的空间很小,走路三步就能从柜台走到门外。因此,当这些袭击者向店铺扔石头和烟花时,上了年纪的店主吓坏了,连自己也险些受伤。"不知道是什么砸到了我眼镜架上,都弯了,后来去店里修了。"由于不愿意回想事件过程,店主并没有向我们描述更多细节。不过,她很乐观地说,很感谢网络、媒体的关心,现在他们不用怕了:"每天过了这个时候(下午6点)警察就会过来了,我也有他们的手机号,平时也会保持联络,我很放心。"

为了了解更多事件细节,9月1日,我们又与南约克郡谢菲尔德警局取得了联系。据介绍,该案件于7月15日接到报警,警察立即采取了行动,一直与店主保持联系,并且给店铺内外安装了摄像头时刻关注店铺的安全情况。目前,调查仍在进行当中,而针对是否为反社会或种族暴力等行为,目前还不得而知,需要等待进一步的调查结果。据介绍,此次事件没有人被拘捕,根据店主和脸书帖子的描述,记者推测这可能是由于袭击者年纪太小。

采访过程中,我们发现,大家关注的焦点都集中在"种族暴力"这个敏感词。我们尝试询问警局接线员,对方透露,此次事件只接到了这一家餐厅报案,很有可能 Wing-Lee 是唯一受到袭击的餐厅,但是否为种族暴力和反社会行径,还不得而知。我们在和店主的交谈中,感受到了她对于这些青少年袭击者的包容。

以我所见,华文报纸曾经多次报道过英国中餐馆遭遇骚扰,人身财产受到威胁的案例。由于中餐外卖店分布十分分散,一些小城镇并不像伦敦这些大城市,对不同种族的人都会包容,小城镇的歧视情况相对严重，而外界并不知情。这家名为 Wing-Lee 的中餐外卖店，并未开设在繁华都市中。距离最近的罗瑟勒姆车站仍有近 10 英里的距离，地处偏僻。这让人不禁感叹，即便在这样冷清的小城镇，仍旧存在着中餐外卖店，也仍然存在着海外华人共同面临和关心的生存和安全问题。

有了子女成为父母之后，梅布尔和丈夫决心从赌博中挣扎出来。他们开始经营一家炸鱼薯条店，海伦长到十一岁时，就在家里的薯条炸鱼店帮忙，这几乎是这一代华人家庭式外卖店的缩影。

但是当海伦目睹一名种族主义暴徒殴打妈妈，并告诉她的家人"滚出这个国家"的时候，她意识到自己身为香港移民的身份，并为此感到不公。"在我生命中的那个时候，我讨厌贫穷，讨厌中国人的身份，讨厌成为班上的最后一名。"她回忆道。

"那件事之后，我意识到我必须做点什么来改变我家的命运。我们到底是什么人，我们该如何融入这个国家，我们都感觉自己似乎没有根，在不停地游荡。"

这些经历促使海伦决定远离厨房，想要成为另一种人。在新一代的香港移民看来，父母所经营的中餐外卖店是一种过时的生活，是一种异域身份的标注，她们迫不及待想要融入周围英国朋友的生活，她们需要派对和啤酒，而不是炒面和杂碎。这个想法，将远远不同于莉莉和梅布尔的世界。

70 年代在动荡中已经走远。80 年代发生了很多大事，改变了中国，也深刻影响到在英国生活的华人。

《1981 年英国国籍法》通过，改变了香港人在英国的地位。已入英籍的香港人重新归类为英国属土公民，简称 BDTC，相对于本土的英国公民，不再享有英国居留权和就业权，赴英定居程序与一般外国人无异。

1982年9月，英国首相撒切尔夫人访问中国，正式提出香港前途谈判。1984年12月19日，《中英联合声明》在北京签署，决定1997年把香港移交中国。在1840年签署的屈辱的《南京条约》中，香港被英国殖民者掠夺，经历了一百年的发展，狮子山下诞生了奇迹，香港成为世界的金融中心，同时还保留着富有活力的中国传统文化，她的美食更是享誉世界。现在，到了游子回家的时刻。

1984年，一个叫苏恩洁（Yan-Kit So）的香港女性，在英国出版了第一本书《中国经典食谱》，赢得了诸如安德烈·西蒙纪念奖和格兰菲迪餐饮奖等著名奖项，成为英国在中国菜方面的权威。

"她是向西方读者介绍中国烹饪的先驱。她赢得了一些顶级烹饪书籍写作奖，让中国菜在国际美食中更加具有竞争力。"姚咏蓓（Betty Yao）女士介绍。

苏恩洁延续了罗孝建的文人传统，将文化推介的视野转向油腻的中餐厨房。让英国社会更加认识和接纳中餐，扩大了中餐的影响力。但是英国公众对中国菜的了解仍然非常有限，认为中国菜只有一种。姚咏蓓女士回忆1975年她来到英国的时候，当时英国中餐馆很少，菜单也很有限。大量来自香港的中国移民的到来导致了许多餐馆开张，但这些来自新界的移民并不是真正的厨师。与洗衣店一起做是一件容易的事！一方面这意味着中餐馆变得更受欢迎，另一方面意味着20世纪六七十年代对中餐的一些偏见和有限的理解至今仍在我们身边。

在苏恩洁女士不幸因为癌症去世后，作为她的朋友，姚咏蓓女士等人，成立了以苏恩洁命名的美食写作奖，鼓励年轻的烹饪作家们，去追求他们对烹饪的写作热情。如今，中国餐馆种类繁多，中国菜是与印度菜并列的普通英国大众的首选之一。

1985 年，是值得铭记和庆祝的一年，伦敦唐人街正式获得英国政府的认可，英国王妃戴安娜到唐人街访问。1985 年 10 月 29 日唐人街建成两座中国式牌楼，刻有"伦敦华埠"四个字。两副对联则是从对联比赛中选出，作者是伯明翰的黄培玢：

伦肆遥临英帝苑　敦谊克绍汉天威
华堂肯构陶公业　埠物康民敏寺钟

伦敦唐人街的样貌逐渐成形：六角亭、第一座牌楼和中国传统风格的街饰把唐人街装点一新。爵禄街、新港坊和麦高田街则被划为步行街，不允许机动车通过。

1987 年的春节，伦敦的华人将春节庆祝活动由唐人街搬到了附近的莱斯特广场，这不仅仅是春节庆祝地的不同，更代表着伦敦唐人街和华人社区的地位的提高。这一切改变的背后，都是因为中国的崛起，改变了世界对于中国及海外华人的观感和印象。傅满洲的时代渐行渐远。

1980 年代的杰出代表是一名叫丘玉云（Christine Yau）的香港移民。当年她来到伦敦，遇到了两个朋友，他们说服她一起合伙买了一家餐馆。然而，几个月后，她的搭档就闹翻了。作为一名女性，丘玉云非常固执，不能接受创业还不到一年就后退。所以在商业伙伴离开后，决定独自前行。

1986 年，MING 餐厅开业。起初丘玉云很难融入唐人街。对男性同龄人来说，丘玉云和她的生意是一个反常现象。她过得很艰难，因为这是一个男人的世界。尤其在那个年代，唐人街比今时小很多，商圈也以男性为主。男人们一起社交、赌博、打麻将，也一起做生意。丘玉云就像是一个局外人，男人们并不真正了解她来自哪里。

他们过去常常看着她，就像她来自月球一样。

丘玉云设计了一份以北京北方食物为基础的菜单，因为她认为这种烹饪风格最适合她。设计菜单是一个漫长而艰苦的过程——它被送到香港的一位朋友处，然后送到北京让朋友的母亲检查，然后由邻居和当地餐馆重新检查真实性和准确性。当她的菜单上出现蒙古羊肉等菜肴时，伦敦美食界的许多人都感到困惑。

她回忆说，"当人们第一次访问餐馆时，他们无法理解，即使当时的美食作家也无法理解。但是美食作家有一种好奇心，这就是我开始慢慢建立自己业务的方式。"

这位执著的香港女性在更广泛的领域扮演着角色。2002 年，她在特拉法加广场组织了第一次中国新年庆祝活动，2015 年，她承担了在华都街建造中国传统大门的责任。她在伦敦唐人街华人协会的团队成为第一个利用该地区举办完全免费活动的人。

可惜的是，她的餐厅在大流行期间不幸陷入困境。在第一次封锁之后，这家餐厅短暂重新开业，然后于 2021 年 10 月永久关闭。现在，伦敦博物馆计划将她的餐厅作为伦敦历史的一部分。

"唐人街的所有餐馆都受到了大流行的影响，看到餐馆在三十五年后消失，我感到非常难过。但 MING 将成为博物馆的一部分这一事实令人非常惊喜。"她说。

1997 年，香港移民在英国观看了中英交接仪式，人们在广场上发出欢呼。香港社区出现了某种分化。一部分人早已远离中国，把根扎在了英国，另一部分人则因为中国的崛起而心潮澎湃，发誓继续做心系祖国的异乡人。

1999 年，一个名为"民权"的组织在伦敦成立，这个组织下设专门处理少数族裔被歧视及监督警察权力的"监察警务行动组"

(The Monitoring Group)。林怀耀和陈运忠参与了民权的创立,主要帮助华人解决警察不作为及投诉事宜。林怀耀和陈运忠年轻时在伦敦结识,成为华人社区的活动家。此后他们的政治立场发生了分歧。陈运忠成为中国崛起的支持者。中国经济高速腾飞,一个强大的势不可当的中国一路奔跑。经济腾飞,人民自信,也深刻改变了海外华人的信念和价值观。一个愈加开放的中国吸引了全世界的瞩目,关于中国的一切都成为了焦点。

2000年,英国修改了《种族关系法案》,加上《平等机会法案》及一些反歧视条例,现有法例已可保障少数民族权益。如林怀耀和陈运忠这些老一辈香港移民当初曾经遭遇的歧视经历,根据现有法例,便有可能面临检控。

梅布尔一直在努力经营着薯条炸鱼店。而她的女儿们则选择了另一条路。海伦和她的姐妹们虽然很小的时候就在厨房学会了切洋葱、削土豆,但她也越来越感到同中国家庭文化的隔阂。在中国家庭,子女仍然被要求首先满足于父母的需要,比如投身父母所在的餐厅事业,但英国孩子则是在追求自己的爱好。海伦越来越觉得自己两者都不属于。还在上学的时候,她就定下了人生目标,希望自己成为律师,不过父母担心,法律行业不是女性该从事的事业,认为那是男人的天下。但外婆莉莉给海伦的只有鼓励。她相信耐心和坚持,会成就一个人的野心。

海伦进入剑桥大学学习法律,成为家族中第一个考上大学的人。当她毕业的那一天,父母兴高采烈开着新买的红色小车前来参加毕业典礼,虽然显得格格不入,但是海伦觉得从未跟父亲如此亲密。

在海伦的成长过程中,她多次和姐妹讨论过身份问题,她可以确定,自己既不是纯粹的英国人,也不再是纯粹的中国人,而是在两者之间游走。她从食物中吸收了对于中国身份的自信与慰藉。

后来海伦果然成为了律师，在伦敦和香港的律师事务所获得税务律师的资格，然后回到曼彻斯特为普华永道国际会计师事务所工作，最终任职于中国业务部。梅布尔的三个女儿都很有出息。海伦的双胞胎姐姐丽莎在金融领域，妹妹珍妮特是工程师。

2000年，身为律师的海伦有机会到香港工作半年，她决定带领全家人一起到香港度假。这是三代人第一次一起回到故土。他们一起去探索这个城市。香港的干净高效和古旧的伦敦反差强烈，海伦发现，香港节奏快，四处都是忙忙碌碌的人们。他们住的湾仔，原本是小渔村，现在已经是香港岛的中心。他们穿行在优美的老式建筑和现代摩天大楼组成的背景中，整个城市熙熙攘攘，人们脚步匆匆，如果站在街角停下脚步片刻看风景，就会引起拥堵。妈妈梅布尔穿了一件印有"迷失香港"字样的T恤，很好地反映了他们一家的格格不入。

海伦喜欢逛香港的菜市，香港的水果和蔬菜摊蔚为壮观，有多种不同的蔬菜，一捆一捆堆成小山。莉莉外婆记得自己还是一个七岁的小女孩时坐在父亲膝盖上，乘坐从广州来的小渡船到达香港，她自愿去采买蔬菜杂货，享受一切都可以自己做主的自由，她选择最物美价廉、能够负担得起的蔬菜和肉，并和摊主们讨价还价。现在，莉莉仍然会以挑剔的眼光审视菜摊，从中挑出捆得最紧实的白菜，或是选出新鲜菜心、芥蓝。

这次还乡，莉莉还了了一大心愿，她去了早年遗弃的三女儿阿冰的家，并且在香港度过了八十五岁的生日。

"外婆仍然感到内疚，"海伦说，"她哭得很伤心，但也开心终于有机会能见到阿冰。"

旅行结束后的一天，一家人围坐在厨房桌子旁，开始讨论全家一起做点什么事？最后一家人同意：做一家食品企业。"这是我们可以弥补我外婆失去的东西的一种方式,"海伦说,"我们必须创建一家餐厅,表达我们的身份——21世纪在英国的华人——以及我们来自哪里,我们对食物充满热情,这是我们的文化和家族传承,我们想要善待它,我们希望人们用新鲜的眼光看待它,用新鲜的味觉品尝它。"

2002年,海伦出差广州,她这一次意识到中国正在发生的变化是多么不可思议。她住的酒店在一座摩天大楼里,大楼侧翼是一个商场,服装整齐、言语流利的售货员在最新款的服装品牌前站得整整齐齐,一眼望不到尽头。这片建筑位于一个复式立体交通枢纽中央,周围路上挤满了汽车,喷出团团尾气。短短几十年,中国就发生了好几百年才可能实现的进步,海伦不禁想,梁庆昌和太婆如果活着应该是认不出家乡的。

就是在这一刻,海伦决定延续家族赖以成长的餐馆事业。这个决定引起了朋友们的震惊:他们觉得餐饮行业是一个由男性主导的粗暴世界。海伦在曼彻斯特的朋友们都是用尽了一切办法,避免继承父母的餐厅或外卖店,甚至搬到几百英里外的地方居住,就是为了以免家里打电话给他们,让他们急匆匆回去帮忙。海伦的华人同辈中,回去经营餐饮业的人屈指可数。

"但我也记得年长的中国人点头表示赞同,希望他们的儿子或女儿能擎起那把微光闪烁的火炬,并有人将家庭食谱传给他们。"海伦告诉我。

三姐妹虽然都各有所成,但最终决定并肩作战,重新涉足餐饮业,回到家族的起点上。三位二十多岁的职业女性,有着好学历、好工作,现在要放弃一切,冒险去做曾经禁锢了她们父母一辈子的行业。三姐妹是很好的团队,丽莎善于组织,珍妮特擅长社交,而海伦是乐观主义者。海伦辞掉了在普华永道会计师事务所的工作,

2004年在曼彻斯特开设了甜甜餐馆。

Sweet在曼彻斯特当地的俚语中可以代表"好"或"酷",而Mandarin则体现了她们的中国基因。她们找人制作了英文字体Sweet Mandarin以及和Sweet对应的中文字"甜甜",固定在巨幅小草照片旁边的墙上。在曼彻斯特阴暗飘雨的天气里,如果你透过玻璃窗望进来,那些铜字在餐厅柔和的光线下,散发着温暖的光芒。

"每个人都有自己的生活,我们必须追随自己的梦想。我的热情是食物、人和生意,在那个时候,'甜甜'是我们梦想的体现。"

海伦认为,开甜甜餐馆的决定令外婆和妈妈重新认识了她,在三代人之间架起了一座桥梁,这桥梁不仅连通了三姐妹和外婆、妈妈,还连接了东方和西方、当下与过往。

每个星期六早晨,外婆、妈妈和海伦就会到华人超市买东西,购买甜甜厨房所需的物资。莉莉仍然用旧有的方式做饭,每个星期天做凉拌凤爪和花生,还有木耳紫菜汤。小时候海伦以为汤里漂浮的是黑蜘蛛,现在她喜欢上了它。

当年莉莉来英国的时候一无所有,在她内心最为脆弱的时候,却坚持了下来。海伦开始明白,她们现在拥有的一切,就是这种坚韧不拔的努力换来的。①

现在海伦仍然在做法律工作,是一家律所的合伙人,专门从事公司买卖,尤其是牙科诊所的买卖。她与在英国的中国投资者合作,最近还出版了一本法律书《英国退欧后做生意》。

她的餐馆也取得了成就,甜甜餐馆击败了众多餐厅,赢得"最佳本地中餐厅"的称号。她们经营一所烹饪学校,向公众提供初学者和中级烹饪课程,并写了6本书,有3本烹饪书籍入选《泰晤士

---

① Sweet Mandarin,"Sweet Mandarin".

报》畅销书排行榜。

2014年中国总理李克强到访英国，姐妹俩受邀去唐宁街主厨。李总理称赞说，这是我在英国吃到的最好的一顿中餐。这一年，双胞胎姐妹都获得了MBE爵位。

外祖母莉莉，把这个中国家庭带到英国开始冒险的中国女人于2007年12月8日去世，享年八十九岁。曼彻斯特当地新闻说，小镇哀悼"老板"去世。文章说，莉莉为米德尔顿居民带来了中国菜，许多米德尔顿人称其为"老板"，莉莉是英国首家中餐馆之一的龙凤餐厅的幕后推手，该餐厅1950年代搬到奥尔德姆路之前，位于泰勒街后面。当地历史学家和音乐家丹尼哈德曼说："米德尔顿有4个地方是60年代每位音乐家都崇敬的地方。披头士乐队演奏的合作大厅，乐队排练的圣多米尼克（萨维奥学校），我们喝酒的老野猪头，以及我们吃饭的莉莉中餐馆。"[1]

莉莉不平凡的人生融合了酸甜苦辣，创造了一个战胜一切困难的动人叙事，她成了很多人的灵感来源。在艰苦的年代，很多脆弱的人都放弃了希望，海伦很感谢外婆拥有那样的勇气，并且一直坚持了下来。故事仍在继续。三姐妹希望外婆在天之灵护佑着餐馆继续发展，她们希望自己的后代也将举着烛火，把记录了漂泊经历的家庭菜谱传承下去。

品尝完甜甜餐馆可口的饭菜，我和曼彻斯特挥手告别。自从英国化的港式粤菜出现以来，中餐已经走了很长一段路。第一代香港移民身上，既有狮子山下的进取意志，也有积极融入和变通的精神，在最艰难的岁月中也没有放弃过对生活的追求，他们苦苦寻找自己的身份，抱有对祖国的深情寄托。到了他们的下一代，已经适应了

---

[1] "Town mourns as 'The Boss' dies," https://www.manchestereveningnews.co.uk/news/local-news/town-mourns-as-the-boss-dies-1014762.

英国的生活，很多人开始融入英国社会，一个以香港移民为主体的华人社区在英国逐渐壮大了。不过时代变了，大部分老一辈广东厨师都退休了，一波更正宗的中国特色菜开始出现并淹没了老一代创下的杂碎口味。随着 90 年代的到来，中国改革开放的成果显现，中国迅速崛起，开始了最大也是最壮观的一次移民浪潮。我个人的经历就是一个缩影。这个过程将持续很长一段时间，这股力量，改变了世界。

第四部 八仙过海

第十章　伦敦 BiangBiang 面

追寻中餐在异国的脚步，我愈发意识到，食物的进化跟时代发展密不可分。

我成长于改革开放年代，物质越来越充足，我这一代中国人从未在吃上匮乏过。我见证了一个高速发展的中国，成长的痛苦主要来自精神世界。中国就像是一间庞大的流水线工厂，把大部分人变成一件家具，每个人只是家具的组成部分、一大块标准板材里的一小片锯末，跟其他无数锯末咬合在一起，分不清谁是谁。我艰难熬过了小学、中学、大学。我不想成为锯末，为此付出了很多代价。

毕业后，我做了记者，热情地投入采访和写作、探寻中国社会的真相，以为自此拥有了掌控命运的自由。我周游山东家乡，每去一个地方出差，完成工作之余，总会抽时间探寻当地美食，找点乐子，度过了一段相当逍遥的时光，也在慢慢修复成长中的伤痛。最难忘的觅食经历，发生在千禧年的某一天，我去山东淄博乡下采访，当地人带我去了一家脏兮兮的驴肉饭馆，设施破旧，地面还是坑洼不平的土地，食客们围着小木桌，坐着小板凳，眼巴巴等着上菜——此情此景让我回忆起幼儿园等包子的孩子们。门外一队身穿白衣的乡间送葬队伍吹吹打打路过，增加了一丝诡异气氛。老板端来用洗脸盆盛着的热气腾腾的驴肉，驴肉切成肥皂块大小，完全清水煮，佐料就是一碟粗盐。我夹起一块驴肉，蘸上厚厚的盐粒，本以为会很咸,但是奇怪!驴肉似乎和粗盐粒发生了某种化学反应,入口十分柔和。我折服于这简单粗暴的味道。所谓天上龙肉地下驴肉,诚不我欺。驴肉肉质筋道,比牛肉嫩,比猪肉筋道,比羊肉有嚼劲,又比鱼肉鲜。大快朵颐的同时,我注意到另一头脏兮兮的活驴,就被拴在店门口的柱子上,像个活招牌,等待下一轮被屠宰和消费。它目睹同类正被人类吞噬,内心一定无比绝望。

乡下驴肉店的野性一幕给我的印象太深了。计划时代在1990年代消失了,全球化时代猝然来临,消费主义席卷中国,我工作后经历的是中国历史空前绝后的经济高增长时代。从前的中国,定格在那间略显怪异的驴肉店,一去不回。

2003年,我来到北京工作。摆脱了沉闷的家乡,进入到新天地。山东是孔孟之乡,职场等级森严,有时到了可笑的地步,吃饭都要明白领导在饭桌上的位置以及自己的位置,敬酒祝辞都是必备套路,我一直没能学会,也不打算学,是办公室的异类。比较起来,北京的空气更宽松,充满了五湖四海的江湖气。我欣欣鼓舞,连带北京的一切都令我欣赏。我陶醉于文艺沙龙、话剧演出以及吆五喝六的聚餐聚会,很多外地人吃不惯的北京小吃,豆汁、焦圈、灌肠、卤煮、爆肚,我都甘之如饴。

2008年对于中国,对于我个人而言都是个分水岭,北京在这一年召开奥运会,中国历经三十年改革开放,重新站在了世界舞台中央。我也发展了一段恋情。L是马来西亚华人,在北京工作,那些年,L帮助雄心勃勃的中国企业在资本市场融资、上市,她在北京和西安、香港之间往返。她朴实,聪明,跟我一样喜欢到处吃吃逛逛,我们的美食探险,构成了这段关系中的主要画面。

2014年,我们的女儿出生了。原本简单的二人组合,变成了笨拙的父母,照顾孩子吃喝成了大事。中国则进入了剧烈的社会变动期。房价、教育、医疗以及空气污染、食品安全问题，令人焦虑、压力重重——饮食上的一个佐证是，吃辣在中国流行。湖南菜、云南菜、江西菜，无辣不欢。普通中国人的生活压力越来越大，需要借助辣的痛感才能减压。

我们下决心搬到伦敦换个生活环境。北京曾经是我的精神乐土，我喜欢北京汇聚了五湖四海的美食和丰富的文化生活。现在到了跟她说再见的时候，终有不舍；伦敦是新驿站，我却掉进了深海，无力自拔，饮食成了我不得不面对的一个麻烦。

我在英国经历了艰难的适应期，身心疲惫，染过一场流感之后，还失去了部分味觉，对曾经心心念念的美食也大失兴趣。看着我萎靡不振的样子，L不住摇头。她远比我更能适应伦敦的生活，来英国只一年，她和朋友开了家房产公司，收旧房子，装修、扩建，再卖出去，如果时间差把握好，利润相当不错。她早出晚归每天都很忙。我则做起了全职奶爸，一边在家里埋头写作，一边照顾说话还不太利索的女儿。

女儿一天天长大，进入了离家五分钟路程的幼儿园，每周三天。我也终于可以有时间走出家门，去认识和发现一下伦敦。

"你需要走出去，不要整天在家里胡思乱想。"L出门前，扭头冲我说道。

伦敦这座城市具有一种亦庄亦谐的趣味：她拥有大量陈旧审美风格的古董建筑，排列在扭曲的迷宫般的城市网格上，像是让顽童摆弄变形的乐高玩具。这是创造力和破坏力都同样旺盛的孩子才能创造出的一件作品。世界各地的人们在其中落脚、徜徉、工作，寻觅新生活。我无数次经过隐藏在闹市的中餐馆，它们或者豪华，或者毫不起眼。经历了早期的"杂碎时代"和"港味时代"的洗礼后，如今英国的中餐业会贡献出怎样的大厨和美食呢?

我手头拿着一份《卫报》,其中的一篇报道吸引了我的注意:

> 魏大厨获得《卫报》美食观察家2019最佳新人奖。
>
> 川菜在伦敦已有十多年的历史,但中国西北的食物几乎不为人知,直到几年前,酋长球场附近的一家西安小吃店,令人无法抗拒的面条开始流传。
>
> 该餐厅由主厨魏桂荣创立,她的招牌菜是BiangBiang面。

《卫报》美食作家格蕾丝·登特(Grace Dent)对魏大师的陕西面条也大加赞许:

> 弹滑的BiangBiang面,被大蒜、辣油、小葱和胡椒包裹。对于不习惯的人来说,BiangBiang面更像是酱料稀薄的意大利面,而不是盖着蔬菜、酱汁浸泡的粤式面条。但是就像所有最好的食品一样,它们的风格是美味压倒一切。①

诗歌一样的评论勾起了我的好奇心。我一直以为那些不中不西的"中餐"才是伦敦食客的心头好,谁能想到一家源自中国西北的街头食品也能引发关注?不过想想也有道理,面条似乎是少数可以推广的中式快餐。中式炒面就很受西方人欢迎。从营养学的角度看,面条可荤素搭配,价格亲民。老外喜欢吃的是意大利面,喜欢浇上浓稠的加入了大量奶酪的料汁。西北面食则喜欢用热油激发大蒜、小葱、辣椒的香气,配以醋调味,味道又酸又辣又冲鼻,英国人真的会接受吗?我决定去实地看看。

---

① "London WC1: 'An assertive culinary hug' —restaurant review," Master Wei, https://www.theguardian.com/food/2019/may/31/master-wei-london-wc1-restaurant-review-grace-dent.

循着谷歌地图的引导，我来到女王广场附近，经过高大建筑投下的几何阴影时，手机信号似乎受到屏蔽，迷失了方位。这个名叫"西安魏师傅"的餐馆就在附近，我尝试了几次，却始终和它擦肩而过。手机地图上的蓝色光点游移不定，宛如我在异国的彷徨身影。

女王广场是隐于闹市的一块公共绿地。广场周边是几家以神经医学研究而闻名的医疗机构，据说乔治三世曾经在某一栋楼接受过精神疾病治疗。我围着女王广场周边的小巷逡巡。这是一个艳阳天，对生活于伦敦的人而言十分难得。附近的上班族端着三明治和咖啡坐在绿地里面的长椅上享用午餐，顺便透口气，发会儿呆。广场的角落，盘踞着几个衣着污秽的流浪汉，很自觉地跟这些衣冠楚楚的上班族保持距离。

伦敦有大量这样的公共空间，有时候多到让人觉得奢侈。伦敦的广场很多置身街道社区，构成了生活的一部分。这算是英国社会给我的惊喜。搬到伦敦后，我和L之间发生了越来越多的分歧。有段时间，我渴望逃离充满紧张氛围的家，一块小小的绿地成了躲避现实的庇护所。类似的广场和绿地在伦敦并不难寻。我时常坐在唐人街附近的特拉法加广场的台阶上，喝着出门前灌在可乐瓶子里的自来水，吃一片三明治，消磨整个下午。除了提防树枝上的鸽子和乌鸦朝你头上丢粪便炸弹，其他的烦恼尽可以暂时抛却。

我继续绕到广场另一侧的巷子，终于看到红色招牌 Master Wei 在朝我招手。

我和西安也算略有渊源。那会儿L被一家陕西公司挖走，帮助公司在香港上市，需要在北京、西安、香港三地奔波。我利用休息或出差机会隔几周就飞去西安和香港，和她见面。这种生活持续了差不多两年。就在那段时间，我逐渐熟悉了西安面食。

对于中国人来说，西北菜并不如八大菜系那么出名和正统，它一直游离在等级制度的边缘地带。陕西和周边的甘肃、宁夏、新疆同属西北地区，饮食习惯有相似之处，比如牛羊肉和馕一类的面食居多，具有明显的清真风格。陕西是中国第一个统一王朝秦的治地，秦人尚武，秦人的性格就像西北菜一样朴实刚劲。中国传统的经典菜系，一是注重食材的精美，二是注重菜式的美感，口味上注重食材与调料的调和。而西北菜似乎具有更多的原始气息，味道不是很复杂，要么酸，要么辣，酸和辣的结合很普遍。西北菜所选用的辣椒不像湖南和江西的那么辛辣，更多借干辣椒的脆爽之味，不善于吃辣的人大概也能接受西北菜的辣度。

　　L和我周末最常去的地方就是回民街和鼓楼一带。我们走过西安古老的城墙，穿过高大的牌坊，进入出售各种清真小吃的回民街，那些似乎添加了过量色素的面目可疑的卤牛肉、塞进竹筒里的糯米甜品，摆放在石子路两边的商铺门口，散发着热气，能闻出来食物多次加工的味道，商家会加上更多的作料，或者用油炸继续掩盖那种味道。很多时候，我们也并不在乎这些主要针对游客的食品是否快过期了，吃什么不重要，重要的是跟家人在一起的时光。可惜的是，现在我们把吃饭当成了一种必须完成的事情，吃饭就失去了乐趣。异国生活，一睁眼就是钱。我们希望住好房子，希望孩子读好学校。刚来伦敦时，我和L都感觉不顺利。她从资本市场转而投身陌生的房地产行业，经历了适应期，我急于完成写作计划，孩子小需要照顾，消耗了大部分精力，这令我们生出很多抱怨，都想尽快站稳脚，却忽视了对方感受，不再包容，琐事的争执充斥了日常。我变得焦虑，对很多事情都缺乏兴趣和耐心，一家三口人坐在一起开开心心吃顿饭也成了奢侈的事情。

　　眼前这家朱红色门脸的中餐馆，夹在两家传统的英式酒吧中间，显得有些另类。习惯了炸鱼薯条的英国人，能否接受陕西面食的酸辣和热油浇在大蒜上的香气？我并不确定。

想象一下在炸鱼薯条和淡啤酒的柔和味道之间，浓烈的大蒜末和镇江陈醋交织的味道，经过热油浇灌而升腾起热气，那股刺鼻的味道脱颖而出，如同披头士的音乐中，有人吼了一嗓子秦腔，反差着实强烈！

现在已是午后，一波食客刚散去，门口遮阳伞下，还有几名刚吃完饭的青年男子围在桌边闲谈。我走进店，里面不大，像典型的英国餐厅一样布局紧凑，大约10张餐桌、20个左右的餐位，餐馆呈现出暖色基调，而收银台则泛着蓝色荧光，背景墙是丝绸之路壁画，上方是几张西安风土景物的照片，加上天花板垂下的6个罩着中国鸟笼的照明灯，让这个弹丸之地有了一点超现实风格。

我找个座位坐下，翻看桌上的中英文菜单，前菜分冷热，包括炝拌土豆丝和凉拌猪耳，以及英国人熟悉的炸春卷，主菜"西安街头食品"则包括：西安凉皮、锅贴、肉夹馍，还有油泼面、臊子面、以及BiangBiang面等面条。

很快，肉夹馍和BiangBiang面摆在我面前。它们的英文名称很有意思，分别是xi'an pulled pork burger（西安猪肉馅汉堡）和pork BiangBiang noodles with tomato egg sause and chilli oil（猪肉BiangBiang面配西红柿鸡蛋和辣椒油）——西方人喜欢把配料在菜单上标得清楚明白，对于习惯了地三鲜、佛跳墙这类抽象菜名的中国人来说，西式菜单看上去像是化学公式表。

肉夹馍被称为中国汉堡，白面烙饼上带着几处翻烙的焦黑，里面是煮烂切碎加了大量调料的猪肉馅，最好有一定比例的肥猪肉，这样面皮被油脂浸透，白面具有了肉的味道，相得益彰，咬一口满嘴流油。

BiangBiang面带有一些市井气息，Biang（🈗）其实是臆造的字,在字典中无法显示,电脑字库中也没有,它只流传于民间。难度之高,以至于很多人无法完整地写出,它用十二个汉字部首拼凑出一个新字,人们编了一首歌拆分开这个字的部首组合:

　　一点上了天
　　黄河两道弯
　　八字大张口
　　言字往进走
　　你一扭　我一扭
　　你一长　我一长
　　当中加个马大王
　　心字底
　　月字旁
　　留个钩搭挂麻糖
　　坐着车车逛咸阳

　　无法考证谁第一个创造了这个奇怪的汉字。它的形状有点像中国北方农村地区盛行的剪纸窗花。有人说BiangBiang是吃面时嘴巴发出的声音,更准确的说法也许是:Biang这个发音是形容厨师把揉好的面团抻拉时不断在案板上摔打所发出的声响。这是典型的街头吃食,简陋到没有一个登上大雅之堂的名称,Biang这个字臆造之后走红,这在信息流动时代增添了几许野趣,成功吸引了人们的注意。

　　中餐的命名有很多以"抽象"著称,狗不理包子是正话反说,话糙理不糙;佛跳墙则是"暗喻",揭示出美食超越了宗教的限制。西餐注重摆盘和食材的新鲜,除了喜欢在鸡尾酒的名字上做做文章,似乎不如中餐这么具有故事性。中餐则显示了一种生存和传播的智慧：吃饭这件事不仅是口舌之欲，而是门视听艺术。没有一定的艺术感受力，都不好意思去中餐馆点餐。

我品尝着热腾腾的 BiangBiang 面，浓郁的红烧肉末、热油包裹的鸡蛋和西红柿、绿油油的两片菜叶覆盖在上面。我想起了《卫报》那位美食作家的评论：魏大师的 BiangBiang 面创造了一种对碳水化合物的渴望，让你感到很舒服。尽管看上去只不过是一碗煮熟的面条和几片菜心叶。在品尝了几小口油腻、热辣的鲜味暗流之后，你激动的心情安定了下来。

活色生香的面条让我陷入了沉思。那些在西安古城墙上和 L 骑车、徒步的画面，一起在西安郊区露营、在小巷寻觅美食的画面渐渐复活了。那会儿我们有迎接不确定生活的勇气。在伦敦，这种感觉逐渐消磨掉了，纠缠于谁付出多谁获得少、应该以谁为主？互不妥协。然而争吵并不能找到解决方案。是我们在变？还是生活改变了我们？我突然产生了一种负罪感，快速划动筷子把上面的辣椒油搅拌入碗底，两指宽的面条翻滚出来，颜色更加诱人，不知是热气还是辣椒油的刺激，我有了想要流泪的感觉。

魏桂荣大厨来到我面前。她是这家西安面馆的老板，地道的陕西婆姨，眉目清秀，发髻随便朝后挽着，头发梢和脸上还挂着在后厨忙碌的油腻，扎着围裙，脚下一双灰色的厚底凉鞋。2009 年魏桂荣被一家川菜馆招聘来伦敦，做了七年大厨之后，魏桂荣也摸透了伦敦餐饮市场的门道，决定自立门户。2015 年，魏桂荣选择在阿森纳足球队的主场体育馆开了自己的第一家店"西安印象"。"西安魏师傅"则是她开的第二家餐馆。一瞬间，我在她身上似乎看到了周英华、海伦这些前辈华人创业者的影子。只不过，魏桂荣来自一个崛起的中国，中国人比起以往任何时候都更加自信了。

我吃饱喝足，心满意足，问了魏大厨一个困扰我很久的问题："以你在英国开餐馆的体会，中餐和西餐最主要的区别是什么？"

"中餐和西餐是适应不同的饮食习惯，在制作上主要体现在酱汁的使用很不一样。"魏桂荣想了想之后说。

中餐烹饪，酱汁的作用没有西餐那么突出。中餐一般习惯在烹饪前腌制处理食材，让食材吃进调料味道，最后吃到嘴里的是被调料改善了味道的食材，"中国人特别是北方人做饭，用料包吊汤，肉眼是看不见调料的，味道最后都烂在锅里，食材吸收了汤汁的味道。人们更注重食材是否吸收了作料的香气。"魏桂荣说。

而英国人注重食材的原味和新鲜，酱汁的作用更具有独立的价值，像是一种配菜，不同的菜品配以不同的酱汁，很多西餐都需要辅以专门的酱汁才算完成。相比中餐而言，印度餐就容易让英国人接受，一个重要原因就是咖喱汁的使用。"印度餐同西餐的处理手法基本一样，调料最终碾碎调制成酱汁，你看不出原料是什么，酱汁最后浇在食材上，这符合英国人的口味。印度大米散散的，中国人觉得口感没有劲，但是浇上咖喱汁，英国人也能接受。"魏桂荣说。

午间最忙的时段已经过去，魏桂荣坐在我的对面，讲起了自己在一家米其林一星餐厅就餐的经验。那是位于摄政公园的一家西班牙餐厅，厨房采用明档，食物都采用小份，实际已经半加工完成，酱汁也是提前做成半成品，使用电炉，食客点单后，稍一加热就可以完成，生意很火爆。另外一个显著的例子，来自伦敦有名的连锁店 Nudos 烤鸡，酱汁都是一样的，到哪个分店吃都是一样的口感。

据此，魏桂荣总结说："小吃标准化，首先要酱汁标准化，这是打开英国市场的关键一步。"

这部分解释了我的困惑，中式快餐无法规模化经营，很大程度就是因为口味无法统一和复制，不稳定。西餐靠酱汁"一俊遮百丑"，而中餐的制作是经验性的，每个师傅带出的徒弟都不同，制作程序和味道也不一样。"中餐的味道不稳定，特别体现在炒菜上，10个师傅10个味道，盐先放后放，味道都会不一样，烹饪时间多少味道也不一样。如果想要稳定客源，首先是保持中餐味道的稳定。这就要保持酱汁的稳定，使得菜品可复制。"魏桂荣说。

魏桂荣决定从酱汁入手，做适合英国人口味的西安面条。她发现英国人喜欢的中国菜式，包括古老鸡、糖醋里脊，都是酸甜口味。而陕西菜中酸味和蒜味很突出，对西方人来说过于浓烈。她把蒜减量使用，醋则是在镇江香醋的基础上，使用蔬菜汁重新熬制，让味道更加柔和，口感追求偏鲜。辣椒面和面的配方也是自己特别针对英国顾客研制的。因此得到了认可。他们提供的其他特色菜，包括：凉皮、肉夹馍、油泼面等，也如法改良，80％的菜品被西方食客接受。这家中国面馆在竞争激烈的伦敦异军突起，站稳了脚跟，受到喜欢尝鲜的伦敦人的推崇。

"我的梦想是让陕西面食走进白人主流社会，让英国当地人接受。"魏桂荣告诉我。在我印象里，中餐向来都是作为异国情调而出现在西方人餐桌上的，她的努力会取得终极认可而不是昙花一现吗？我对此仍然半信半疑。

魏桂荣的人生经历吸引了我。1982年她生于秦岭山区，家境困难。爸妈生育了3个女儿，还想要儿子。妈妈怀过两次男孩，一个生下来七天死掉了，最后一个小弟弟还有十几天就要生了，被强制计划生育流产了。因为这事妈妈心理受到严重影响，有点疯了，喜欢骂人，被诊断得了抑郁症。

爸爸很封建，担心在农村没有儿子，老了没人管会饿死，妈妈也很信这个。魏桂荣非常不服气世俗对于女孩子的轻视。她要证明给别人看，自己也能承担起养家和照顾父母的责任，就像一个真正的儿子一样。

魏桂荣是男孩子的性格，一刻也静不下来，她喜欢爬山、力气大，总是幻想翻过大山去看另一片天地。站在苍茫的秦岭山巅上，她幻想着外面的世界是什么？

"你是什么时候离开家的？"我问魏桂荣。

"1995年正月十五。"她记得生命中这个重要的转折时间。

当年魏桂荣的堂姐在西安做保姆，带她到西安看有什么活计可以做，那年魏桂荣十三岁，已经准备担起贴补家用的重任了。起初西安的一户军队高干家庭雇用了她，让她照顾这家人的小孙女。男主人是大校军官，刚从空军学院退休，魏桂荣称他"爷爷"，女主人则在学院内部经营着一家电话亭，魏桂荣称其"奶奶"。做了一段时间小保姆，男主人的儿子搬去市中心，小孙女也跟着去了市里的幼儿园。魏桂荣就开始帮奶奶照看电话亭生意，每月能有100元左右收入。魏桂荣不是小家碧玉的女孩脾气。爷爷让她趁年轻攒点钱，少花点儿。她不服气，说，钱是挣出来的，不是存出来的。对魏桂荣而言，重要的是，自己已经走出了家乡大山，看到了更开阔的世界，生命的更多可能性展现在前方。

1997年春节，魏桂荣在退休军官家服务了两年，满十五岁了。退休军官也是好人家，商量着该让魏桂荣自立门户找点正经工作去做。爷爷劝魏桂荣去学门手艺，比如学做裁缝，爷爷的儿子则建议她去学插花，这样在医院门口可以开个店面赚点钱。

但是魏桂荣喜欢的事情是做饭，打算去学厨师。对于她来说，幼年饥饿的记忆太深了。很多中国农村出身的孩子都认为，做厨师起码能吃饱饭。这跟西方社会对厨师的认同完全不同。西方社会认为厨师是个不错的职业，有创造性的大厨的社会地位也很高。在中国，厨师往往被视为受苦受累的行当，社会地位并不高，普遍认为厨师属于低技能人群。

1997年，春节刚过，十五岁的魏桂荣去了曲江村的桃李烹饪学院"学做饭"。当时读烹饪学校的孩子有两类。一种像魏桂荣这样家庭条件不好，选择谋生的饭碗；一种是家里条件不错，但是孩子调皮，学习不好，为了毕业之后找个出路来学烹饪。其实都是为了在激烈变动的社会谋求一条生路。彼时，中国市场经济改革已经轰轰烈烈展开，序幕一旦拉开再也无法关上。

魏桂荣在烹饪学校学了一年。她是班里唯一的女生。在中国，女性在家里煮饭的情况更常见，但是在社会上做厨师的还不多，这个现象很有意思。传统观念里，中国女性仍然在扮演着操持家务的角色，而不是和男性平等竞争的角色。在中国甚至还有一种未经考证的说法：男厨师比女厨师做饭好。其实，这背后的原因，并非是男女能力的差异，而是做厨师的女性太少了。

魏桂荣说起这段故事很得意："很多人认为女孩子不应该去做厨师，顶多给男生打个下手。我不服。"

烹饪学校的有些男生看魏桂荣是个女孩子，故意欺负她。一次实操课，学员们排队领锅和调料，学生多而炒锅少。发锅的学员非要魏桂荣排在最后面，这下子惹怒了魏桂荣，抢起一个炒勺就要打他。"我不要求别的，只要求公平。"这种信念支撑她在男性主导的灶台闯出了名堂。

至今魏桂荣仍感念烹饪学校师傅对她的栽培。第一堂课，教雕刻的刘师傅说了两句话，一直刻在魏桂荣的脑子里。第一句话，师傅领进门，修行靠个人。第二句话，好厨师一把盐。盐在中国厨师手里起着重要作用，同一道菜，不同的厨师放调料的顺序不同，做出来的味道也是千差万别。魏桂荣后来意识到，师傅的这两句话几乎囊括了中餐的精髓：中餐的制作很大程度上属于经验，需要大量的实操，才能熟能生巧。另外还需要厨师不断学习和总结经验。

刘师傅并不是手把手教魏桂荣炒菜。更多的时候，是教给她怎么为人处世。如魏桂荣这样出生在农村的打工女，在城市地位不高，很多人瞧不起她。但是刘师傅鼓励她，做厨师要讲厨德，人要踏实，如果一个学徒抱着打工的心态。不是站在老板的角度做事，就永远只能给人打工，如果站在老板立场，将来自己就有可能成为老板。

魏桂荣记住了这句话，她吃苦耐劳，不计得失，成长很快。回忆过往，魏桂荣内心充满感恩，她的运气不错，在陌生的都市，先是遇到了善良的爷爷一家人，在求职路上则遇到了启蒙刘师傅。刘师傅大名叫刘俊岭，是陕西有名的厨师，可惜2020年得脑溢血去世了，因为疫情阻隔，无法回国告别。魏桂荣很怀念他，"遇到刘师傅是人生转折点，师傅就像是我的再生父亲一样。"她陷入了沉思。

1998年，魏桂荣分配到西安西边一家叫"五羊大酒店"的海鲜酒庄实习，自此开始了职业厨师生涯。

转眼午间的经营告一段落，短暂的休息过后，魏桂荣又要为晚间的菜单去采购食材了。我们挥手告别，相约下次再见。

魏桂荣出身微末，靠自己的奋斗走出了大山，闯入了男性统治的厨房，现在又闯到英国，证明了女性的价值。就像她改良和熬制的酱汁一样，适者生存，充满韧性。对于我来说，魏桂荣的启发更直观，如果满足于原汁原味，魏桂荣不会在英国站稳脚跟。来到英国必须入乡随俗，变通正是中国人的生存智慧。而我这样的庸人常以保持初心作为拒绝改变的借口，这是我难以融入英国生活的症结所在。

魏桂荣身上浓缩了过去几十年中国高速发展的几乎全部秘籍。中国改革开放的成功，正是源于无数个魏桂荣这样的边缘人物，他们想要改变命运，无所畏惧，不惧挑战和改变。从农村到城市，从内陆到沿海，再从国内到海外。这也是过去四十年中国改革开放的重要驱动力，这股力量改变了中国和世界。

魏桂荣一脚踏进厨师圈的 90 年代，英国（西方）的中餐业进入到即将发生巨大改变的前夜。老一辈的香港和广东的老厨师们大多已退休，他们的孩子在英国接受教育，转入白领工作，离开了经营厨房的家庭传统。福建移民开始进入老牌中餐馆的厨房工作，后来又开起了自己的餐馆。大量的中国留学生蜂拥到英国的大学，他们渴望吃到更加多样和正宗的来自祖国大陆的中餐。多样化的中餐馆员工群体和同样多样化的中国顾客群体这两种力量在重塑英国中餐方面将起到重要作用。到 20 世纪末，伦敦的华人商场和超市开始广泛供应来自中国大陆的食材。中餐和中国餐馆已经做好准备，新资本在跃跃欲试。大量的中国厨师准备走出国门，开始远征异国。海外中餐业不再是海员们的单打独斗，也不再是香港家庭作坊式的千篇一律，而将迎来真正的百花齐放。

第十一章　到西方去

我从他蹩脚的英文上,判断出了他的身份:"从中国来的?"

他愣了一下:"是的。"说话有些犹豫。

这个地方是白人居住区,虽然这些年黑人面孔多起来,但是中国面孔仍不常见。

"福建人?"我继续猜。

"福清的。你怎么知道?"他更惊讶了。

我暗暗得意。这些年做记者走南闯北,发现中国地区差异性很大,但是仍然具有一定的地域特征。我喜欢通过口音和外形来判断陌生人的身份,作为社交暖场的一项炫技活动,也常常收获一些廉价的惊叹。

面前的施先生精瘦但是骨骼粗大,明显做力气活出身。手指夹着一根香烟,一只脚搭在椅子扶手上,这种坐姿在湿热的南方特别常见,考虑到福建移民的数量,当然要假设他来自福建某个山村了。暗号都对上了!此刻,施先生正坐在这家叫做"东方"的中国外卖店前,享受午后的阳光,地上一片烟头。

我们很快热络起来,彼此交换着背景信息。

在英国,我无数次遇到施先生这样的福建人。20 世纪八九十年代,国门大开,大批非法移民利用海外网络偷渡,进而拉家带口,来到海外谋生。这里面又以浙江人和福建人最多。华人公益机构

"民权"负责人陈运忠说:"1993年以后,大量的福建人偷渡来到英国。"这个过程持续了差不多三十年。

施先生来到英国十几年了,以前在家里是农民,当年交给蛇头20万元人民币偷渡,他选择的路线是先去越南、柬埔寨,然后到了斯洛伐克、比利时,最后辗转进入了英国。路上花了一年多时间,可谓险象环生。入境之后即申请难民,然后进了中餐馆打工。前几年他终于还清了欠债,还有了积蓄,从香港人手里盘下了身后这家外卖店,自己当起了老板。

我在这个街区住了差不多六年,记得刚来时,东方中国外卖店的主人是一对老夫妻,还有一个儿子帮忙。

施先生说:"对,就是那家香港人。夫妻俩都老了,干不动了,孩子不愿接班,两年前转给我了。"

浙江人和福建人都信奉田字不出头,工字不出头,认定种田和打工都不挣钱,千辛万苦偷渡出来最终要当老板。施先生做了自己的老板,这也是大多数偷渡者的必经之路,就像与时俱进不断改良的中餐一样。目前施先生雇了两个帮手,宿舍就在楼上。前几年他把老婆也接到英国来,但是老婆不喜欢英国,又回福清老家去带儿子。

他说,再做上十年,退休了就回中国。"毕竟还是中国人。出来只是为了挣钱。"

施先生是我知道的无数福建浙江移民的一个缩影,开始时通过种种无法言说的渠道远走他乡,辛勤工作和努力生活,如今多数已经洗白了身份,开始在中英两国之间游走。

从我家步行大概二十分钟,有一个非常有特色的区域,名叫派克汉姆,这是一个各国移民会集的地方,有段时间,我常去那里的菜市场买菜,因为可以买到英国超市很少见的大叶菠菜。英国超市的菠菜都是小叶的,用来拌沙拉。中餐菠菜炒鸡蛋需要大叶菠菜,最好根茎是那种微微红色的，炒出来才香甜。我偶然在派克汉姆的伊拉克人摆的露天菜摊上发现了大叶菠菜，十分惊喜，此后就成了那里的常客。

很多人对派克汉姆印象不佳。原因很简单，这里的人来自五湖四海，聚集了各国移民，又以难民为多，亚洲以阿富汗、巴基斯坦、伊拉克、伊朗人居多，还有大量的非洲移民，也有不少早期来的香港老华人。这里房价便宜，以杂乱著称，有着治安不佳的名声。

派克汉姆菜市场上，经常会遇到几个中国面孔开设的档口，他们的经营模式很特别，只是租用商店门前的一小片区域，摆放有限的几样蔬菜售卖。有几次跟他们寒暄，对方自称福清人，早年偷渡来英国。我在附近认识了一个二十一岁的福清女子，是3个孩子的母亲。她不是偷渡来的，老公却是早年随家人偷渡来英国，后来取得合法身份，然后又把她从老家带到英国。我在伦敦接触到大量来自福建的中国人，相当一部分是采用非法途径来英国的。这种艰辛的旅程，一直处于灰色地带，2000年英国发生了一起偷渡惨案，外界才关注到这个特殊的移民群体。

2000年6月18日，英格兰港口多佛的一辆载货汽车中发现58具尸体，只有2人幸存。这辆卡车从比利时出发，经过轮渡到达英国。车中60人都是非法偷渡者，均为中国移民，54男4女，被关在密闭环境中超过十八小时，窒息而死。"多佛惨案"是英国犯罪史上最大规模集体死亡事件之一。

当时为了掩人耳目，那辆在荷兰注册的蔬菜专用货车报关单上写的是"西红柿"，英国海关官员在用X光机检查的时候，发现屏幕上显现出来的是层层叠叠的人形，马上通知了边防警察。执法人员卸掉车厢前半部分堆得严严实实的西红柿后，看到一个集装箱，打开集装箱，展现在眼前的是像火柴棍一样胡乱码在一起的尸体！

遗体的检查结果很快就出来了：窒息或者闷热脱水。事发七个月后，中方派出专机将58具尸体接回福建安葬。①

检察官称："在通往磁尔布鲁格的路上，通气管是开着的，但在卡车装上轮渡后，瓦克（司机）关闭了通气管，这决定了58名中国偷渡客的命运。这是车上唯一的通风装置。他这样做的原因是防止海关人员或轮渡人员发现车里的噪音。在随后的五个小时的旅程中，瓦克没有作出任何努力询问偷渡者的情况也没有打开通气管。与此相反，他去吃了一顿饭，还到轮渡上看了一至两部电影。"偷渡客曾敲打卡车的门呼救，但无人注意。②

英国警察亲赴福建调查称，所有死者来自福建省的4个村，年龄在十六至四十三岁之间。③

福建为群山环绕，可用耕地不多，和相邻的浙江一样，到海外打工是一个致富捷径。福建部分地区到处都是精致的房屋，这是人们炫耀在海外获得成功的一种方式。这些房屋刺激了更多的人到国外尝试运气，尽管中国迅速崛起成为世界第二大经济体，但仍有大约三分之一的人口每天的生活费不足5.5美元。"他们很少提到在海外遭受的苦难，"布里斯托大学的移民发展专家Winnie Wang说，"他们回到村庄炫耀并且花钱，所以给人们留下了美好的印象。所有黑暗而艰难的故事都被屏蔽了。"④

---

① 《资料：2000年多佛惨案58名遇难偷渡者遗体归国纪实》，《环球时报》，2019年10月24日。

② 《检方指控货车司机关上通风管导致多佛惨案》，http://www.chinanews.com.cn/2001-03-01/26/74691.html。

③ 《多佛港惨案死者身份核实》，http://news.bbc.co.uk/hi/chinese/news/newsid_931000/9315471.stm。

④ "Why so many residents of one Chinese province put their lives in the hands of 'snakehead' smugglers," https://www.telegraph.co.uk/news/2019/10/26/many-residents-one-chinese-province-put-lives-hands-snakehead/.

2002年6月,组织这次偷渡的7个人,被海牙上诉法庭判刑,最重被判十年半徒刑。该案的主犯是三十七岁的陈静萍(译音),绰号"P姐"。涉案的荷兰籍卡车司机佩里·瓦克,也被英国法庭判处十四年徒刑。①

多佛惨案引发了世界关注。人们注意到偷渡团伙是涉及亚洲和欧洲多国的犯罪网络。2004年发生的拾贝惨案,又一次让英国社会关注到中国偷渡者如何被犯罪网络剥削,并在恶劣的工作环境中丧生。

在英格兰兰开夏郡和坎布里亚郡之间的莫克姆湾,盛产鸟蛤,销至西班牙等国,价值颇高。经常有一些非法劳工在这里拾贝。2004年2月5日,30多名受控的中国工人被派往莫克姆湾捡拾鸟蛤。晚上9时30分左右,海水突然涨潮,23人死亡,15人获救。死者除了1人来自辽宁,其余均为福建人。这就是著名的拾贝惨案。

起诉官的陈述突显了中国非法移民在英国的当代生活现状。3名福建籍华人,招募中国非法移民拾贝,然后向一家英国父子经营的水产公司供货。被告人之一的林羡勇负责在莫克姆海湾附近向非法移民拾贝工提供住宿。当地警方在搜查他租用的住所时发现,原本只能居住6人的房间内摆放了30张床垫,整个住所内没有任何其他家具。

拾贝者的饭食通常是三明治和罐头。拾贝者收入很低,又不会讲英语,完全处于工头的控制中,过着几乎与世隔绝的生活。②

所有的工人都没有经过拾贝的专业训练,之前也没有任何工作

---

① 《多佛人蛇惨案致死58人　8名中国蛇头鹿特丹受审》,https://www.chinanews.com.cn/n/2003-05-26/26/306958.html。

② https://www.voachinese.com/a/a-21-w2005-09-20-voa38-58426117/1084853.html。

经验。遇难者年龄在十八至四十五岁之间,他们怀揣海外挣钱的梦想,归宿却是陌生寒冷的海洋。①

这两起惨案具有很多的共性,偷渡者都是来自福建,他们在家乡都是缺少生存技能和发展资源的农民,那个时候国门刚刚打开不久,到国外挣高工资的诱惑促使他们铤而走险。第一批抵达英国的偷渡者很快经营起了人口转移网络,接应后来者进入异国。

当年,华人社区活动者林怀耀所领导的"民权"组织发起了悼念活动。林怀耀向英国媒体大声呼吁,英国政府应该给予所有在英国的非法移民以工作权:"英国政府的政策把这些人推向绝望的境地,他们不得不接受所有脏活累活和危险的工作,其结果必然是:他们被迫成为无耻的雇主、黑帮头目和犯罪团伙盘剥的对象。"

多佛惨案四周年的时候,林怀耀又筹办了一个纪念性质的座谈会,同时呼吁政府修改移民条例。"我们认为这是因为英国的移民政策使得多佛港的遇难者没有别的途径,被逼走向这些蛇头。莫肯姆湾的情况也是因为移民政策不让他们工作,逼得他们去做一些危险的工作。我相信除非移民政策改变,否则这样的惨剧还会继续发生。这种惨剧发生在中国人身上的几率是 80% 以上。我希望通过社区的讨论和探讨可以反映社区的意见,使当局正视这些问题。"

林怀耀抨击英国的移民政策不是头一次。他一直认为是英国的移民政策在客观上造成了中国人的偷渡潮,惨案发生的部分原因就是英国政府不给予那些受害者合法身份。他说最大的问题是新的移民条例,把调查移民身份的责任强加在了雇主身上。这对雇主来说很不公平。很多雇主因为担心触犯移民条例而解雇那些身份不确定的员工。很多在唐人街打工多年的无身份者,由于害怕而纷纷辞

---

① 《英开庭审理华人拾贝惨案 5 名被告》,https://www.bbc.com/zhongwen/simp/uk/2014/02/140203_uk_morecambebay_10years。

工。华人餐馆受员工短缺之苦已有十多年。正是无证劳工的出现，才解决了英国华人餐馆的人手短缺问题。这个新的条例使得华人的饮食业受到打击，让华人有生意都不能做。饮食业是华人的跟基。如果饮食业受到打击，那整个经济都受到影响。林怀耀希望能够反映华人现在所面临的困难，使内政部正视并且解决这些问题。

拾贝惨案使英国正视非法劳工问题，当年通过了《2004年雇主许可条例》，并且在2005年设立了非法雇主与劳工虐待管理局。该部门的职责是防止在鲜活产品部门——农业、园艺、贝类采集以及所有相关的加工和包装产业中剥削工人。时任英国首相卡梅伦在宣布这一消息时声称，此举将直接与国家犯罪调查局的大量资源并列，"加强其执法和情报能力"。①

2005年至2006年，西北英格兰普雷斯顿巡回刑事法庭对拾贝惨案中的5名被告进行了半年的审讯。5名被告中包括3名中国人和2名英国人。主犯是中国籍男子林良仁，他安排工人在危险环境下工作而不提供任何安全设施。事发后试图逃离现场；又威胁生还者不能向警方透露他是雇主。他被控21项杀人罪、协助非法入境罪和共谋妨碍司法罪。在法庭上，他拒不认罪，将责任推给收购鸟蛤的客户。法庭形容他"冷酷无情、见钱眼开"。最终他21条控罪全部成立，被判处十四年有期徒刑。林的女朋友赵小青和堂兄林羡勇被控共谋协助非法入境罪和共谋妨碍司法罪，分别被判入狱两年九个月和入狱四年九个月。

但是收购林良仁团伙的鸟贝的利物浦海湾渔业有限公司的一对父子——戴维·艾登和小戴维·艾登，虽然控方认为他们明知工人

---

① 非法雇主与劳工虐待管理局，Gangmasters and Labour Abuse Authority，简称：GLAA。

们是非法劳工,对惨剧负有责任,最终却被宣判无罪释放。①

2007年,拾贝惨案三周年之际,以此事件为背景的电影《鬼佬》在英国上映,影片从一名来自福建的女性的视角,讲述了她举债数十万偷渡到英国、打黑工、和同伴在莫克姆湾遇险,死里逃生,最后返回中国的经历。

英国导演布鲁姆菲尔德采用纪录片的拍摄方式,全部由非职业演员出演。女主角的扮演者林爱钦本人就曾是非法移民,来自福建省长乐县附近一个叫金分的小镇。出国前在家乡有自己的首饰加工铺,但她还是想为了未来再找条出路,十年前借了30万交给蛇头来到英国。

林爱钦告诉记者,偷渡者在英国过得如何,大多取决于运气。有的老乡得了精神病死掉了。她自己也很后悔来英国,但欠债不得不还。她把自己在英国的生活描述为"除了工作,就是睡觉","但在给家人的电话中还得报喜不报忧"。

她性格倔强,最后和丈夫分手。林爱钦的儿子2000年出生在英国,但她由于无法在英国照料他,就托朋友带回了国。此后五年一直没见过儿子。直到回国拍摄电影,才和儿子、父母见面。电影中,林爱钦在莫克姆湾海边对电话里的儿子说:"你只要站在海边叫我,我就可以在海的另一边听到你的声音。"

如今,林爱钦和七岁的儿子一起在伯明翰生活。孩子读小学,她自己也在当地一所学校学英文。至于以后,她无法想太多。②

四年之内,连续发生两起偷渡者悲剧,震惊了英国社会。这之

---

① "Man guilty of 21 cockling deaths," http://news.bbc.co.uk/1/hi/england/lancashire/4832454.stm.
② 《女偷渡客林爱钦满腹辛酸出演华人拾贝惨案电影》,https://www.chinanews.com.cn/hr/hrgs/news/2007/01-24/860301.shtml.

后,大规模非法中国移民的消息减少了。中国政府从源头打击偷渡,蛇头采取了更为隐蔽的偷渡方式。另一方面,随着中国经济的迅速崛起,经济移民(偷渡)的动力已经不复存在。大规模的偷渡潮逐渐销声匿迹。而那些偷渡先驱们,已经慢慢适应了异国的生活,就像我的邻居施先生或者林爱钦,经过艰苦的打工生活,偿还了蛇头的外债,并且拥有了自己的独立生意,上岸了。

2019年,英国又发生了一起惨绝人寰的卡车偷渡惨案,不幸再度跟中国扯上了关系。10月23日,埃塞克斯工业园,一辆从比利时渡海来到英国的大卡车准备卸货,打开冷藏车却发现31个男人和8个女人死在车里,全是亚洲面孔。据推测,在这些人生命最后的十二个小时,是在零下25摄氏度的集装箱里被慢慢冻死的——这是怎样黑暗和绝望的旅程!

事发两天后,英国警方根据死者身上发现的中国护照,披露信息死者都是中国人。人们马上联想到了十九年前的多佛偷渡惨案。公众发现,中国偷渡者已经淡出公众视野太久了,现在取而代之的是来自阿富汗、叙利亚甚至伊拉克和伊朗等动荡地区的非法移民,一直是媒体报道的重点。英国媒体一直在报道内政部加强对从法国开到英国多佛港口的欧洲车辆检查的消息。因为很多中东难民守候在法国加来一侧,千方百计寻找机会搭车闯入英国。最初发现集装箱尸体的时候,大多数人还想当然认为死者或许来自这些动荡地区。但是周四早间新闻披露39名死者全都是中国人的时候,连天空电视台的主持人也感到惊讶,主持人在直播中忍不住发问:"中国现在不是已经很强大了吗?为什么这么多中国人还千辛万苦往外跑?"

这是一个好问题。多佛惨案发生的年代,中国经济实力远不像今日强大,当时英镑兑人民币的汇率大概1∶12,当年来英国工作,跟在国内比，算是赚到钱了。现在的情形发生了很大变化。现在中国人给英国人的印象是富裕、活跃、整体的自信度不断增强。英国一直在闹脱欧，英镑一跌再跌，跟人民币的汇率已经远非十年前可比，差不多降了一半。所以到英国工作已经赚不到过去那么多钱了，这些年中国经济发展，国内家里生活都不差，经济移民的动力不复存在。

而且，现在中国人办个出国签证并不难，很多国人都有办签证出国旅游的经历。现实中，身边很多中国人先办旅行签证，然后来英国黑下来打工，这样的事例虽然违法，但是风险不大，案例颇多。我认识一个河南阿姨，黑在英国做保姆十几年，跟雇主一家相处很好，儿子结婚才回中国。2014年9月我女儿开始在英国读小学，下午3点放学没人接，我们曾商量找阿姨。朋友推荐了一位山东阿姨。第一天试工，阿姨告诉我们，她也是拿旅行签证来英国的。这个阿姨经历更复杂，她早年拿旅行签证到德国，以遭遇丈夫家暴为名申请难民，然后拿到了德国居留，在德国生活工作多年，又把儿子申请去德国读书工作。现在不知出于什么原因，放弃德国居留又来了英国。我们觉得这个阿姨经历过于复杂，不知根知底，就没敢留她。但通过她也了解到，很多国人是抱着边出国打工赚钱边游玩见世面的心态。她们觉得，相对而言，英国的生活环境比在国内更轻松舒服，因此很多人选择"黑"在英国。透过这些事例，足见普通中国人申请旅行签证出国并不难。

回到这次的卡车集装箱惨案。采用这种极端的原始方式偷渡，只能说明一个问题，这些人无法通过正常的渠道申请到签证，甚至就连普通的旅行签证也很难申请，只能采用隐身集装箱这种极端方式来英国。所以我倾向认为，可能这些偷渡者在英国的亲属和接应者也没有合法身份，无法帮他们办理合法签证。还有一个可能就是，他们也许来自一些具有偷渡传统的地区。

最后警方澄清，死者都是来自越南的非法偷渡者，拿的是伪造的中国护照。笼罩在华人社区心头的压力一扫而空。从这两起相距十九年的偷渡惨案上看，严格的移民管控并不能从根本上杜绝偷渡，英国移民局加强了多佛港的检查，偷渡者就转移到更薄弱的其他港口。英国对从法国加来来的车辆特别留意检查，犯罪集团就会从比利时闯关。为什么这次出事的卡车来自北爱尔兰？或者真实的用意在于，车辆宣称从比利时接货经英格兰开回车辆注册地北爱尔兰，是为了遮人耳目，令沿途的英国边检放松警惕，利于偷渡。

从多佛惨案的年代至今，非法移民系统已经形成了一个成熟的人口转移网络，人蛇往往是受到信赖的关键人物。那些把偷渡者锁进集装箱里的人，也许正是他们唯一可以信赖的人，也许之前曾用同样手法帮助其亲属来到英国，他们对中间人充满信任，不计风险放心把性命托付。这是扭曲而真诚的关系。

大约十到十五年前，一笔偷渡费用大概需要花费 5 万美元。到达欧洲目的地之后，偷渡者承担着巨大的财政压力，需要付出多年的劳动偿还这笔债务。近十几年来，中国移民利用大卡车偷渡的方式已经消失，转向了更加复杂和昂贵的移民方式。

在非法移民前赴后继告别家乡的时候，魏桂荣也面临人生的抉择。她已经到了谈婚论嫁的时候。曾经很多人劝她找个上门女婿，也就是找一个比魏桂荣条件还差的人。世俗的眼光看来，女人一辈子不应该再有别的生活了。魏桂荣完全无法接受，她的父亲被认为养活不了自己的家庭，需要爷爷指定两个叔叔代为照顾，魏桂荣从心里不能接受，她觉得自己可以照顾全家人。同样，她也认为自己不需要找一个上门女婿。

这个时候，朋友给她介绍了一个对象，对方家住城中村，即将到来的城市开发热潮，会带来预期的可观拆迁收入，对方的父亲是人民教师，家里条件不错。当时魏桂荣考虑得简单，因为自己的家庭负担重，需要多点心思照顾父母，给妹妹提供学费，所以就同意了这门婚事。2004 年，二十二岁的魏桂荣结婚了。第二年，她生了一个女儿。

　　魏桂荣在大厨的位置上做了六年，陆续换了几家酒店工作。解放酒店、石油宾馆，都留下了她在灶台打拼的故事，她成了厨师行业的行家，不仅厨艺得到了提升，更重要的是对于厨房的运营十分熟悉。厨师业的竞争伴随着餐饮业的竞争在加剧，厨师业的规则已经进化和改变，总是由一个厨师团队接下某一个饭店的活儿，如果领头的发现了新的酒店有利可图，就会集体跳槽，带着团队到下一个新岗位。

　　魏桂荣本身是面点师傅出身，但是她不满足于只是流水线上的一个组件，很快，她组建了自己的团队，成员包括：配菜、炒一、炒二、炒三、炒四、炒五、炒六师傅，有了这几个角色，魏桂荣组建了一个厨师团队。

　　她成长为市场经济下一个高效的挣钱机器，具备了议价权。从面点师傅到团队话事人，她用了十一年的时间，在环宇宾馆做到了总厨的位置，现在开始带领自己的厨师团队，在市场游弋。她喜欢这种挑战性的工作，不再满足于一成不变的生活，慢慢地和丈夫之间有了分歧。

　　当她结婚的时候，很多人夸她嫁得好，毕竟从山村嫁到了西安，改变了农民身份。小两口起初住城中村，后来城中村拆迁了，光拆迁费就赔偿了三轮。很多人拿到了现钱。魏桂荣很快发现了这里挥之不去的小农思想。人们思想保守，做事没有胆量，很多人满足于手里的真金白银，上班也不去了，村里的媳妇平时聚在一起就是打麻将。选村干部还要送钱送礼。很多事情她看不惯。

那会儿魏桂荣疯狂地想要赚钱。她想去日本发展。20世纪90年代，日本香川县和西安结成了友好城市，很多陕西厨师被派往日本工作，魏桂荣听说，一个面点师一个月在日本就能赚2万，她心动了。但是日本工签要求厨师需具有十年以上的工作经历，她的工作资历还不够。

日本受限，又转而想去新加坡工作。这次很幸运，她很快拿到了工签。2007年，魏桂荣一边做着出发的准备，一边还在正常上班，一天刘师傅从武阳饭店打来电话："你在哪里？赶紧坐出租车来我这里一趟。"

刘师傅那会儿已经不再做厨师掌勺了，而是成了一个职业经理人的角色，帮助一些餐馆组建厨师团队、设计菜品。他在电话里简单告诉魏桂荣，有人从英国来西安找厨师，还没有找到合适人选，师傅推荐了魏桂荣。这人还有二十分钟就得离开西安，走前希望和她见一面。

魏桂荣匆匆赶到师傅那里，见到了山东商人邵伟。第一次和魏桂荣见面，邵伟只交谈了几句，就决定请她去英国为餐馆工作。

说起来，邵伟也是英国中餐业的一个标志人物。2006年，邵伟把正宗的川菜引进到伦敦，在苏活开了一家叫水月巴山的川菜馆。在这之前，伦敦一些粤菜馆也会推出一两道所谓的川菜，但是都是改良过的口味，并不地道。唐人街几乎找不到一家没有古老肉、蛋炒饭，也没有西式中餐的纯川菜馆。

邵伟来自山东省，是一位古玩商，同时也是个狂热的业余音乐爱好者。他已经在英国生活了十一年，但仍定期回中国旅行。他觉得，伦敦已经到了该开一家纯正地道的中餐馆的时候，让英国人领略时髦的国际化中餐的风采。

川菜就是中餐里的江湖菜，它颇有一种信手拈来的市井气质，不同于鲁菜、浙菜这些名门闺秀，川菜更火爆、更接地气。四川厨师擅长将多种不同口味组合成精致复杂风味的菜肴，川菜善于使用油、盐、辣、麻的组合，喜欢腌制风味的豆豉增香、泡菜、腌制辣椒、生姜、大蒜和葱增加口感的丰富性，在肉食和蔬菜的搭配上看起来随心所欲，又能很好地融合不同食材的口感，追求一种持续的不会褪色的口味，除非菜肴冷了，川菜的味道永远不会变淡。邵伟不光想要原汁原味的川菜，他还想要把当时在中国刚刚兴起的新派菜的概念引进到英国，邵伟看好英国的中餐市场。一是留学生增多，迫切需要纯正地道的中餐，再一个随着访华外国人的增多，对于纯正中餐的市场需求也更加迫切了。

随着中国社会竞争的加剧，重口味和辛辣食物开始在中国流行，四川菜、湖南菜、贵州菜都以不同程度和风格的辣而著称，嗜辣已经成为中国人的一种解压方式。但是英国社会形态毕竟不同于竞争激烈的中国，复刻中国的辣度，英国人能否接受？可以想象的是，英国的肛肠科生意估计该大火特火了。

邵伟已经招募了一批出色的川菜厨师来"水月巴山"工作，还找了一名叫扶霞的英国美食作家作为顾问。他需要继续扩充厨师队伍。魏桂荣对邵伟实话实说，自己办新加坡的工签办了四年，花了3万多块，现在快成行了，如果再去英国已经没有钱了。邵伟爽快地承诺，可以帮她支付。隔了一天，邵伟的助理给魏桂荣的账号打了几万块钱。魏桂荣看对方很有诚意，就开始办英国签证。并且在北京加入了筹备团队。

魏桂荣在北京忐忑等待工作签证的时候，英国华人社区发生了一件大事。2008年新年刚过，即传来风声，英国政府决心收紧移民政策，对"黑工"进行大清洗，该政策对需要雇用大量廉价厨工的中餐业造成了很大影响。根据英国政府最新出台的规定，聘用非法劳工的雇主，将面临高达1万英镑的罚款或是两年的监禁。

华人社会对此反应强烈。根据酝酿中的新的移民积分制度，如魏桂荣这样拿着职校证书，不会英文的中餐厨师将会被拒之门外，增加英国中餐馆的经营难度。

华人社团为此展开了一系列宣传和游说活动，试图影响和阻止该政策。英国华人律师李贞驹表示："英政府的新移民政策，显然不利于非英语国家和非欧盟国家的移民，带有倾向性和针对性，首先是增加了英文的要求，这会导致中餐馆请不到厨师，加上打击黑工、严惩雇佣黑工的雇主的政策，这样下去中餐行业就会慢慢消亡。这些政策受影响最大的就是华人群体。"

2008年4月20日，超过7000名来自英国华人、孟加拉、巴基斯坦、印度和土耳其社区的餐饮业主、员工及支持者聚集在伦敦鸽子广场，进行示威，抗议英国政府计分移民制对餐饮行业带来的冲击。在集会上，伦敦市长代表表示："我反对积分制排除欧盟外的劳动力。少数族裔餐饮业对英国的贡献非常大。它是英国文化的一部分。它是伦敦生活和观光业的精华。对餐饮业的伤害，就是对伦敦的伤害。"

华人社区的目标，是将中餐业列入"短缺行业名单"。如果中餐列入短缺行业名单，那么对申请人的学历和薪金不再强制要求。

身为华人移民关注委员会委员的林怀耀表示："对英国华人餐饮业来说，这只是一个中短期的解决办法，长远来看，根本上还是需要解决华人非法劳工的合法化问题。"

到了9月上旬，传出一个利好消息：中餐行业主要职位"技能厨师"（Skilled Chef）将在英国新移民积分制的第二级"技术工人"

(Skill worker)项目下,获得"短缺行业职位"的 50 分,而不是"非短缺行业职位"的 30 分,从而更易达到 70 分的移民申请要求。几个月来的抗争和呼吁取得了初步效果。但是"楼面"等职位并未列入名单,仍需雇主们继续争取。而"技能厨师"虽然上榜,但是同时规定"时薪必须达到 8.10 镑或以上水平",这让许多雇主觉得"技能厨师"薪金上涨,会加大运营成本。①

这场事关中餐业的博弈过后,2008 年 10 月,魏桂荣如愿拿到了英国工签,12 月就飞到了英国。

回忆第一天来英国的情形,她说:"那时候咱什么都不懂。"出发前,她差点把包括工作许可证一类的资料扔掉,幸亏别人提醒,才在最后时刻塞进旅行箱,否则根本进不了海关。邵伟派的司机来接她的时候,刚下午 4 点多,伦敦已经天黑了。那是 12 月份,很多人告诉她英国气温并不低,出发前魏桂荣就连羽绒衣都没拿,但是感觉那天很冷。她感到伦敦的天气很古怪,中国有雾霾,但是天空是白的。而伦敦的天空灰蒙蒙的,一会儿白一会儿黑,影影绰绰。

司机把魏桂荣直接拉去了唐人街,可能是时差没倒过来的原因,魏桂荣觉得头重脚轻,走路都不会了,车子来了也不会躲,感觉很不适应。餐厅的马来西亚大厨见了魏桂荣,开玩笑说:"你胆子真大呀!给你钱你就敢来,不怕让人给卖了啊?"

来英国的第二天。魏桂荣出来四处走走看看,伦敦的节奏跟中国完全不一样,魏桂荣发现,这里的东西普遍贵。最大的困难就是语言了。她连 1、2、3 的英文都不认识,完全是零基础英文。新来者需要到警察局注册,进门的时候,她感觉腿都有点哆嗦。真正让她腿哆嗦的是高节奏的工作。上班是十一个小时。一天下来腿都站

---

① 《厨师进入短缺职位 英国中餐业"万里长征"始上路》,https://www.chinanews.com.cn/hr/ozhrxw/news/2008/09-20/1388311.shtml。

麻了。初来乍到，魏桂荣觉得很不习惯。异国生活远不是想象的那么轻松。

不管怎么说，邵伟的水月巴山选择了一个正确的时间。2008年，北京奥运会盛大举行，中国以大国姿态出现在世界舞台。中国题材、中国故事正在大行其道，他的新派川菜馆适应了这个趋势，带动了英国中餐业的一个潮流。魏桂荣也选择了一个合适的机会闯荡异国，开辟自己的新天地，并将崭露头角。

等到了2010年，英国政府修改了签证政策，开始对厨师签证实行语言要求，需要雅思成绩4到4.5分才能拿到工签。如魏桂荣这样的英语零基础再申请工签就变得非常困难了。一方面是劳工政策的日益收紧，一方面是中餐业的发展急需要更多的专业人才，这为日后不断加剧的矛盾冲突种下了伏笔。

第十二章　八仙过海

进入21世纪，英国的中餐业发生了很大的变化。某种意义上讲，这种变化是革命性的，并且至今没有停止。

2003年，中餐厅客家山（Hakkasan）获得米其林一星，一些伦敦以外的美食家感到惊讶。中餐馆也有米其林一星？在人们的印象中，中餐一直是中低端廉价的代名词：外卖食物通常黏糊糊的，总是很咸、油腻，"酸甜汁"或者"炒饭"就是一切。二十多年前，当谭荣辉大厨为BBC制作电视节目时，每个人都认为中国菜就是糖醋肉。中餐似乎陷入了陈规陋习并且无法摆脱。

但是客家山完全不同于人们之前在英国看到的景象。几年前的一个傍晚，我去客家山吃饭，这家餐厅位于伦敦西区，由一个地下停车场改造而成，没有中餐馆惯有的富丽堂皇的店面，只有一个不起眼的招牌嵌在外墙上。室内却别有洞天，装潢格调妖娆，中式的木雕漆屏将酒吧区和用餐区隔开，灯光幽暗，香氲飘飘。服务员全是年轻漂亮的西方面孔，见不到一个华人侍者，格局更像是个新潮的俱乐部或者夜总会，融合了一种奢靡和摩登结合的氛围，充分满足了西方食客对神秘东方的审美想象。客家山的食物也很精美，与流行于唐人街的粤菜点心大为不同，它做得更加精致，摆盘借鉴了法餐，无论从造型上还是口味上，都尽可能趋向极致。

客家山的创始人丘德威很有经营才能。1962年他出生于香港新界，十一岁随父母移民到英国。那时候他几乎不会说英文，青少年时期还需要送外卖来贴补家用。大学毕业后，丘德威做起了工程、室内设计的行当。在一次聚会中，丘德威妹妹的日本同学说，最怀念家乡热腾腾的拉面。丘德威发现，日式拉面的做法很简单。在父亲的支持下，他凑足 40 万英镑（当时约合人民币 353 万元）开始创业。1992 年创建了 Wagamama，一个主打日式快餐的连锁餐厅，去过 Wagamama 的人都知道，里面都是大长桌和长椅，比较像中国大学食堂，非常适合边吃边聊，轻松热络，很受年轻人欢迎。此后，他陆续开办了物美价廉的泰式餐厅 Busaba Eathai 及广式茶餐厅丘记茶苑（Yauatcha），2001 年又准备开定位于高档中餐的客家山。

丘德威需要找一个能做高档中餐的大厨，他在新加坡发现了唐志威。唐志威是马来西亚华人，十六岁开始学厨，跟随香港师傅在马来西亚和新加坡的星级酒店厨房做了十四年。丘德威跟唐志威第一次见面之后，又去了香港、台湾、中国大陆（内地），不断寻觅适合的大厨。七个月后，丘德威再次来到新加坡，告诉唐志威：“你就是客家山需要的行政总厨，你的英国劳工证已经办妥了。”

伦敦。唐志威坐在我面前，回忆起这一幕仍觉不可思议，他说："丘德威做事比较神秘。他不停去找厨师，中间曾回来过偷偷品尝和观察，他认定了你就还会回来。"

丘德威为了客家山投资了数百万英镑，他告诉唐志威想做欧洲最贵的中餐。当时唐志威心想，新加坡待得蛮久了，刚好想来欧洲看看，给自己一个机会，待上一年，如果不适合，就当玩一下，再回新加坡也不迟。

2001 年 4 月唐志威飞到伦敦，他有点失望：伦敦建筑陈旧破烂，都是小路，他甚至怀疑这是欧洲大城市吗？完全和现代化的新加坡是两个感觉。客家山连个门面都没有，选在地下停车场，完全不是唐志威想象的样子。他一直生活在热带国家，觉得英国很冷，水土不服很快生病了。最大的挑战还是来自厨房。丘德威已经请人设计好了厨房，但不是按中餐厨房的习惯设计的，而且当时英国缺很多做中餐的食材和配料。唐志威花了半年的时间才改良好配料酱汁。

当时丘德威带着唐志威吃遍了伦敦几乎所有的中餐馆。"那时中餐的水平，还停留在80年代，唐人街有很多传统的粤菜馆，突破性的中餐馆还没有出现。"唐志威说。

变化发生在客家山出现以后。丘德威会做生意，也懂吃，他选择唐志威，是想在广东菜基础上，做伦敦没有的高档中餐。唐志威的风格刚好是他需要的。丘德威把客户定位在三十到四十岁之间，这部分人高收入高消费，他的客家山不仅有美酒佳肴，还有妖娆的灯光、音乐，有丰富的视觉和听觉效果。唐志威设计的菜单就像客家山的装饰一样奢靡，他将传统粤菜与新的诠释相结合：烤鳕鱼配香槟和蜂蜜，虾吐司配鹅肝，北京烤鸭配鱼子酱、茉莉花茶香熏神户牛。他研发的菜品不只是个时髦的概念，确实有货真价实的东西，体现了中餐的某些本真元素。

客家山2001年开业，2003年就拿到了米其林一星，被称为"伦敦最性感的餐厅"。唐志威则在2005年获得卡尔顿酒店奖——伦敦"最佳厨师"。

唐志威介绍，当时客家山请了从法国米其林出来的饮食顾问，每个月都会来伦敦品尝菜品，跟唐志威聊天，讲一下用餐的体会。唐志威也顺便了解了米其林的一些游戏规则：米其林一星主要针对厨师，餐馆的菜品需要精致好吃；要是想要拿二星，餐馆服务必须很好；评三颗星的话，则需要食物、服务和环境三者都具备。

不久，客家山集团的另一家餐馆HKK也拿到了米其林一星，唐志威想拿二星，但是尝试了三年，还是差一点，他分析说，原因还是因为服务不够好，如果餐馆想要挣钱，可能就会顾及不到服务。如果评三星，环境要十分清净，食客彼此不会干扰。这对于大多数希望顾客盈门赚大钱的餐馆都是个挑战。

丘德威在多个餐饮项目取得巨大成功，名下建立了价值数百万英镑的餐饮王国。客家山的足迹遍布其他全球主要城市，包括纽约、孟买、迈阿密、阿布扎比、迪拜、多哈、旧金山、拉斯维加斯以及比佛利山庄等。第 12 家分店位于上海外滩 18 号。这个喜欢折腾的商业奇才后来陆续卖掉了餐馆，2008 年，丘德威把客家山和另一家餐馆唐茶苑卖出了 3500 万英镑天价，引发轰动。丘德威的生意经很奇特，餐馆一旦盈利，马上出手转让。如今，丘德威又在筹划新的项目。

2019 年，唐志威也离开了客家山，他的志向仍然是厨房和做菜，他一直梦想开一个自己的餐馆，他去印尼待了几个月，又回到新加坡和马来西亚，一路尝了很多东西，还去了香港、台湾和中国大陆（内地），他从上海出发去浙江省舟山群岛北部的枸杞岛，这个偏僻的小岛因曾经遍布枸杞树而得名，现在开发成一个旅游度假岛，空气很好，绿植满目。这个小岛给了唐志威新的灵感。枸杞在中国饮食中具有食疗的作用，民间甚至认为类似枸杞这样的东西具有延年益寿的功效，尽管西方国家至今尚未确认食用枸杞具有临床价值。在唐志威看来，枸杞是个好东西，健康，明目，养生，能入药也能做菜，这应该就是未来中餐给消费者的体验。他决定在伦敦开一间中餐馆，还是做他擅长的粤菜，选料走精致高档路线，餐馆的英文名就采用枸杞的拼音 GOUQI，中文名唐舍。因为疫情耽搁了三年，2023 年决定正式开业，地址位于伦敦闹市中心的特拉法加广场的边上，旁边不远处就是马来西亚驻英国办事处。

唐志威和我坐在唐舍的一个角落聊天，他指给我看灵感源自枸杞岛的一些设计元素："这些椅子都是新中式的，它的靠垫也都是设计成草绿色的，是一种自然的感觉。"

来英国二十二年，唐志威观察到，英国中餐业每隔十年就会发生变化。客家山之后英国开始出现高档中餐，之前川菜火了很多年，现在粤菜又重新活跃起来。英国中餐业竞争很激烈，但是市场看好。目前两三个大集团正准备投资伦敦的中餐业。

唐志威聊起了童年。他对烹饪的兴趣在很大程度上受到了外婆的启发。马来西亚生活和居住了800万华人，都是清朝和民国时期从广东、福建和海南等中国南部闯南洋的穷苦中国人。他们在异乡开拓了新生活，同时保留了很多传统包括饮食。唐志威的外婆是客家人，客家是唯一不以地域命名的民系，分布广阔，人类学上称为Hakka。客家人被认为是汉族的一个分支，在南下迁徙的漫长过程中，仍然保留了鲜明的中原特色，并且融入了中国南方的饮食风格，形成独具特色的客家菜。小时候唐志威跟随外婆在乡下长大，在他十一二岁的年纪，跟随外婆去森林砍柴，帮忙捡柴，顺便在小河里抓虾抓螃蟹，回到家里，用柴火烧饭。外婆会烧很多客家菜给他吃，外婆家养鸡养鸭，食材顺手拈来，唐志威印象最深的是，外婆做一碗白米饭，再煎两粒荷包鸭蛋，令他吃得很满足，很早就萌生了长大做厨师的想法。

他满怀憧憬地说："那种生活很简单，现在回忆起来仍觉得那时候蛮幸福。"那是任何高档的餐馆都做不出的美味，承载了对童年和亲人的思念。

唐志威长到十二岁，离开了外婆的小村子，回到怡保父母的身边念书，他有一个哥哥，还有两个弟弟、一个妹妹。成年之后生活压力大，觉得家里生活特别不容易，爸妈打工很辛苦。1982年，十六岁的唐志威去新加坡谋生，自此走上大厨的职业道路，当时选择厨师职业也是出于朴素的想法"至少一天两餐有了着落"。

客家山的出现是一个转折点，带动了中餐业往高档方向拓展。1985 年，英国 90％的华人从事餐饮业，而到了客家山走红伦敦的 2004 年，从事餐饮业的华人数量已经减至不足人口的一半。第一代在厨房工作的华人已逐渐退隐，第二代里，那些拥有学术和专业背景的华人开始搬离苏活，进入更富裕的克罗伊登和科林代尔郊区。华人的数量持续扩大，有志于投身美食的华人新移民仍然在厨房挑战着旧有规则。然而，这种种变化并没有影响到中餐业的发展。到目前为止，中国故事刚刚开始引人注目。各种风味的中餐馆如雨后春笋在伦敦出现了。

2006 年 4 月，山东商人邵伟的水月巴山在伦敦苏活区弗里斯街飞地对面的马路开业。从一开始，邵伟就决定放弃香酥鸭和其他伦敦人熟悉的中国主食，并提供新派四川菜单。在邵伟的团队中，被邀请成为顾问的美食家扶霞起到了关键的作用。

扶霞是首位在四川接受烹饪培训的西方人。她能讲一口流利的普通话，偶尔有一点外国人的口音，因为在四川待久了，甚至能听出一丝俏皮的四川味儿。

作为顾问，扶霞的工作，就是对鼓励非华人顾客充分领略川菜的风采提出建议。她为水月巴山起了一个恰如其分的英文名字"Bar Shu"：这是四川两个古国名"巴"和"蜀"的音译，这个名字在英语中听起来既特别又好记。厨师最初想要强调"新潮川菜"和追求比较贵的食材。扶霞则极力主张应该保留一些经典的传统菜式，如宫保鸡丁、干烧鱼、鱼香茄子和干煸豆角。这些传统菜可能对中国人已经很熟悉了，但对伦敦人而言却是全新的，并且十分美味。事实证明这些菜都很受欢迎。扶霞还参与了对服务员的培训，诸如让服务员告诉客人不用吃下辣椒或花椒，要客人小心鱼刺，等等。扶霞深信伦敦人会喜欢这种具有挑战性的饮食风格。事实证明，伦敦人很快就接受了这种全新的中餐，熟练地品尝起了魔芋烧鸭和夫妻肺片。

扶霞在牛津长大，很小就喜欢烹饪，并且想成为厨师。1990年代她前往四川成都学习语言。原本可能成为一个研究少数民族的学者，但是一顿川菜让她改变了志趣。

四川是拥有8000万人口的大省。四川人以热衷休闲享受的人生态度闻名。在这样的天府之国，人们喜欢享用麻辣的食物，以驱逐盆地的湿寒之气，发展出丰富多彩的川菜。

扶霞在一篇文章中回忆道，跟川菜的恋情始于1993年9月的一天，朋友邀请她出去吃午饭。在汽车站附近的一家简陋餐厅，地上铺着像浴室一样的白色瓷砖，有几张桌椅，墙上什么也没有。扶霞仍然记得那顿饭的每一道菜的味道。琥珀色的皮蛋，切成段，像花瓣一样排列在一堆切碎的青椒周围。口水鸡，拌入酱油、辣椒油和四川胡椒。一整条鲤鱼，用辣椒酱炖，并带有令人陶醉的姜、大蒜和葱的香味。还有鱼香茄子，这道菜一直是扶霞个人的最爱，金黄色的油炸茄子用深红色的辣酱烹制，带有一丝酸甜。

"那天下午晚些时候，当我们坐在河边的茶馆里喝着茉莉花茶，阳光在遮蔽的树叶上翩翩起舞时，我意识到我坠入了爱河。"扶霞深情回忆。①

1994年9月，扶霞学习了川菜的一些基础做法，例如鱼香肉丝、宫保鸡丁等名菜。一个月后，四川高等烹饪专业学校邀请她参

---

① 扶霞博客。

加全日制厨师培训课程，她感到很高兴。学校领导允许她支付与其他学生相同的价格——三个月课程的费用略高于100英镑。入学时，她收到了厨师工作服、两本中文教科书和一把切肉刀。班上50个小伙子，都是中国人，说的是四川话。

扶霞见到了魏桂荣遭遇的类似场景：四川（中国）的专业厨房由男性主导，班里包括她只有3名女性。女性通常很少操作炒锅，通常只是准备冷盘。

烹饪学校的同学都没有见过外国人，只会叫她"老外"。每天早上，扶霞从公寓骑车到烹饪学校，途中买热包子作为早餐。早上8点30分左右上课。她系统学习了基本刀工、火候、调味，打下了非常好的基础。

四川厨师以控制火候的技艺而闻名。每道菜都有自己的火候要求。"干煸"食物，如牛肉，会用中火炒，直到它们失去水分，变得有些干燥并散发出精致的香味。四川豆瓣酱辣椒总是在热油中炒香，提取其深红色和丰盛的发酵味道。

扶霞尝试学习所有的川菜技能，包括分割食材，在众人的关注中表演烹饪。最令她难忘的是宰杀活物。中国人追求新鲜，很多食材送达厨房时还活着，杀死它们是厨房工作的一部分。当扶霞看到一个同学忙着把活鲫鱼的鳃撕下来，然后才去除内脏时，有点害怕。"你为什么不先杀了它们？"对方耸了耸肩，看着她冷静地说，"鱼没有灵魂。"

完成三个月的烹饪课程后，扶霞爱上了四川，几乎每年都会去，甚至一次待上几个月，继续研究。她的工作让她接触到了形形色色的中国人，她发现厨师在中国社会地位低下，但对美食的欣赏却是超越阶级和文化界限的。她记录了详细的烹饪笔记。一个丹麦朋友鼓励她写成一本书。

扶霞渴望成为美食作家，并下了很大的功夫。1996年，扶霞向六家出版商发送了她写的第一本四川美食的提案。拒信一封一封寄来。每个人都说，一本地方性的中国菜谱对英国读者来说太小众了。

现在回想起来，扶霞觉得出版社的犹豫是可以理解的。尽管中国在1992年就开始了市场经济改革，但在大多数英国人看来，它仍然遥不可及。在英国，中国菜主要是指那些适应英国人口味的粤菜模式。菜单上偶尔提及"四川"或"北京"风味。很少有人用英语写关于四川菜的文章。当时英国的很多美食记者对川菜闻所未闻，甚至没尝过麻婆豆腐。

一年后，1997年，扶霞再次尝试出版她的四川菜谱。这一次，她成功了。在中国迅速崛起为世界文化和政治新力量的浪潮推动下，英国的中餐发生了一场革命。过去，中餐馆只能靠迎合当时英国人的口味生存；现在，特别是在大学城，他们拥有大量来自中国的新移民市场，其中许多是年轻人，他们想吃自己在家喜欢的食物。新一波的中国旅居者和移民来到英国，自然而然地把水煮鱼和火锅等四川时尚带到了身边。同时，世界对中国的兴趣与日俱增，西方人对中国最热闹、最刺激的川菜产生了兴趣。

扶霞的四川菜谱最终在2001年出版，大约在新书出版的时候，扶霞开始注意到有伦敦的小餐馆供应正宗川菜。甚至粤菜馆也开始在菜单中加入川菜。在水月巴山取得成功之后不久，伦敦的许多地方，以及曼彻斯特、诺丁汉、伯明翰、牛津等城市都有了川菜馆。

四川火锅在中国广受喜爱，现在开始出现在伦敦的餐厅中，餐桌被挖出一个洞，用来盛放沸腾冒泡的火锅汤底。另一个爱吃辣椒的省份湖南和东北地区的美食紧随四川的辣味之后，陆续在伦敦出现。许多新餐厅一开始没有英文宣传，只是为了吸引中国顾客，他们的菜单更多地反映了中国而不是当地的烹饪时尚。

在她的第一本书出版近二十年后,《卫报》的观察食品月刊将其评为有史以来最好的十本烹饪书之一。

伦敦。魏桂荣逐渐融入了这个带给她诸多新鲜感的都市。她喜欢在工作之余逛跳蚤市场和二手店,喜欢伦敦的老建筑。尤其是哥特式的建筑。初来乍到,她觉得最奇怪的事,是每年七八月看到的同性恋游行,现在她像英国人一样学会了见怪不怪,在她工作的苏活地区,充斥了形形色色的怪人。周末晚上下班出来,路过哈利·波特剧场,她发现好多人在街边撒尿,场面非常壮观。

她笑着说:"很多人批评中国人随地吐痰不文明,但是我看到的是老外们集体随地撒尿。"

这些生活的细节,似乎只有敏感于变化的人才能捕捉到。游走东西不同语境,魏桂荣开始意识到自己的文化所独有的价值。

来英国满五年,魏桂荣拿到了永居权。开始她想把丈夫也办出来,签证最终下来了,但是丈夫拒绝来英国,因为觉得英国工作太辛苦,在家里有吃有喝不需要受累。魏桂荣已经铁了心要在英国发展,既然丈夫来不了英国,双方走到了协议离婚的地步,孩子抚养权给男方。第一段婚姻在 2012 年结束了。

2013 年她回国办手续,跟以前的一个同行见面,对方也是离异,有个儿子,经人撮合两人走到了一起。这是她的第二段婚姻。如今两人在英国又有了一个女儿。男方也是厨师,主做西北菜,魏桂荣做面食,正好搭档。

2014 年,两人一起在水月巴山工作了一年。当时机成熟,魏桂荣决定自立门户,在阿森纳足球俱乐部的运动场主场,开了第一家西安小吃。并且一炮走红。魏桂荣的西安小吃开始受到美食评论家的注意,2019 年开始获得了大大小小的奖项,英国最出名的美食作家去她的店用餐,她和丈夫两人各有分工,丈夫负责球场的店,而魏桂荣主要在"魏师傅"忙碌。她忙起来甚至没有时间回家。女儿也需要借宿在别人家里过夜。因为调料加工需要在非上班时间,有时候一个人在厨房弄到下半夜,就睡在地下室地板上,英国天气潮,甚至因此患了关节炎。

2022年3月8日国际妇女节,Traveller网站把"魏师傅"誉为"伦敦最好的女性主导的餐厅之一"。烹饪在人类历史上是一项女性主导活动,令人遗憾的是,由女性经营的知名餐厅仍是个例,而不是常态。这份基于性别的榜单激起强烈的意见。

扶霞特别喜欢魏桂荣和她的西安小吃。魏桂荣是老板,还兼着厨师长。她做的东西不是很贵,质量很好。扶霞告诉我:"魏桂荣是很特别的人,非常能干,更可贵的是,身为女性从事餐饮业真的很不容易。她是少数把真正的烹饪技术和爱国爱家乡的情怀联系在一起的人。"

"你觉得魏桂荣的店跟西安本地的小吃,有什么区别吗?"尽管我对魏桂荣的西安面食的品质很信任,但是仍然对这样一种街头食品的意外走红不以为然。

"陕西有很多好吃的,魏桂荣选了凉皮、肉夹馍等几种,不是全部,可是很正宗。其实她没有特别去创新,这不是她开店的目的。如果你在中国开一家西安小吃会需要做一些创新,因为在中国竞争很激烈。在伦敦没有,之前英国没有陕西口味,现在也只有一两家陕西风味餐厅。她做的很传统,水平很稳定,已经很好了。"扶霞这样回答我。

因为疫情,扶霞已经连续三年没有去中国了。她最近一次去四川还是2019年。

1990年代的时候,伦敦大部分都是粤菜。老一代华人、香港移民都只吃粤菜,现在很多中国留学生来英国,他们都要吃川菜、湘菜。不是以前适合西方人口味的中餐,而是中国人自己吃的真正的川菜。在这股力量的带动下,现在川菜、湘菜、东北菜、陕西菜、上海小吃等等,在伦敦越来越多了。

"如果跟伦敦本地餐馆比,目前中餐馆的水准是什么样?"我问扶霞。

"以前英国人接触的中餐都是比较便宜的,在中国人眼里不是正宗的。英国人会吃,但是不会当成档次很高的食物。现在正在转变。"她说。

英国《卫报》的美食作家杰伊·雷纳观察到,大约十五年前,伦敦的唐人街还是一个悲伤的地方。中国的开放给英国人带来了令人兴奋的多样性,从四川到上海,从湖南到新疆,一切都在发生。

他写道:"我最近从伯明翰新街站走出来,惊异地看到曾经以粤语为主的唐人街已经从一个小集群发展成为一个显然代表所有中国省份的广阔地区。英国的中餐厅比以往任何时候都更加多样化和令人兴奋。"

如今,来自大陆背景的中餐馆在英国已经遍地开花,蔚为大观。

2016年我搬到伦敦不久,一位马来西亚华人朋友极力推荐一家新疆餐馆,当时我的反应是:"在伦敦也能吃到新疆菜?"太奇妙了!

改天,我们四人到这家位于派克汉姆的新疆餐馆吃饭。店面不大,坐满了人,看样子都是追求新鲜的青年人。伦敦丰富的餐饮业,为精力充沛的后生提供了源源不断的能量。

我喜欢新疆饭菜,特别是烤羊肉串。因为早年春节晚会上陈佩斯的小品,新疆烤羊肉串火遍中国。我在济南读中学的时候,放学会经过人民商场,当时有一对维吾尔夫妻卖烤羊肉串,女人胖胖的,手上文了一颗心。用炭火烤出来的羊肉味道别提多诱人了。做学生时囊中羞涩,每次也就是买上一串解馋。有一次忍不住买了 6 串,算是倾尽巨资了。那会儿的羊肉串大概 1 元一串,个头也比现在的大多了。后来羊肉串逐渐成了一种街头食品,体积也愈发袖珍,印象中我的最高纪录是一次"撸"过 80 多串。

我在北京的时候,时常去新疆餐馆解决吃饭问题,我喜欢馕、拉条子、丁丁炒面、大盘鸡。去新疆的时候,还喜欢上了手抓饭。新疆饭菜品种不多,但是味道扎实、扛饿。除了维吾尔人开的新疆餐厅,来自昌吉的回族人开的新疆餐厅也很多。

派克汉姆的这家新疆餐馆大概就是昌吉人开的。尝了一下,我略微失望:新疆菜喜欢用洋葱和西红柿作辅料、外观鲜艳,多使用辣椒面和孜然,突出一种烧烤的味道。而这家的大盘鸡汤汤水水、颜色暗淡,整体口感偏淡,甚至有股起司的味道,显然为了适应英国食客的口味做了调整。不过这家新疆馆子在伦敦人的口碑中评价不错。尤其重要的是这家餐馆非常便宜,以至于被《卫报》评为 2014 年最佳廉价食品。美食作家杰伊·雷纳评价说,"丝绸之路"便宜得令人吃惊,但非常令人愉快——平均每人食品花费为 10 英镑,只能以现金支付——已经取得了巨大的成功。[①]

伦敦的维吾尔人可能不到几百人。新疆馆子的开创者是一个叫穆卡代斯(Mukkades Yadikar)的新疆女性。2017 年,穆卡代斯和丈夫阿不力克木(Ablikim Rahman)在沃尔瑟姆斯托开设了伦敦的第一家维吾尔餐厅 Etles。

穆卡代斯于 1998 年离开家乡伊犁前往北京学习,之后在伊斯坦布尔完成了语言学硕士学位,并来到了英国定居。女主人从七岁起

---

① "OFM awards 2014 best cheap eats: Silk Road," https://www.theguardian.com/lifeandstyle/2014/oct/19/-sp-ofm-awards-2014-best-cheap-eats-silk-road-camberwell.

就开始在厨房帮妈妈做饭,到中学的时候,几乎可以做任何食物。在新疆,伊犁妇女以厨艺闻名:每个维吾尔男人都想要一个伊犁老婆。

她的顾客中有 80% 是中国人,其中许多人穿过伦敦来这里吃饭。她的丈夫做饭:现在他负责炒菜,包饺子和做面条。她目前正在为后面的院子买一个泥炉,这样她就可以用传统的方式制作馕了。

Etles 的菜单很短,但有一些维吾尔烹饪的热门菜品,包括"大盘鸡"和手工面条。大多数食物的味道和新疆的味道一模一样。

最近听说伦敦又开了一家新疆餐馆,这家店的老板,是来自新疆克拉玛依的维吾尔族人尼亚孜。外表很酷、文身、北京话很地道,他自我介绍说:"我是内高班的,在北京住了十年。"内高班是针对少数民族地区,诸如新疆和西藏的学生,在内地很多省市开设的班,内高班为新疆和西藏培养了精通普通话的少数民族人才,这些人对内地有较高的认同。

中央民大附中内高班毕业后,他又读了中央民族大学。因为喜欢音乐,在北京组过乐队。他家以前在乌鲁木齐开餐馆。妻子一家人也是来自新疆的维吾尔族人,来英国生活二十年了,居住在莱斯特。他和妻子在新疆认识,2011 年在新疆领证结婚,2012 年孩子出生,一家人一起来到英国生活。

"我们新疆人总是喜欢跑来跑去,新疆人就好像是温州人一样啊。"他说。

来到英国后,发现很难找到正宗的维吾尔餐厅。妻子一家从小就开饭馆,对餐馆很熟悉。丈母娘说"不如咱们自己开一个吧"。2015 年,在莱斯特的中部,他们的家庭餐馆开张了,取名就叫做克拉玛依餐厅。餐馆的位置不错,附近就是莱斯特大学。2015 年 10

月 17 日开业第一天，他们还担心可能没有多少生意，结果人不断涌来，可见新疆菜在中国人心目中占据了特殊位置，到晚上 7 点半人就爆满了，还有很多排队的，食材已经告罄，赶紧关门停止继续接客，就此一炮打响。

"关键是地道！"他这样总结自家餐厅的特色，他家的烤羊肉串用小羊羔肉，绝不用冻肉，跟流行于英国的土耳其烤肉不同，土耳其烤肉 90% 要放黄油和酸奶，他们就是按照新疆的方子，光放孜然和盐，用炭火烤。

第一家餐厅的成功鼓舞了他，随后 2019 年他们又来到伦敦开店，从上海人手里盘下了这家新店，新店在 11 月 20 日开业。像很多伦敦的小店一样，空间紧凑，最多容纳 30 个人，装修很有情调，餐馆所在的东伦敦，是艺术青年扎堆的地方，很多人赶潮流喜欢素食，他把手抓饭和丁丁炒饭做成素食，很受素食者欢迎。一开始手工面没人点，他就做了开放式厨房操作，师傅在里面表演拉面，结果很受老外欢迎。他准备大干一场，没想到转过年来，因为疫情，新店刚经营了三个半月就封城了，于是回了莱斯特。2020 年 6 月底局部解封，8 月重新开门营业，期间做了重新装修。生意也不知道什么时候全面恢复。

他叹口气："说起来全都是泪啊。"

他的微信头像是爱女和一个老人的合照。这是尼亚孜的爸爸，2015 年去世了，因为更换护照和签证，他没办法回新疆见最后一面。女儿满七岁还没有跟爷爷真正见过面，觉得是个遗憾，于是把爸爸和女儿的照片拼在一起做个纪念。

"想念新疆吗？"我问他。

"哎呀，新疆人，能不喜欢新疆吗？哎，现在我们再回克拉玛依，感觉很夸张，物价太贵了，吃不起饭了。哎呀！还有就是外出不方便，最麻烦的是住酒店，查身份证，哎，很生气。"

随着中餐业趋向更为激烈的内卷和竞争，中餐业从业者紧缺问题凸显起来。继少数族裔餐饮联盟（ECA）2017年4月在特拉法加广场组织示威抗议之后，为了解决餐饮行业资源短缺问题，2017年6月10日下午，少数族裔餐饮联盟的代表在唐宁街10号首相府与首相办公室政策顾问奥娜（Oona King）女士进行了会谈。华人移民关注委员会（CICC）主席廖业辉及林怀耀作为华人餐饮业的代表出席了这次会谈。

据廖业辉介绍，会谈主要围绕几个方面进行：首先是就移民当局在对餐饮行业进行黑工搜捕行动中不当使用武力的情况提出交涉；第二，探讨打击黑工行动对社区安全和团结带来的威胁；第三，少数族裔餐饮行业存在的人手短缺问题；第四，少数族裔餐饮行业缺乏培训当地劳工的机会和相关资源。

英国政府原定于6月底公布紧缺职位名单（SOL），由于未能达成一致，推迟于8月公布。

华人餐饮业和移民当局的冲突在2018年7月的一天达至高潮。在针对Joy Luck餐厅的一次突袭中，移民官员与抗议人群发生了冲突。当人群聚集时，一名妇女躺在一辆移民货车前阻止车辆前进。在社交媒体疯传的视频中，货车继续向前移动，险些压到妇女，旁观者将车子推后，帮助这名女子爬了出去。内政部后来表示，作为"预防措施"，女子被送往医院，但并没有受伤。

为了表达对内政部这次搜捕的抗议，2018年7月24日星期二，唐人街的餐馆集体罢工并关闭五小时，伦敦市中心的餐馆老板指责政府对非法移民"钓鱼"执法。服务员、厨师和店主与举着标语牌的抗议者一起，标语牌上面写着"为唐人街伸张正义"和"禁止不公平的移民袭击"。他们游行反对越来越多的对中国餐馆的突袭,将其描述为内政部"捕捞"非法移民。店主们控诉,执法人员经常没有搜查令就来了,而且态度恶劣。除了伦敦,英国其他中餐馆也关门声援罢工,确切数字不详,组织罢工的伦敦唐人街华人协会(LCCA)表示,有 1000 家中餐厅参与了抗议活动,以示团结。

"我们正在解决的主要问题是内政部的侵略性和不专业性,"LCCA 发言人约瑟夫·吴说,"我们认为中国企业受到歧视,并被不公平地当作移民袭击的目标。我们也担心搜查系统的变化。现在内政部可以在没有搜查令的情况下进入,这是非常具有侵略性和威胁性的。"

矛盾加剧的背后,是中餐馆老板普遍面临的员工短缺问题,他们把症结归咎于日益收紧的移民规定。2014 年,英国推出了新的二级移民政策。规定那些想要在英国工作的非欧盟国家的厨师每年最低工资必须为 30000 英镑。政府希望从英国招聘中国厨师,但 LCCA 表示,教做中国菜需要好几年的时间,而且资源短缺。

一位店主说:"在唐人街做生意,租金高,人手短缺,已经够难了。我们想要的是政府帮助我们为那些逾期居留的人发放签证,这样他们可以通过缴纳税收以及帮助解决人员短缺问题来帮助建设社区。"

唐人街的非法移民人数未知,但内政部 2015 年公布的数据显示,因发现非法移民在那里工作,对中国餐馆和外卖店处以了近 50 万英镑的罚款。①

在公益组织"民权"负责人陈运忠的记忆中,这是因为唐人街黑工问题而引发的第三次大规模冲突和华人的抗议。

---

① "Chinatown businesses shut in protest against Home Office raids," https://www.theguardian.com/uk-news/2018/jul/24/chinatown-businesses-london-shut-protest-home-office-immigration-raids.

坐在民权办公室里，陈运忠回忆：第一次是 2007 年 10 月，移民局带领 BBC 记者来唐人街拍摄抓捕黑工的画面，抓了 100 多人，"那完全是 19 世纪的报道，好像华人人人一手拿烟枪，一手拿机枪"。唐人街业主抗议报道妖魔化，移民局的负责人来唐人街跟华人代表见面时，整条街都在吹哨子喇叭起哄，本来抓一个黑工要罚 5000 镑，但是这次抗议之后，人放了，钱也没罚，据说移民局负责人还因为此事被提前退休；第二次是 2014 年 2 月，移民局在一个礼拜内每天都来抓人，而且不遵守规则，不出示证件，还粗鲁对待华人，这个过程中有个华人随身带的 1000 英镑也离奇失踪，引发了众怒，一路投诉，最后放人还钱。"这是英国人一贯的做法，知道错了，但是不承认。"陈运忠说。第三次，就是 2018 年这一次，因为抗议移民官员钓鱼执法，整条唐人街都出动了。最后移民局放人息事宁人。

"每一次行动，都有一些正面的结果。如果什么都不做，什么结果都不会有。"陈说。

在中餐从业人员的短缺和移民政策相互冲突的时候，不断有散兵游勇杀进英国的中餐业市场，补充了新的血液。

2019 年初，山东人马俊踏上了飞往英国的航班，过海关后，他消失在英国移民系统的监管之外。用此间中国人熟悉的一个词就是"黑"下来，也就是非法居留的意思。马俊以旅游者的身份，离开山东老家，希望在英国打工挣钱，衣锦还乡。在山东老家，马俊也是做厨师，一个月不过挣 7000 多元，在英国中餐馆，一个月能挣 2000 英镑，折合人民币 2 万元左右。在伦敦打黑工一年，相当于在家乡工作两年。这是很多人选择滞留的主要原因。

谁也不知道这部分中国人在英国的确切数字。改革开放的一个直接结果就是促进了中国人口的流动，开始是从贫穷的农村来到富裕的沿海城市打工，接着从中小城市来到北京上海工作，然后从中国向西方富裕国家流动。就像经济学家科斯所说，中国改革开放的成功，更大的动力来自边缘人群对于财富的渴望。

香港人、台山人、福建人和温州人，告别人多地少的家乡，飘荡至异国他乡扎根发芽，从最早的杂碎做起，烹制出迎合西方人口味的"中餐"，这个过程长达一个世纪，而当中国改革开放的国门打开，犹如一台巨大的加速器，天南地北的中国人带着梦想闯入崭新的世界，这个过程仅仅不过三十年的光景，魏桂荣从陕西山村到西安、再到伦敦的旅程也是这个旅程的缩影。这三十年深刻地改变了世界，并且仍然在进行当中。

马俊身材不高，眼睛不大充满真诚和乐观，人很有想法。他最早出国的目标是去荷兰。因为那里有朋友。但是在比较了荷兰和英国的工资之后，觉得英国的优势较大，于是决定来英国闯荡。

马俊来自山东济宁的农村，所在县城是山东十大贫困县之一，这些年，很多人通过劳务输出中介出国。但是信息不对称，对如何办理签证也不了解，需要交纳一笔钱给中介。所以马俊决定自己办理旅游签来英国。

马俊在山东做了十年厨师，一开始在曲阜的小餐馆干。大厨一个月可以挣到7500元，生活安逸。但是一家老小只有自己上班，养家压力大，顶着家人的反对，下定了决心出国打黑工。出国前，他信任的一个朋友给他打气："你一定能胜任国外的工作，只要能够忍受孤单和无聊！"

这吓了马俊一跳，他想象外国的生存环境一定很恶劣。忐忑不安的马俊刚下飞机的时候，还没倒过时差，就去查看招聘信息，休息了两天，第三天就去曼城找工作。不会英文，连火车都不会坐。

幸好遇到一个中国留学生,帮忙解决了问题。人到车站,餐馆老板已经赶到车站接他。马俊应聘大厨。但是试工时,老板很不满意。因为他做的是中国式的中餐,而老板要求的是符合英国人口味的中餐。

两者有哪些不同呢?马俊说:"英国的中餐的做法跟中国相差很远。首先。中餐看上去好吃,色香味俱全。中国现在流行川菜,迎合年轻人口味,因为社会压力大,年轻人追求刺激麻辣口味,其实是一种宣泄。但麻辣不适合中年人,因为油腻,中年人喜欢吃清淡一些的养生的饮食。英国做的中餐,食材不够丰富。在英国中餐馆做的厨师,带来的手艺都是很多年前的。没有新厨师,手艺比较陈旧。像鱼香肉丝很早就传到国外。中国的餐馆已经不怎么做了,我从业十年,只做过三次鱼香肉丝。中国太大,同样是鱼香肉丝,北方和南方的口味差别很大,在英国,这道菜知名度高,还有,比如说老式的锅包肉,中国已经淘汰了,英国还很火。宫保鸡丁的味道和国内都不一样,英国的中餐变化少。所以我做的并不符合老板想要那种英国式的中餐。"

从马俊的描述看,这仍是一家以传统白人顾客为主的外卖店,做的是西式中餐。

"你知道吗?"马俊对我说,"中国的中餐这些年进步和变化很大,几乎每时每刻都在变化。英国现在的中餐,相当于中国十五年前的样子。"

我深表认同。中餐融合和创新的趋势越来越明显,如果不创新,很难在竞争激烈的中国市场存活。而西方的社会形态已经趋于稳定数十年了,他们对外来事物的接受程度也很稳定。一旦接受了,就不再追求剧烈的变动。很多人还在以多年前的认知看待中国和中餐。一旦,今日原汁原味的中餐和新中餐来到面前,反而不易接受。马俊应聘的那家中餐馆，就是专做英国本地人生意的中餐馆。所以，马俊的手艺得不到认同，加上初来乍到，他不熟悉调味料和灶具，表现也不理想。老板直摇头。

马俊央求道："可不可以在这里打杂当学徒？"

老板也不同意，立刻帮马俊买了火车票，请他走人。马俊赶去火车站，正好遇上英国铁路工人罢工。火车站的那次经历留给他很深印象，觉得英国是一个神奇的国家。

火车停了半小时还不开，他又给老板打电话说："我不要工钱行吗？免费打杂，让我吃和住就行。"老板终于勉强同意了，多收留了他一个礼拜。利用这个时间，马俊又联系到了诺丁汉的一家中餐馆，第二周就去了新餐馆。这次试工，老板留下了他。两年来，他一直在这家餐馆工作，越做越顺手，也对英国中餐的要求越来越熟悉了。

他所工作的这家中餐馆，是家外卖店，依旧主做外国人生意。中国客人只占不到三分之一。他说："其实熟悉了就会发现，在英国做中餐挺简单的。"

因为英国的中餐外卖店，很多都属于加工食品，都是放在冰箱只需加热的现成食材。就有点像工厂的流水线，做法都是固定的。关键就是酱汁。比如古老肉，肉切成葡萄块、油炸，酸甜汁调一下。辅料也很简单，就是青椒、洋葱、胡萝卜，这老三样爆炒一下，齐活。

马俊对现在的收入还比较满意，刚去的时候一天50镑，还有大日子和红日子——这是香港人发明的词汇，大日子每四个月一次、双薪；红日子，指小双薪，每月休一天。

马俊本想在这里干下去，没想到2020年来了疫情，生意受到影响。这家中餐馆附近有两所大学，其中的中国留学生逐渐成为一个很大的客源。因为疫情，很多学生回国，导致生意下降厉害，好在主做外卖，比起单纯的堂食还是有点优势。利用这段时间，马俊一直在研究改良菜谱。他来的时候，餐馆有道"蒜泥白肉"，就是肉煮一下，撒点蒜末，以前一个月只能卖三两份。现在他做了一些调整，每个月能卖几十份。有一个学生，连续三天点这道菜。

随着后期疫情的缓解，马俊希望再次把这部分中餐业务做上去，另外也希望能和老板换一种合作方式，以便有更好的收入。为了安全，马俊不希望透露这家位于诺丁汉的中餐馆的详细情况，老板也时常告诫他，少出门，一旦让移民局查到了，就说过来餐馆玩的。这是一场猫和老鼠的游戏，政府希望把厨师工作和收入纳入正常的税收体系，但是中餐业物美价廉的口碑，促使从业者们拼命压低厨房成本，走灰色路线。

前段时间，马俊患了口腔溃疡。老板带去看医生，挂号就花了50镑。马俊心疼不已。异国生活，需要面对许多未知数。马俊以一种积极的生活态度来面对这不确定的异国生活。

走在熙熙攘攘的唐人街上，没有人会想到，在中餐馆每日重复的生活背后，华人社会为争取更大的话语空间所付出的努力。如今，随着各色人等的加入，伦敦成了中餐的梦幻之城。

东南亚餐厅 Rasa Sayang 的老板艾伦·周（Ellen Chew）在过去十年中观察到了一种变化："当我第一次到伦敦时，唐人街到处都是千篇一律的生意：你走到那里，每个人都在卖同样的东西。点心、港式烧肉。中餐外卖的种类和唐人街差不多，经常光顾唐人街的主要是亚洲人和游客。如今，唐人街的食物选择种类繁多，以川菜、越南菜、台湾菜、新加坡菜、马来西亚菜和粤菜为特色。商业更加多样化。人们认为唐人街只是一个旅游景区的观念已经发生了重大变化。"

作家加尔文·特里林（Calvin Trillin）发表在2016年4月4日《纽约客》上的一首诗，以一个美国美食爱好者的声音，很好地描述了中餐的这种重大变化：

> 很久以前，这里只有广东菜。
> 但是之后来了四川菜，
> 广东菜就过时了。
> 我们对四川菜大唱赞歌，
> 虽然麻婆豆腐可以把你的舌头辣穿。
> 然后来的是上海菜，
> 我们咕噜咕噜地吃灌汤包。
> 随后是毛泽东家乡的湖南菜，
> 带着自己的特色到来了。
> 我们还以为所有菜都已经吃过了，结果
> 又有一个省份的菜来了：福建菜。

伦敦唐人街，既有"鸦片馆"这样有着炸裂名字和东方元素的鸡尾酒酒吧，也有"梅花村"这种聘请西班牙设计师打造、颠覆中餐厅非红即黄的装修习惯的新派餐馆，还有来自浙江的文静男生托尼（Tony）开设的Bubblewrap——2017年成为了伦敦美食界的现象级词汇，号称东方世界的"华夫饼"，其实原型是香港的鸡蛋仔——店主通过不断改良最终做出了外脆内软，香甜浓郁的鸡蛋仔，再加上抹茶、红豆、香草等多种口味的冰淇淋和草莓、香蕉、开心果等几十种配料，让鸡蛋仔在颜值和味道上实现了双重飞跃。各种肤色的人们簇拥在店门口，不惜排队两小时，然后拿出手机狂拍，最后风卷残云般消灭它。

2011年4月,英国人又加入了追逐台湾珍珠奶茶的潮流。一家在伦敦打出了名声的包子铺"Bao"的幕后团队包括台湾人张尔宸,她的英籍华人丈夫及丈夫的姐姐。更不用提早就成名的大厨黄震球(Andrew Wong)了,他是第一个在亚洲以外获得米其林二星的中餐厅主厨。

那些早期的海员工人,还有罗孝建和周英华,以及后来说粤语的莉莉,如果看到这些变化,都会感到自豪的。

"对于中国人来说,唐人街十分方便,见见朋友,吃个饭也不贵。"红光满面的李建勋说,他来英国二十多年了,现在伦敦的丽思酒店做销售主管。对于伦敦的中餐业非常熟悉,曾经获得过伦敦华人餐饮"金筷子"美食博主奖,自己也是手艺娴熟的大厨,在自家经营上海风味的私厨生意,名字就叫"梦上海"——考虑到此间华人对于中餐的刚需,目前在英国活跃着相当一批经营私厨中餐的中国人,他们利用自己的厨艺经营私家菜,诸如馄饨、包子、地方菜等等,生意相当不错。李建勋的"梦上海"以上海口味为特色。

他说:"现在华人来的多了,国货多了。以前购物都是香港的居多,现在各种原材料很丰富,广东、上海、东北的食材,都有。这是唐人街进步的一面。脱欧以后,现在再去龙凤行和泗河行,感觉东西普遍小贵了。涨价很隐蔽。"

他话锋一转:"不过我还是喜欢二十年前的唐人街,现在唐人街的中餐水平越来越差,粤菜和点心的味道越来越烂。"

他解释说,华人厨师青黄不接,断档的危机迫在眉睫。二十年前的那一批香港厨师退休了。之前马来西亚有 walk holiday 签证,很多马来西亚华人来英国餐馆,补上了一批优良厨师。现在这些中餐馆的从业者,大部分是从中国内地出来的,本来是务工农民,短期培训就做了厨师。请的厨师可能来自福建，但是同时做川菜或粤菜，东西不好吃。"

李建勋认为，中国人喜欢一窝蜂。本来是做川菜的，同时也做粤菜；看见火锅生意好，就都上火锅。或者都做烧烤。没有形成自己独到的特色。一窝蜂是个大弊病。唐人街一下子开了十几家火锅，有的就开在同行隔壁，然后自己压自己。现在海底捞和快乐小羊来了，一下子PK下去一大批。

"中餐馆还有一个致命的问题，就是卫生问题，很多做餐馆的不是酒店管理级别，而是家庭作坊式的，很多人都是打工心态，厨师和客人混用卫生间，弄得卫生间很油腻，要知道厨师和客人的厕所应该是分开的。日本就很干净，中国人不讲究。唐人街也有一些餐馆管理比较好。另外，台湾和香港地区的餐馆对卫生和管理注重一些。再有就是偷工减料。上海馄饨要用白面皮，有些餐馆用的是碱水皮，就很不地道。"

谈及疫情冲击。李说："疫情唯一的好处，也是唯一的反作用，就是把厨师的工资降下来了。以前中餐馆厨师的工资高得不得了，现在跌了一些，因为很多厨师失业了，厨师很好找，高档的厨师工资跌了20％左右。这是疫情唯一的好处。"

他感叹说："唐人街店铺换手很快，大家都想挣快钱。中餐馆的问题在哪里？每个人都想做老板，中国人穷怕了。日本人就好，大厨永远甘于做大厨。大厨不会去做管理，而是有专门的管理人才。现在很多中餐馆的大厨，目的不是做个优秀的大厨，而是想当老板。"

这场疫情也让中餐从业者开始反思，中餐的发展方向。总体来说，英国人喜欢中餐。但是他认为，中餐的促销手段和宣传手段需要进行一个大的改进。伦敦的中餐馆大部分是外卖起家，再加上会做一些粤菜和川菜，起点普遍低。对餐饮的理解和品鉴，无法迎合高档市场。

"很多中餐的制作还很老套。比如刻胡萝卜花、白萝卜花、黄瓜片等，或者用龙虾片做个装饰，不可以吃，只是装饰，像80年代人民大会堂的那种感觉，这个已经落伍了。"李说。

再有就是中餐从业者的短缺。"以前留学生还有去餐馆做服务员的，现在富二代孩子也基本没有兴趣，华人家庭没有人希望自己的子女继续做餐馆，他们那一代来英国很多人是在餐馆做的。现在他们希望子女做银行、做金融，挣大钱，认为厨师是下力的工作。不受尊重。这是一种华人的文化问题。"

李所在的酒店，曾经接待成龙、林凤娇、关之琳、吕方、郑裕玲、黎明甚至张国荣这一批知名的港星。"我工作的酒店，跟餐馆传统不一样，这家酒店历史悠久，有自己的企业文化，很多人想来我们这里挖人，根本挖不走。唐人街缺少的恰恰是企业文化，很多人开餐馆的目的是为了赚快钱，赚钱就把它卖掉。没有企业文化。"

"中餐的问题是不够坚持，刚开始不错，很快水准就下降了，主要是管理和品牌。还有就是菜品，中国人希望挣快钱，眼光不够长远。另外就是菜品不会讲故事。会讲故事很重要。比如黄震球的餐馆，走精致路线，小笼包里面有肉皮冻，碗碟都精致，厨房半开放，细节很用心。他获得了米其林二星，等于被英国人认可了。而中餐很多厨师的问题就是不用心。"

"外国人对中餐馆的评价就是口味地道、对服务要求干净，"他强调，"吃中餐还是要吃地道。我个人比较喜欢西安印象。口味地道。虽然小了一点。"

"我看好小魏（魏桂荣）。为什么？西安印象全是自己弄，东西好吃，原材料地道。她是中餐业为数不多的女性，很有激情，一心做好厨师。小魏很擅长学习,善于接受新事物,了解潮流,所以她成功了。做厨师这行一定要去学习,学习新的方式。现在很多做餐饮的吃不了苦。很多大厨只想赚钱,不想干好本行,谁都想收钱做老板,英语都不会讲,怎么能在英国出头?"

在他看来,西安小吃和魏桂荣如果想要跨入米其林还有一段路要走。"这是不同的系统。如果换一个更大的空间,重新设计装修的话,可能会有戏。现在还不行。西安小吃卖不出好价钱,需要重新包装。"

"要知道,好的餐厅都是钱砸出来的。像米其林餐厅很多都是钱砸出来的,没有雄厚的资金和机构在后面推,想把中餐馆做到米其林级别是很难的,很难凭一己之力做成。"

从早期的偷渡客到后来富裕阶层的大规模移民,现在的中餐馆不再是仅仅满足猎奇的西方食客,出手阔绰的中国年轻人引领了消费市场。资本和渴望通过冒险改变个人命运的个体,成了英国中餐业的两副面孔。

伦敦的中餐馆是一个静水深流的江湖,各色人等,来了又走,散了又聚,不亦乐乎。伦敦唐人街已不像西方世界的刻板印象描述的那样混乱、守旧,而是以更灵动、更有力量的姿态出现在多元文化的舞台上。

第五部　　险中求利

第十三章　替罪羊

　　从饮食观察中国的变化是一个戏剧性的窗口。在北京工作的那些年，我利用出差机会走遍了全国，遍寻各地美食。中国变得越来越富有，人们的胃口越来越大，有时候甚至显得有点贪婪。

　　我有过很多跟吃有关的采访经历。2007 年，我去广西暗访一个养老虎的老板，他有一个庞大的老虎养殖基地。老板并非是动物保护人士，而是瞅准了正在蓬勃兴起的一个特殊消费市场：改革开放令一部分中国人迅速致富，衣食住行挥金如土，为其服务的食物供应链成为一门有利可图的大生意。中国传统认知里，诸如虎肉、虎鞭、虎骨之类，除了是山珍美味，还有奇妙的药用价值，尤其在增强性功能方面具有特殊效果。这些都成为了有钱人和贪腐官员追逐的消费品，支撑起庞大的市场。老板的老虎生意是关起门来做的，欢迎有钱有势的食客，赚了个盆满钵满，也成功引起了国际动物保护组织的注意。对此，中国政府承诺全面取缔虎骨、象牙一类的商业开发行为。广西老板的生意遭到了重创，但是暗中继续在养殖场里面经营野味餐厅售卖老虎肉和虎制品。我假扮成食客，在这家野味餐厅点了一盘价格不菲的老虎肉，自以为得计，取证在即，结果餐厅开始怀疑我的身份，拒绝上菜。好在之前我已经做了暗访调查，采访了曾经在这家餐厅享用过虎肉的食客，拿到了老虎肉佐餐的确切证据。报道见报后，据说老板的虎肉生意被彻底取缔了。

中国人在餐桌上过于生猛,缺乏敬畏心。也是广西,玉林市每年都会大张旗鼓搞一个狗肉节,吃狗肉在韩国、朝鲜、非洲、南美等一些国家都习以为常,非中国独有。但在西方文化里,狗是作为家庭成员对待的。对于狗肉消费的大肆宣扬,触犯了西方人的禁忌。每年狗肉节,西方媒体都会云集玉林报道,借助强大的媒体影响力,玉林狗肉节臭名远扬。对于想要融入世界秩序的中国来说,如何用外界可以接受的文明方式进行推广,从来是一个大课题。

说实话,作为肉食动物,我不认为狗肉和猪肉鸡肉在提供热量和蛋白质方面有什么本质不同,也认为这是选择的自由。需要警惕的是,进入了一个金钱万能的消费时代,有时候索取无度,最终给自身招来麻烦。2003 年的非典疫情,据研究缘起就是广东人当成野味享用的果子狸。2020 年的新冠病毒,最早发现于武汉一个野味市场,很多科学家相信,新冠病毒从蝙蝠身上跳到某一种野生动物身上,再传染给了人类。人类原本和野生动物应该保持距离,对其他物种的不敬,终使人遭其反噬。非典疫情之后不久,中国颁布了禁止食用野生动物的法令。

与此同时,我也见识过底层中国人的饮食是如何简朴和一成不变。一次我去河北偏远山区采访一位农民工兄弟,那天我走了很远的山路,到了午后才找到主人家,一天没吃饭,我的低血糖犯了,几乎晕厥。农民工的老妈妈从黑黑的蒸锅里拿给我一碗蒸红薯,这是他们没有来得及吃的午饭。那碗红薯救了我,我吃得很香,内心充满感动。历史上,中国战乱和灾害频发,中国人的饮食是非常节制的,从不予取予求,对食物保持着敬畏心。就像那碗红薯,简朴、毫不抱怨、最低限度地摄取、即便身处逆境也要熬下去。

2020 年,新冠疫情突如其来,对华人社区和英国中餐业产生了巨大影响。华人已经成为英国第三大少数族群，中国是英国最大的海外学生来源国，每年来自中国的游客挤满了英国的旅游景点和奢侈品商店，大伦敦甚至有一个专门为中国游客量身定做的比斯特免税购物村，中国和华人社区的影响力越来越大。同时，中国威胁论也从未销声匿迹。"黄祸"时期，中国人是低端人口的代名词，对白人社会和道德秩序构成冲击；现在，中国则成了试图摧毁国际秩序的"邪恶力量"。世界动荡不安，民粹主义抬头，英国脱欧，中美贸易战，东西方摩擦不断。新冠疫情犹如一个加速器，在已经打开的潘多拉盒子里，又扬起了一把尘土。华人社区深刻地感受到了外部急剧放大的压力及敌意。

春节前，我在天空电视台的新闻直播中突然听到武汉封城的消息，脑海中浮现出2003年非典暴发时极为相似的一幕：那天，我和同事正在食堂排队打饭，看到电视直播宣布北京为疫区、全城封锁，食堂里面的人面面相觑，不知事态会如何发展。旋即，大街上和地铁里不见人影，整个北京城犹如空城，空气中弥漫着恐慌。这一幕如今又在武汉重演，武汉人口密度超过北京，采取严厉的封城措施，一定是病毒出现了扩散。当时并没料到，疫情很快在全球范围传播，演变成持续三年之久的大流行。

疫情尚未波及欧洲的时候，英国华人就开始抢购口罩和防护服，寄回国支援武汉抗疫，同时也做些储备。我后知后觉，去买口罩时发现几乎全伦敦的药店和商场都断货了，大部分被中国同胞买光了。我在一家建材商场的网上商店高价订购了仅剩的几只防尘口罩，半年后还没收到，据说是被出高价者"截和"了。英国人看上去倒不紧张，他们好奇地注视着中国人的举动，觉得不可思议，似乎认为这种怪病只是中国人的专属——英国社会很快就为这种疏忽付出了代价。

大年初一,我们一家三口外出吃饭,巴士里为数不多的两个乘客,看到我们的长相,受到惊吓般刻意避开。气氛尴尬。回家路上,我拐个弯去超市采购,一个黑人青年看到我和女儿,"热心"提醒一个白人顾客:"小心,这里来了个中国人。"

一天晚上我们外出去吃饭,司机看到我们的中国人面孔,有些担心地问,"你们来自哪里?"

"中国。"

"听说中国疫情很严重了。"司机透过后视镜仔细观察着我们,声音很紧张。

"是啊,新闻说已经封了10座城市,"我用夸张的语气故意逗他,又问他,"你来自哪里?"

"阿富汗。跟中国隔得很近。"他忧伤地叹了一口气。

听他的语气,似乎病毒正踩着登山靴,从中国一侧一路小跑奔向阿富汗。

我转向窗外,伦敦陷入了黄昏。一天之内,接连数次"特殊待遇",我意识到一场风暴正在迫近。

恐慌已经开始。社交媒体上流传着中国人吃蝙蝠而染上一种奇怪病毒的说法。唐人街面包店 Kova Patisserie 被黑漆破坏,有人在煎饼店 Pleasant Lady 门上潦草地写着"蝙蝠汤"。

来伦敦的头几年春节,我都去唐人街凑热闹。人们把唐人街挤得水泄不通,舞龙和花车队伍穿越特拉法加广场、查令十字街等伦敦的中心地带,蔚为壮观。而这一年春节,庆祝活动只是草草走了个过场,活动主办方不得不善意提醒:现场观众需要用洗手液定时洗手。华人社区人心惶惶,笼罩着山雨欲来的紧张气氛,

春节过后没几天,消息传来:2 名中国游客成为英国发现的首例新冠病毒感染者。患者是约克大学的一名留学生,春节后带着妈

妈从武汉来英国旅游,结果母子二人同时在约克一家宾馆发病。

"这是一段艰难的时期,"唐人街的锦里餐厅的总经理马丁·马(Martin Ma)说,英国确认第一例冠状病毒病例后,该餐厅四家分店的预订量下降了50%,唐人街的旗舰餐厅一个周末就损失了15000英镑。

在伦敦华埠商会会长邓柱廷看来,从中国报道武汉疫情到2020年3月,这段时间是最困难的:"顾客都不进店了,一个礼拜做不了10000镑的生意,但是员工工资一个礼拜就需要10000镑,房租又需要10000镑,这段时间差不多亏了75%!"

BBC报道说,跟往年同期比较,唐人街餐馆在春节期间的业务量下降了一半。走在唐人街街道上,可以看到一些西方游客把脸深埋在围巾里,步履匆匆。而华人则戴着医用口罩,成为伦敦的独特景观。英国一些当地居民向BBC表示,一看到戴口罩的人,一些人就会产生恐惧,认为戴口罩的人就是"感染者"。这是文化冲突的又一个例子:英国社会认为病人才需要戴口罩,戴着口罩的"病人"当然就不该出门四处传播病毒了!来自湖南的游客艾米说,东亚人因空气污染戴口罩并不少见,但她承认,戴口罩会吓到西方人。伦敦唐人街的一位餐厅经理称,一些中餐厅不得不做出规定:拒绝戴着口罩的人进入,以免影响其他顾客的食欲。

比斯特购物村是继白金汉宫后中国游客前往英国的第二大旅游景点。《卫报》的走访发现,比斯特村似乎没有员工戴口罩,但一名不愿透露姓名的店员说,他们已经得到经理的保证,可以随时离岗洗手。她说:"我尽量不去想冠状病毒,因为当我去想的时候,我开始恐慌。"她还说,她对顾客的态度稍显谨慎,在"专业"的同时保持一定的距离。

社交媒体上针对华人的谣言继续发酵。"中国人喜欢吃蝙蝠,所以感染了新冠"、"中国人除了吃狗肉，还喜欢吃不洁的食物，所以，世事轮回"，诸如此类的言论泛滥。华人商铺外的中文招牌产生了令人不安的联想，傅满洲的幽灵仿佛再次游荡在伦敦上空，正在用留着长指甲的手播撒着某种生化武器粉末，食客纷纷在中餐馆外止步，外界对于东方面孔唯恐避之不及。

在《卫报》发表的一篇文章中，自由记者和曼彻斯特大学研究生山姆·潘（Sam Phan）表示，最近暴发的冠状病毒引起了人们针对东亚人的种族主义。这位二十三岁的年轻人说，冠状病毒的暴发揭示了西方社会对中国人的刻板印象。他告诉BBC，冠状病毒被视为"一种中国病毒，然后造成了对东亚和中国人的恐惧"。他说："作为一个东亚裔英国人，人们看待你就像你很恶心一样，这很不好。"

当他的文章上线时，他收到了种族主义评论，建议他应该"停止吃狗肉"。他反驳说："没有英国华人吃狗肉。我们吃鱼和薯条，跟其他人吃的一样。"

住在伦敦西部布伦特福德的陈女士告诉BBC记者，疫情"让所有宣扬人们肮脏或吃的东西很随意的种族主义浮出水面"，新冠病毒被归咎于"落伍"的中国文化。

陈女士说："我认为这与根深蒂固的种族主义和对华人社区的恐惧有关，但它也与中国的崛起有关。西方人认为后者是一种神秘的文化。"

中国人的饮食习惯历来为西方社会诟病，"吃猫吃狗"首当其冲，"吃一切奇怪和腐朽的食物"，甚至连带吃鸡爪、吃臭豆腐、吃松花蛋，都被当成了异域奇观和未开化的证明，深植于西方社会的刻板印象中。

2002年发表在《每日邮报》的一篇臭名昭著的文章中，作者谴责中国食品是由一个吃蝙蝠、蛇、猴子、熊掌、鸟窝（燕窝）、鱼翅、鸭子、鸡脚的国家创造的。利用不同的饮食习惯进行人身攻击，这不过是掩盖种族主义歧视的把戏。这种刻板印象，从中国人在海外定居的杂碎时代以来，从来没有消失过。

中国人的饮食习惯是历史和环境造就的。历史上的大部分时间，中国战乱不休，粮食短缺，直到清朝人口才高速增长。为了在乱世生存，中国人对于大自然的馈赠十分珍惜。这种生存策略并非中国独有。即便今日，非洲、美洲、亚洲的很多国家和地区，就地取材万物皆食的现象并不鲜见。中东食谱中有羊眼和羊舌头，一些南美人和南亚人食山地或雨林老鼠，有些非洲人也视老鼠为美味。这跟法国人吃青蛙和蜗牛、苏格兰人和德国人吃下水和猪血肠并没有高低之分，都是为了摄取身体需要的蛋白质和脂肪。至于臭豆腐和松花蛋这类气味和形象都很特别的食品，也是过去食物储存不便所研制的替补食物，就好像西方人喜欢的奶酪，也是为了储存方便，有特殊的发酵气味，很多中国人也吃不惯。

中国人能过上温饱生活，始于四十年前的改革开放。人们有了更多的食物选择，不再吃了上顿没下顿，饮食观念也在与时俱进，"吃猫吃狗"本来在中国就不常见，现在更是在很多地方被视为陋习，特别是2003年非典，据认为是食用果子狸引起的，在中国社会引起了震动，一些地方喜食野生动物的风气颇有改观。这些年中国对野生动物的保护力度加大，比如禁止虎骨、犀牛角入药、交易等，宣传深入人心。但是要彻底改变千百年的一些习俗，并非一朝一夕之功。

春节的经历给我留下深刻印象。我理解，公众的反应很大部分源于对病毒的无知和恐慌，另一个原因可能更为微妙：近二三十年来，中国经济迅速崛起，一个更加强大的中国，连带更加自信的中国人，对西方世界造成了空前的压力。而中国的文化输入或软实力仍然不足，中国故事并不容易让西方社会理解和接受。西方人一直用猜疑的目光审视着中国的突然崛起。特别是这场疫情最早暴发于中国，这场大流行跟一个雄心勃勃的大国形象产生了强烈反差。

新加坡管理大学的人类学家夏洛特·塞蒂贾迪（Charlotte Setijadi）表示，这种病毒将反中国情绪从政治和意识形态层面带入了人们对自身健康和社区担忧的新层面。"政治偏见和种族偏见的混合，同时，对中国人的习惯性偏见，形成了一个相当强大的组合。"①

在贸易、人权等议题上，西方和中国进行了长时间纷争。在新冠疫情的起源上，中国和西方又陷入了口水战。美国指责新冠病毒是中国实验室制造并且传播的生化武器，一再要求派专家到武汉调查。一些向来主张对华强硬的英国政客也随声附和，不断向舆论放风，英国媒体围绕生化实验室的话题每天都在讨论分析。

时任英国首相是大智若愚的鲍里斯·约翰逊，他之前的两任保守党首相都和中国政府保持了良好互动关系，开启了"中英黄金时代"。鲍里斯·约翰逊是一个有政治手腕的人，看似憨厚的外表下面，隐藏着精于计算和野心。他上任后快刀斩乱麻解决了令前两任首相焦头烂额的脱欧议题，他又是一个务实政客，一度力排众议准备采用部分中国华为 5G 设备。此一时彼一时，现在约翰逊政府决定调转船头，与中国保持距离。

疫情引发的风暴对魏桂荣的西安小吃也造成了影响。她注意到了空气中流动着的焦躁不安。英国人的眼神中似乎多了几分担忧，甚至还有一种不易察觉的厌恶。这种奇怪的感觉在她来到英国的十几年间头一次遇到。登陆伦敦以来，除了初期的短暂不适，她面对

---

① 《卫报》2020 年 2 月 1 日报道。

更多的还是善意和成功的喜悦——那多少有一种征服的感觉，中国日益成为世界舞台上不容忽视的角色，成功者的形象深入人心。突如其来的疫情令魏桂荣意识到，那些成功的喜悦只是瞬间，有一种额外的力量，在赋予华人新的标记。这一切来得似乎太快，疫情将温情脉脉的面纱一把撕去，暴露出外界对于今日中国的真实反应和态度。

新冠病毒的蔓延速度十分惊人。2月，封城的传闻让英国人陷入了恐慌，纷纷跑去超市囤货。洗手液、肥皂，甚至厕纸被一抢而空。一个下了夜班的护士去超市买面包，却发现货架空空如也，她在车里哭诉要饿一天肚子，视频在网上传播，令人动容。我所知道的英国人大部分属于乐天派，今天挣钱今天花，不会为明天担忧。相反，中国人是具有忧患意识的民族，历史上长期的动荡培育了中国人防患于未然的集体心理，和平年代也未雨绸缪为可能发生的不测做好准备，早在疫情尚未在英国蔓延，华人就筹集防护物资和生活用品。这直接导致华人社区和英国社会应对疫情的效果天差地别。

犹如亚马孙河上的蝴蝶扇动翅膀，新冠疫情和东西方对峙揭示出人性最丑陋的角落。随着世界卫生组织将此次新型冠状病毒疫情定为"全球紧急卫生事件"，世界各国都开始行动：撤侨、停飞、隔离，以应对可能造成的疫情蔓延。加之媒体和社交媒体的放大，在民众心中引发了恐慌。针对中国人和其他亚洲人的歧视在英国和世界各地都迅速抬头，频频发生。不断有恐疫和排华的事件发生。华人社区陷入了艰难处境。

2020年2月24日，一名二十三岁的新加坡男子在伦敦繁华的牛津街遭到袭击。袭击他的人当时大喊"我不想让你的冠状病毒进入我的国家"。

3月1日，英国病例已经达到36例，其中2例无法确定感染源头，预示着大暴发的来临。当天，英国内阁召开"眼镜蛇"最高国家安全会议，警告未来几天英国可能大暴发。随着葡萄牙宣布发现了2例感染者，现在整个西欧全部染红，都出现了感染病例。

3月的第一周是艰难的一周，英国各地频繁报道了华人遭遇歧视和虐待的案例。MyLondon网站采访了英国帝国理工学院的学生，该学院以高比例的中国和欧洲留学生闻名。一名不愿透露姓名的一年级化学专业学生说："中国和亚洲学生比欧洲学生更担心冠状病毒。""在戴口罩这件事上也存在分歧。我个人认为每个人都应该戴，可是有些中国学生不敢戴，因为他们怕引起种族主义虐待。"

BBC报道，德文郡和康沃尔郡警方接到至少6起与新冠疫情相关的袭击报告，遇袭者都是华人或亚裔背景。在受害者中，有3个是学生，遭到暴徒拳打脚踢及吐口水，被对方叫嚷"回你自己的国家去，你一定带冠状病毒"。3起袭击发生在二十四小时内。由于这类事件激增，警方拟对伯明翰华人社区中心的员工进行培训，帮助处理仇恨犯罪的上报工作。该中心一位员工称，自疫情暴发以来，针对所有华裔长相的人的言语霸凌和暴力行为正在增加，但很多都没有向警方上报。

英国Inews报道，四十五岁的英国华裔周女士和丈夫、孩子在伦敦坐地铁。当他们刚走上一节车厢时，一名男子就腾出了座位。周女士说："一开始我们觉得这个男人很好，我们以为他站起来是想给我们让座。"但这名男子立即下了地铁，上了下一节车厢。"然后一个女人也离开了。这样的事本周已经经历了几次。"周女士无奈地叹了口气。

同样有类似遭遇的还有露西·李。三十五岁的露西是伦敦的一名儿科护士。她十一岁的女儿告诉她，学校里的同学相互转告说：

"别接近中国人,因为他们有病毒,生病了。"BBC称,露西的父母1960年代移民英国,露西已经是第二代移民。但当她去看家庭医生时咳嗽了两声后,注意到旁边的人马上自动走开了。

"今天的气氛已经从合作变成了对抗。人们开始指责受害者,认为他们是一种威胁。"英国华人社区的活动家林怀耀表示,冠状病毒暴发以来,成员们向他们报告了多起种族主义和仇恨事件。

一位来自布里斯托的华人小学生爱德华给英国首相鲍里斯·约翰逊写了一封信,希望引起他对华人社区种族歧视行为日渐增多的关注。他在信中写道:

> "亲爱的首相先生,我的名字叫爱德华,来自布里斯托,是一名英国华人,一名骄傲的英国公民。我写这封信的目的,是引起你对英国华人社区由于新冠疫情造成的不断增多的种族歧视行为的注意。BBC专门对此进行了报道。不幸的是,我的家人在周末购物的时候就经历这样的事情。另外,我在Facebook上阅读了在英华人受到歧视的故事,其中一些事件甚至发生在我们当地的学校,华人孩子被欺负,并被贴上'狂犬病和病毒传播者'的标签。"

Resonate网站报道,伯明翰发生了一起暴力种族歧视事件。当天,一名华人女子和英国朋友正在伯明翰珠宝区酒吧为朋友庆生。一群男子冲她们大喊,"dirty chink(肮脏的中国佬)",并说道:"take your corona virus back home(把你那该死的冠状病毒带回家去!)"冲突中,英国女子为维护朋友被打伤送至急诊。

杜伦大学的加里·克莱格教授(Gary Craig)的研究认为,英国华人遭遇种族主义暴力或骚扰或许高于其他任何少数族裔,但是华人受害者和案件的真实情况却往往被忽视，这其中很重要的一个原因就是来自华人的低报案率。

在伯明翰发生了一起暴力伤害华裔的种族歧视事件之后，当时我所服务的《英中时报》采访了华人议员叶稳坚，他表示，伯明翰华人社区的成员一直在与伯明翰市议会、西米德兰兹警方举行会议，以真正鼓励、支持关于仇恨犯罪的报道，并确保报道的内容和该组织发出的信息正确有效。

叶议员说："在此，我想鼓励那些遭受仇恨犯罪的人积极报案。只有当案件被报告时，警方才会使用更多的资源来帮助大家，即使是匿名报案。如果新型冠状病毒在英国蔓延，导致英国经济广泛下滑、商品供应困难或造成人们的恐慌，受影响的人们可能开始责怪我们，因此我们必须时刻为人们服务。如果有人受到影响，可以通过当地警局、101非紧急警察热线或直接向我报告，我会告知警方。"

西米德兰兹警局仇恨犯罪负责人马特（Mat Shaer）先生再次保证，仇恨犯罪会受到西米德兰警方的重视。为了能够最有效地应对每一个案件，请受害者一定积极报案。此外，警局鼓励民众使用仇恨犯罪 HateCrime App，该 App 不仅会提供有用的建议和指导，而且能帮助人们直接或通过第三方报告中心来报告事件。

上述案例皆发生在第一波新冠疫情暴发之后，2020年上半年的部分英国媒体报道，根据天空新闻从英国警方获得的信息，2020年前三个月针对华裔的仇恨犯罪率是前两年的近三倍。《金融时报》报道则称，大都会警察局在2020年2月和2020年3月记录了166起口头、网络和身体攻击。根据《卫报》获得的数据，到2020年4月，伦敦共有261起仇恨犯罪。5月，记录了323起事件。6月，伦敦就有395起。

实际数字被认为要高得多。根据公益组织 End the Virus of Racism 的一份报告,自大流行开始以来,针对东亚人与新冠相关的仇恨犯罪增加了 300%。但是,有警察将受害者的种族外貌记录为"东方人"(oriental),这是一个现在已经过时的术语且被广泛认为具有攻击性。

病毒正在被武器化,公开针对华人的种族主义大行其道,这个丑陋风潮的始作俑者,大概要归功美国时任总统特朗普。这名善于表演的民粹旗手,表现出天才的鼓动才能。唐纳德·特朗普在与中国进行贸易战时,已经明确将这场大流行归咎于中国,并将新型冠状病毒称为"中国病毒",把美国政府对疫情的控制不力和选民对病毒的恐惧,成功转移到针对中国人和华人社区的指责上。这个论调引领了西方社会对于华人的偏狭认知。2020 年 3 月,当特朗普一再将新冠病毒描述为"中国病毒"时,美国的 Stop AAIP Hate 联盟在短短一周内就记录了 650 多起歧视事件。煽动性言论通常以言语开头,但也可能表现为暴力。2021 年 2 月,哥伦比亚广播公司新闻报道称,纽约警察局记录的反亚裔仇恨犯罪同比增长 867%。在类似事件激增之后,纽约警察局甚至专门成立了一个反亚洲仇恨犯罪部门。

《每日邮报》2 月 3 日报道,英国卫生部大臣马特·汉考克(Matt Hancock)当天在下议院发言时表示,防治新冠肺炎可能是一个漫长的过程,但反对一切种族歧视的行为发生。他在发言中指出:"英国议会反对任何针对华人社区以及中国游客的种族歧视和麻木不仁的行为,因为这无助于我们应对疫情。我们将竭尽全力应对疫情,但种族歧视无助于任何人。"

2020 年 3 月,英国下议院举行了"有史以来第一次"辩论,专门讨论东亚人民在大流行期间所经历的种族主义。代表北卢顿的工党议员莎拉·欧文（Sarah Owen）发言称，大流行期间针对华人的仇恨犯罪数量增加了三倍。欧文称，研究表明，英国媒体在报道大流行时，三分之一的报道配上中国人或者东亚人的图片，强化了人们对"中国病毒"的刻板印象。这一数据来自一个名为 Virus of Racism 的运动组织，该组织分析了 2020 年 1 月至 2020 年 8 月期间，15 家主要新闻提供商发布的 14000 张图片后得出了上述结论。

欧文女士告诉天空新闻说："新冠被赋予了一张脸，这是一个戴着口罩的东亚人的脸。"

经常在网上遭遇种族歧视的英国华裔喜剧演员 Ken Cheng 说，他对病毒流行如何暴露出更深层次的偏见并不感到惊讶。他说乘坐公共交通工具"有点紧张"，但他更担心反华情绪是否会正常化。"在华人周围，总有这样一件事，人们认为可以用一种不在乎其他种族的方式说想说的话，好像这是公平的游戏。"

Cheng 指出："也许是因为我们的文化缘故，我们比较顺从，不太好斗，也不爱打架。"①

毫无疑问，这是艰难时期。自大流行开始以来，西方国家的反亚洲仇恨犯罪激增。不光美国和英国，还来自澳大利亚、加拿大、法国、德国。这股针对中国人和亚裔的种族歧视持续了差不多一年之久，才缓缓降温。包括华人社区在内的亚裔人越来越意识到长期被歧视、忽视和边缘化的严重性。

中国和西方社会的制度差异此刻显露出来。中国迅速采取措施稳定了疫情，武汉封城付出了代价，但是实现了清零，而世界其他国家却没有利用好中国争取的时间。

---

① 据 BBC 报道。

3月是英国学校的半学期假,疫情已经有了暴发迹象,英国政府仍然允许国民去当时疫情最厉害的意大利度假,对从意大利疫区回来的英国人亦不采取监控和隔离,加快了病毒传播。一名在意大利滑雪度假区的英国游客成为了第一名超级传播者。随后英国出现了不明源头的病例,表明病毒已经广泛传播,疫情开始失控。病例飙升,医院病床面临挤兑,NHS不堪重负。

事后公众发现,保守党政府根本没有采取足够的防御措施。英国政府最初盲目乐观,几经犹豫错过最佳时机之后,大流行已经无法阻挡。3月22日,首相约翰逊才很不情愿地宣布全国封锁。大中小学停课,所有人在家办公,非必须企业全都关门,餐饮业也在必须关门的名单上。

整个英国现在陷入了安静。禁足,停课,交通停运,伦敦形似鬼城。武汉封城之时,英国媒体嘲笑过这种过度的反应,中国的行动之严厉和广泛震惊了西方,它接受以严重经济损失作为遏制疾病的代价,隔离了数千万人,禁止他们离开城市,甚至是自己的家,只有在获得食物和医疗时除外,此外还对数亿人实施了相对宽松的限制,在这个过程中将许多产业完全关闭。在某种程度上,欧洲人正在为生活在开放富裕的民主国家而付出代价。在西方国家,人们习惯于自由行动、方便的出行和独立决策。政府担心公众舆论,不习惯于下达严厉的命令,公民也不习惯于服从命令。但是现在伦敦面临同样的境地。安静的街道,空荡荡的公共交通,封闭的酒吧和餐馆,自我隔离的家庭以及封闭的城市,已成为这种病毒大流行的奇怪日常生活的一部分。

禁足期间。我的左邻右舍都在家。我现在可以观察到他们所有人的动态。斜对门是对小夫妻,两个孩子,某天男主人在天窗上露出头看着外面,和我的目光没有交集;正对门是一对老年黑人夫妻,疫情开始后就没再出门,他们的女儿偶尔来送生活用品;他们家旁边住的是一个长相酷似艺术家的酷老头,表情严肃,很快搬离了,并把房子出租给一个青年,青年很少露面,偶尔开门取快递,让快递员把东西放在地上再去取,避免近距离接触。这家的右边,是一个支持工党的单亲妈妈,有两个漂亮女儿,爸爸周末回来接女儿出去。再过去一家,是一对黑白配夫妻,有一对儿女,活动规律不详。我家这一侧,隔壁邻居是一对年轻夫妻,时常吵架,老婆怀孕七个月,在我们街道的 whats App 群里发言说:"原谅我的奇怪举动,我怀孕七个月了,不想见人。"

在唐人街,原本欣欣向荣的中餐业陷入了停滞之中。根据 2020 年 2 月对中餐馆老板的调查,约 57.6% 的受访者表示,他们在第一波新冠暴发期间被迫关闭堂食和送餐服务。只有 11.1% 的受访者表示在此期间他们可以照常营业。

2020 年 3 月第一次封锁持续了三个月之久,到了 6 月有限解封,学校部分恢复、允许小范围聚会、餐饮业恢复堂食,为鼓励消费,提振经济,2020 年 8 月,时任英国财相苏纳克宣布了一项"外出就餐"餐厅计划,外出就餐,政府补贴一半,相当于半价就餐。政府一次性支付高达 9000 万英镑的现金用于支持陷入困境的餐馆、酒馆、咖啡馆和酒吧。此举吸引了大量的食客重新走进餐馆。

英国疫情的发展一波三折。英国仓促解封,进入冬季后,疫情反弹很快,疫情感染者急剧增多,加上冬季流感患者,NHS 再度不堪重负。英国的医疗体制跟中国非常不同。它的医院床位都是按照正常年份情况设置的,甚至医护人员的设置也是最低配置,英国人工很贵,绝不浪费一枪一弹。不像在中国,哪怕是一个县级医院的病床床位的数量,都有可能超过伦敦的大医院。遇到疫情这样的特殊情况,英国的病床数和医护人数就捉襟见肘了。英国在疫情期间的三次封锁，与其说是疫情所迫，更准确说是因为医疗资源的挤兑。到圣诞前夕，眼见疫情无法控制，英国首相鲍里斯·约翰逊不得不二度宣布全国封锁。刚刚恢复的餐饮业再度取消堂食，只允许保留外卖。伦敦餐饮市场陷入一片哀鸿。

此后的一年，英国因为疫情多次反复，防控不力，接连封锁。截至2020年12月30日的一周内，有27个行政区的感染病例出现了上升趋势，政府在2021年初宣布，英国必须进入第三次全国封锁，至少到3月31日，以阻止冠状病毒新毒株的传播。伦敦再次变成了一座空城。

BBC分析说，除了政府决策不力之外，英国社会存在一些导致疫情恶化的深层原因。比如，作为全球商贸和金融枢纽都市的伦敦，对外部世界的依赖甚重，斩断与世界的实体联系谈何容易。仅仅是从欧洲近邻法国、西班牙、意大利等国输入的病例截至2020年3月就至少有1300例。伦敦、曼城等人口众多，居住密集的大城市，疫情一旦暴发很难控制。另外，人口老龄化严重，肥胖症泛滥等很多现代富裕社会的痼疾也导致疫情"杀伤力"扩大。

在这艰难的时光，英国的中餐业普遍遭遇了双重打击。第一波打击是疫情开始阶段引发的对于华人社区的种族偏见、骚扰、歧视，以及对中餐的妖魔化。第二波打击则更为现实，跟英国其他企业一样，中餐业因为接二连三的封锁陷入了生存危机。

2021年，我见到魏桂荣时，她向我抱怨第三次封锁对餐馆的生意造成的伤害最大。她说，2020年3月英国第一次封锁时，店里有外卖支撑，她2015年开在阿森纳主场北2区的第一家餐厅，疫情前已经积累了一批粉丝有了知名度，5月第一次解禁之后，人们又出来吃饭，故生意受影响程度不大。2020年圣诞节后的第二次封锁也是如此。但是2021年初的第三次封锁，对她的生意打击挺大。

"现在很多中餐馆的客人主要是留学生和华人,疫情让很多华人不愿出来吃饭,在国内的没法来英国,生意受到很大影响。"她说。

本来魏桂荣打算在 2022 年发展一家新店,正准备签租房合同,随着疫情反复,她不敢签合同了。疫情期间,她很多时候都是待在家里,不知道下一步怎么走,心中充满了焦虑。万幸的是,家人和店里员工都做了很好的防护,一直十分平安。

疫情期间,她只保留了一名四川姑娘做厨师,一位本地出生的华人做前台接待,加上她只三个人,第一次解封后,三个人就再度把店开了起来。魏桂荣则是厨师、经理、跑堂一肩挑。

在大规模疫苗接种计划让伦敦街头恢复正常之前,唐人街陷入衰退和不确定的状态。中餐业在这个多事之秋风声鹤唳。从魏桂荣的西安小吃到老字号的周先生,普遍都遭遇重击。一些广受欢迎的中餐厅被迫关闭。往日在唐人街呈现出的喧闹、无与伦比的气氛已成为遥远的记忆。

一场针对中国和华人的风暴正在酝酿,并且很快来临。中餐第一次进入英国公众以来,已经走过了 114 个年头,来自不同区域的华人,此刻成为了命运的共同体,保护他们珍视的文化财产,对抗即将袭来的风暴。

第十四章　不再沉默

针对因为疫情引发的歧视和霸凌中国人及亚裔的浪潮，2021年，一系列"停止亚裔仇恨"的抗议集会席卷了美国、加拿大、英国等西方国家。华人拥有悠久的移民史，现在到了不得不站出来为自己的权利和安全发声的时刻。

2021年5月20日下午，《反华种族主义的剧增：建立对种族仇恨恐惧的抵抗力》在线论坛举行，该论坛讨论如何应对疫情下英国针对华人种族歧视带来的挑战。出席论坛的人士有国会议员、前影子大臣约翰·麦克唐纳（John McDonnell），伦敦市长办公室"独立受害者委员会"专员克莱尔·瓦克斯曼（Claire Waxman），《隐藏于公众视野之外：针对英国华人的种族主义》合著者班克尔·科尔（Bankole Cole）教授等人。

论坛主持人是民权法律中心的陈志明（Chi Chan）和英国监督组小组成员多萝西娅·琼斯（Dorothea Jones）。论坛组织者之一的华萍博士表示："针对华人社区的种族主义在英国社会并不是新现象。我在英国生活了三十多年，每当英国发生重大灾难时，华人社区就很有可能成为替罪羊。例如，在2001年口蹄疫暴发期间，我们就目睹了针对华人社区的种族主义暴力事件的激增。一些人只是听信了毫无根据的谣言，就称这种疾病的传播是由一家使用非法进口肉类的中餐馆带来的。"①

2021年7月10日下午，我参加了一场在伦敦议会广场举行的反亚洲仇恨集会。来到现场的时候，很多华人（东亚人）已经聚集到了广场一侧的甘地铜像前，几个年轻的华人正站在主席台上，分别讲述个人在疫情期间所遭遇的不公待遇，引发了下面观众的共鸣。来英国五年，我见识过各种族的抗议示威活动，这么多东亚面孔参与的大规模抗议活动，还是第一次见。

工党国会议员莎拉·欧文（Sarah Owen）也来助阵，显示出此次活动的政治倾向。莎拉有一半马来西亚华人血统，她的母亲是马来西亚华人，早年来英国做护士，欧文的父亲是英格兰人，欧文以前在NHS工作，后来为上议院议员做政治顾问，2011年当选为黑斯廷斯和莱尔区的工党国会议员竞选人，2019年成功当选为国会议员。当选之后，欧文的华人血统受到了华人社区的重视，她也很聪明地启用了中文名字"陈美丽"，并且成为了工党华人之友的负责人。

欧文慷慨激昂，批评英国政府对疫情以来华人所遭受的歧视和虐待无动于衷，引发了支持者的共鸣。现场弥漫着一种气氛：华人已经受够了，不能再继续沉默了。

2021年10月，为纪念全国仇恨犯罪宣传周，唐人街的中国站（China Exchange）发布了"没有仇恨的地方：伦敦唐人街的大流行后行动"报告，报告了唐人街的复苏，特别强调了新冠引发的种族主义，以应对对东亚和东南亚的仇恨增加。

该报告分析说，自2020年1月起，唐人街的客流量急剧下降，这意味着企业在国家封锁开始之前，收入就已大幅减少。国家媒体

---

① 《反对针对华人的种族歧视！》，https://ihuawen.com/article/index/id/56445/cid/45。

一直使用东亚裔面孔戴口罩的图像来说明大流行的故事,以及政治领导人和舆论使用"中国病毒"等词语助长了反华情绪、仇恨和可能导致种族主义盛行的环境。

根据 2011 年英国人口普查,尽管华人是第三大少数族裔群体,但在许多公共领域,包括政治、体育和媒体,都很少见到具有东亚血统的人。缺乏可见性意味着华人是一块空白的画布,可以投射任何偏见——新冠病毒出现并证明了这一点。

这一幕对于哈克尼的华人社区协会负责人林怀耀来说是如此熟悉。他向我回忆起:2001 年,英国政客曾经导演了相似的丑闻。那一年英国暴发了口蹄疫。之前口蹄疫在英国已经消失了六十年。那次疫情突如其来,200 万头牛被迫宰杀,农场损失惨重,畜产品价格一度低于成本价格,欧盟针对口蹄疫又颁布了新禁令,英国农民的日子很难过,工党政府面临很大压力。

2001 年 3 月 27 日,英国《泰晤士报》声称,英国暴发的口蹄疫是由位于英国东北部纽卡斯尔地区的一家中餐馆引起的。报道还说,最初发生口蹄疫的农场,常用从一家华人餐馆收来的泔水喂猪,由于这家中餐馆使用了带有口蹄疫病毒的走私猪肉,从而引发了席卷全英、蔓延欧洲、危及世界的口蹄疫。该报还无端地猜测,这家中餐馆的走私猪肉来自中国内地或香港。接着,一个"动物卫生专家"说,从感染的猪牛羊身上检查出的口蹄疫病毒,在中国、东南亚一带相当普遍,从而推断"病毒"来自上述地区。

这让急于转嫁责任的英国政府如获至宝,时任农业大臣布朗,在向英国议会提交的一份报告里也声称,一家不知名的中餐馆非法进口了来自远东地区的感染口蹄疫病毒的肉类,之后将没有卖出的或剩下的食物卖给了猪场,于是猪染上了口蹄疫。媒体在缺乏证据的情况下继续传播谣言。例如《每日镜报》将此事发布在头条，标题定为"羊和母猪酱料"，严重加深了公众对中国人饮食习惯的刻板偏见。

消息一出，整个英国乃至国际社会一片哗然。英国的中餐馆受到沉重打击。当时的英国街头，对中国餐馆和外卖店的言语和身体虐待不断上升，有大量的刑事案件出现，人们在商店门口砸玻璃，涂鸦中餐馆。这个传闻使英国的中国餐馆生意量下降了40%，在谣言传开后，一些餐馆就再没有一个顾客。尽管缺乏证据，政府却迟迟未正式确认或否认这一说法，故意让流言蜚语持续发酵。①

事后林怀耀得知，唐宁街10号在每周固定的记者吹风会上，农渔业食品部（MAFF）官员故意向《泰晤士报》农村版编辑瓦莱丽·埃利奥特（Valerie Elliott）暗示和放风，为当时正在进行的大选转移公众视线，华人因此无辜地成为了替罪羊。

随着口蹄疫疫情的持续，一些农民因失去生计而自杀，愤怒开始从政府转移到华人社区身上。大报和小报都刊登了耸人听闻的标题，指责中国人为罪魁祸首。林怀耀收到大量的案例报告，很多店主说人们冲进他们的店里，他们并不消费，而是一边踢着足球，一边发表种族主义的言论。当时发生了大量的针对中国店铺的犯罪行为，例如在店门口扔玻璃，肆意地进行涂鸦。遭到袭击，有人严重受伤或死亡只是时间问题。

3月30日，全英华人外卖公会、伦敦华埠街坊会、华人社区中心等近20个团体向英国首相布莱尔递交了一封信，抗议英国媒体对华人的无端污蔑。他们指出，中国餐馆一向坚持为客户提供高品质的食物，并一直采用本地肉类。农场所收取的泔水来源非常广泛，

---

① 《今天华人受到的歧视使人想起了2001年的英国，历史总是一面镜子》，https://kknews.cc/world/x4mxzbg.html。

政府和媒体不调查清楚就立即指向中国餐馆，希望首相先生查清口蹄疫的祸源，还华人以清白。

餐馆老板和外卖店老板表示，自上周声称一家中餐馆非法进口的肉类是此次疫情暴发的原因以来，他们的生意已经下降了多达40%。英国当时大约有12000家中餐外卖店和3000家中餐馆。他们雇用了高达80%的中国劳动力，业务下滑可能导致人们被解雇。华人业主呼吁政府澄清情况，称他们认为最初的指控来自MAFF。但在接受BBC新闻在线采访时，MAFF发言人断然否认他们是新闻报道的来源。①

华人社区决心采取行动。他们要求种族平等委员会调查是否存在煽动种族仇恨的言论，还就媒体报道向新闻投诉委员会提出投诉。唐人街的企业主决定采取进一步措施，十几个老板找到了擅长社会运动的林怀耀，"要做就做大的，罢工、游行！"林怀耀的回答斩钉截铁。老板们有些犹豫，会不会惹来警察打？罢工要损失多少钱？但是似乎也别无他法。

林怀耀开始行动起来，动员更多力量参与。他联系唐人街的杂志《新界线》，还找了无线电视工作的华人记者，采访了受损失的中餐馆老板，很快一批报道出来了。他们又准备了标语、公开信、传单。传单送到每个餐馆，但是老板们都放在一边，也不派发，担心影响生意。这个时候已经定下来4月1日周一举行罢工，去唐人街抗议。"为什么最后选在周一？因为老板认为周一餐馆客人少，不影响生意！"林怀耀回忆。

但是不巧的是，周一那天地铁宣布罢工，很多人去不了。怎么办？林怀耀有些着急。那时候，有个网络杂志叫《点心网》（Dimsum），登

---

① "Chinese fight foot-and-mouth claims," http://news.bbc.co.uk/1/hi/uk/1260861.stm.

了唐人街准备罢工抗议的消息。编辑杰克·谭（Jack Tan）说："华人社区在英国社会的刻板印象中，是一个像敌人一样生活的外国人社区。事实上，华人社区已经在这个国家生活了将近两百年，从那时起，我们一直在为英国公众提供食物，为他们洗衣服，我们一直在创造就业机会。但这些都无关紧要，相关的只是刻板印象。"谭先生说，他们已经联系了报纸，以努力传达华人社区的观点，并鼓励他们网站的访问者写投诉信并联系各自的国会议员。

很多年轻人看到了《点心网》的报道，不光是华人，很多英国年轻人打电话来要求参与，结果一下子扭转了形势。英国的华人专门成立了全英维护华人权益临时行动委员会。隔了一周，4月8日，示威展开。全英中餐馆同时罢工停业两小时以示抗议。来自全英160多家华人社团组织的1500多名代表在MAFF门前举行大规模抗议活动，要求英国政府查清媒体不实报道的消息来源，谴责不负责任的报道，并依据《种族关系法》惩治有关责任人。

这一天，农业大臣布朗要求同华人社团组织领袖见面，后发表讲话，承认没有证据表明英国暴发的口蹄疫与中餐馆有关，并对英国媒体不真实报道所造成的不良后果表示歉意。

《光明日报》评论说，这说明，团结起来的英国华人通过斗争，终于洗掉了凭空泼在自己身上的脏水。

林怀耀说，华人来英国这么久，这是英国政府第一次向华人社区做出道歉。抚今追昔，林怀耀认为，沉默是金的文化传统，影响到了外界对华人移民的认知，在某些时候不可避免地成为了政治的牺牲品和替罪羊，而唯有行动起来，才有出路。

2017年，我来英国尚不足一年，BBC的一档节目给我留下深刻印象，促使我开始关注到英国华人社区的"独特性"——BBC的这个专题片叫"宁愿受苦也沉默",讨论了流行于华人社区的孤立主义倾向——英国社会已经意识到,华人是一个优缺点都十分鲜明的社区。他们勤奋,重视教育,高收入,但对于公共事务的参与程度不高,政治上采取了一种围观的态度,在社会活动中缺乏引领的热情和动力,主流社会因而缺乏属于华人群体的声音。

这部专题片以华人社区的健康问题开篇,采访了一个患了四期癌症的香港移民,这位女士跟很多早期来英国的华人一样,也在餐馆工作,辛苦操劳,忽略了健康。她查出癌症之后,完全不能接受,说"一些华人看癌症就像是恶魔,甚至不愿意告诉家人"。受访的肿瘤科医生利普·李(Lip Lee)认为:华人有一种倾向,不愿意承认自己的疾病,包括肿瘤,其实早期正确治疗没有问题,不需要受苦。但是很多人否认,认为痛是正常的,那是命,或者选择去看中医。他说:"很难说服他们和癌症抗战。"

我为这个节目所选取的角度感到惊讶和佩服。这个开篇是富有寓意的。何止病痛,华人社区普遍存在这样的封闭倾向:以保持沉默来对抗痛苦和压力,外界普遍关注不到华人的需求,造成了政策制定上的盲区——英国的社会政治制度是相对开放的,各路政客、组织一旦找到机会,一定在各种场合把话说透,甚至不乏鼓噪,力争把小事夸大、无孔不入,最后形成一股舆论,影响政策的制定和改变。

而华人普遍采取了一种明哲保身的处世哲学,不问政治,闷声发财。英国媒体报道,华人已经成为英国时薪最高的族裔。在华人后面,印度裔排第二位,英国白人排第三。一个公认的事实是,英国华人整体受教育程度高,工作好挣钱多,整体处在社会上游。但是,在英国主流社会中,华人代表性仍然严重不足。

议会是代表英国政治的最高殿堂。陈美丽当选为工党国会议员的2019年，号称是英国下议院史上最多元化的年份：电视直播议会辩论的时候就能发现，整个议会大厅，少数族裔和"外来户"的面孔有很多。首相约翰逊右侧，时任外交大臣拉布是捷克难民的儿子；约翰逊左边，时任财政大臣是光头锃亮的贾伟德，巴基斯坦裔；再隔一个座，内政大臣帕特尔是印度裔；甚至约翰逊本人，媒体也津津乐道他祖上是土耳其人。印巴裔占人口5％，为英国第一大少数族裔。华人占人口约1％，已成为英国第三大少数族裔。然而在这少数族裔济济一堂的最高权力殿堂，却看不到华人面孔。

数据显示，从1919年到2018年，一百年来在上议院中仅有3名政客有华人血统；在下议院，从1841年至2018年，英印混血议员有3人，英印与英国白人混血议员有1人，印度裔有20人，巴基斯坦裔15人，巴基斯坦与英国白人混血有2人，而华裔仅有1人——2015年，香港二代移民麦艾伦（Alan Mak）在汉普郡的哈文特选区当选英国保守党议员，成为英国历史上首位进入英国下议院的华裔议员，也是第一位东亚裔议员。

政治影响力上，英国华人无法跟印巴裔等量齐观，甚至跟一些小族裔也没法比。2018年英国评选最有影响力亚裔，贾伟德和时任伦敦市长萨迪克·汗均入选，前十名全是印巴裔，华人一个没有。印巴裔比华人在政坛上活跃，有一定历史背景。印巴裔长期在大英帝国殖民地生活，了解英国政治和社会制度，接受英语教育，几乎不存在融入问题，或者问题较小。而英国的华人社区，老一代广东、香港华人有很强的乡土观念，融入英国社会不够，很多老华人至今不会英语只讲粤语。而如果子女在英国出生接受教育，则融入相对好一些。

饮食很能反映融合问题。中餐已经成为最受英国人欢迎的外卖。但是很多华人抗拒英式餐饮，把自我归于"他者"。几乎每个国家都有唐人街，某种意义上说，这是华人社区自愿采取的一种隔离措施，因为语言和习惯不同，华人建立一个保守封闭的安全社区，在这里，生老病死，不依靠跟外界交流就可以完成。

华人的处世哲学偏内敛，不具备对抗性和扩张性。学者同时分析指出，移民和移民后代身份意识的觉醒通常是延时的、片面的。更年轻的华裔在面临歧视时，呼吁"应该受到同等对待"的时候，也会想起父母告诫他们作为移民要谨小慎微，不做出让人针对的行为。[1]

华人倾向认为政治是"麻烦"而远避。很多华人是商界、医界、工程界、教育界的专业人才，唯独对政治不感兴趣，不太关心公共事务。《南华早报》曾经引用中国议题研究专家、自由民主党议员克莱门特·琼斯（Clement Jones）的话说："在英华人更倾向于以儒家态度对待政治，他们更倾向于循序渐进地改变，而不是通过煽风点火来游说。"

英少数族裔组织 Operation Black Vote 在英格兰和威尔士进行选区调查后发布的一份报告指出，在下议院全部 650 个席位的 36 个中，华裔是选区内最大的少数族裔，而对其中 17 个边际席位（marginal seats，没有哪一党占有绝对优势的席位），华人的选票可能会起到决定性作用。35 万华人选民中，来自中国内地的移民增长迅速，2013 年和 2014 年，中国成为英国移民的最大输出国。由出生在香港的律师李贞驹（Christine Lee）创办的无党派、志愿性组织英国华人参政计划（British Chinese Project）2014 年统计，在 35 万有资格投票的华人中，有 30% 从不进行选民登记，"是少数族裔中选民登记率

---

[1] 《"被遗忘"的纽约中国城和华人社区的"身份认同"觉醒》，BBC 中文，2021 年 9 月 10 日。

最低的"。①

华人在英国经济商业领域做出了突出贡献,在学业上名列前茅,唯独在政坛上成为了隐形人,几乎毫无影响力,这个现象不光英国独有,在很多国家都存在,因此应考虑为族群习俗和文化因素。数千年的帝制文化和儒家文化的影响下,讲究等级秩序,个人权利并未得到有力的保障和重视,或许是一个更为深层的原因。

前几年,华人社区破天荒出现了一波参政热潮,曾经引发了媒体的集中关注。2015年5月5日,纽约时报中文网曾经以"英国大选中的中国军团"为题,介绍了一个参与国会议员选举的中国移民王鑫刚的故事。

王鑫刚2001年带着家人和亲戚筹集的十几万元来帝国理工学院读交通规划硕士。一年课程结束时,其他同学开始找工作或准备回国,他则签下了第一份工作合同。工作之余,他在牛津大学继续深造,取得了数学硕士学位。他已婚,有三个女儿,2008年入籍英国。他一边在金融城一家银行担任高级经理,一边在哈佛商学院修EMBA专业,每年飞两次波士顿。

2014年底他通过了保守党两轮面试获得议员候选人资格,选择了离家几个小时车程、英国华人人口占比最高的曼彻斯特中心选区。当地77000名合格选民中,有约8000名华人。二十九岁、来自重庆的何易(Edward Yi He)也成为保守党议员候选人,何的选区在威尔士南一个仅有5万多人口的小城。2015年王鑫刚和何易同时竞选议员,开了中国内地新移民在英国参政的先河。

华人候选人的出现,一定程度上反映出卡梅伦政府对中英经贸

---

① 《英国大选中的中国军团》,纽约时报中文网,2015年5月5日。

关系与招商引资的高度热情。在这一波由两国经贸关系主导的热潮中，从 2000 年只有一位华裔候选人竞选下议院议席，到 2010 年参加下议院大选的华裔候选人达到 8 位，而 2015 年包括王鑫刚和何易在内一共有 11 位华裔参加选举。

"所有的华裔需要有一个声音告诉英国的政界，我们还有这么一批人。"王鑫刚表示。

王鑫刚和何易在 2015 年参选没能成功。2017 年 5 月，王鑫刚又一次竞选，仍然没有成功。从 2014 年到 2019 年，他每年都竞选英国地方议员，并在 2016 年当选萨里地区议员。地方议员选举，不同于英国全国大选，英国的地方选举更像是选地方的"父母官"，地方议员主要负责当地事务，大到选民登记、政府公屋、地方规划、交通、教育、环境卫生和道路等，小到公共设施的建立和垃圾回收等。目前，全英国的地方议员数量 14000 多人，各党派加起来，华人地方议员有 10 人左右。当选人数跟华人的庞大基数仍然不成比例。

不过一个积极变化是，过去不多的华人参政者多为香港移民背景，最近一二十年的趋势则是，来自中国内地的新移民越来越活跃。像王鑫刚来自东北，伦敦的保守党候选人奚建军来自江苏，曼彻斯特的保守党候选人智升科来自沈阳等。

2019 年英国大选，王鑫刚再次参与国会议员竞选。12 月 10 日，我参加了他的一次助选活动，那天傍晚，伦敦下雨，我赶到肯辛顿地铁口，那里已经集合了一批保守党的志愿者，当晚，志愿者到选民家敲门，鼓动投票。过了一会儿，个子不高的王鑫刚从街道对面走来，跟英国人一样，他也没有拿伞，任雨水浇透了头发和肩膀。他当晚的工作有两项。一是需要征得沿途商家的配合，在墙上张贴保守党候选人的传单。另一个就是根据上次街头民调的信息，到有可能给保守党候选人投票的住户家做进一步的鼓动工作。

我注意到当晚的志愿者中，有几位是老资格的保守党会员，行事干脆果断，带着一些江湖气。我问王鑫刚："这些志愿者跟保守党是什么关系？"

他没有立刻回答我的问题，而是先给我普及了英国选举的一些知识：大选正式宣布开始之前，任何候选人如果能筹到选举经费的话，可以任意宣传，但一旦正式宣布大选日期开始后（筹备选举阶段一般大约六周时间），就得停止宣传。每个选区、每个候选人都有规定的大选竞选费用，不能超过大约 12000 英镑——这个数额也会根据当地选民的人数多少略有变化。对于竞选经费的限制，最大限度保证了竞选的公平和透明。这笔费用并不富裕。一般给每个选民寄一封信，总共算下来就得花费 4000 英镑，给每个选民印刷一张传单，又要花费 3000 到 4000 英镑，可想而知，额度马上就会用光。大选结束后，每个候选人都要申报竞选费用，在选举中一共花了多少钱，所有的费用都要有证据或发票，要一一列出，非常详细。对立的政党也会暗地里监督对方。如果有候选人超出费用最后谎报的话，查出来便是丑闻，情节严重者触犯法律是要坐牢的。这就是为什么在大选中，需要很多的志愿者发放传单，而不是用邮寄的方法。打电话也都是志愿者，而不是花钱请专业公司，都是因为费用的制约。

"比方说，上周六我们去助选的金斯顿的议员候选人 Zac Goldsmith，出自亿万富豪家庭，但是在大选期间，就算他再有钱并自愿提供资金的话，也不可以超过规定的 12000 英镑费用。所以，每次大选期间，都需要许多志愿者帮助，这不是钱能够解决的。"王先生说。

我跟随王鑫刚沿着伯爵府道（Earl's Court Road）一路走，王鑫刚一边走一边给我介绍情况。他前两次参选都在曼城，第一次是 2015 年，第二次是 2017 年。2019 年参举是他第三次出马。他所在汉默史密斯选区的投票当天刚结束，上一个礼拜发放了 35000 张传单。"我的区有 7 万选民。这次对手很强，工党已经控制这个区二十多年了。对方候选人曾经做过地方议会议长，政治资本很强。"

他当天来肯辛顿是帮助另一名保守党候选人参选。"这个选区有 10 万选民，竞争激烈，2017 年选举保守党只输了 20 票，现在当地属于工党选区，保守党希望在周四晚上翻盘。"他说。

我们经过肯辛顿区的大街，王鑫刚说，这个区什么人都有，有中产家庭，也有廉租房住户，前几年有很多欧洲移民涌入肯辛顿，当地人口结构发生了很大变化。他拍拍手里一沓登记名录说，四个星期前，党派民意调查，这些都是上次注册的可能投票给保守党的选民，这次他挨家回访，希望能巩固选票。

步行至沃里克街，王鑫刚找到一家选民，通过对讲机和住户核对信息，然后进门交谈。每个流程都是一样的。开场白是"我是 XinGang Wang"。

第一户人家干脆地说，自己已经决定改投工党。第二户有人在家，但就是不开门。到了这条街的 63 号，老太太打开窗帘一看，外头站了几个亚洲人面孔，她有些恐慌，王鑫刚自报家门，老太太只允许王鑫刚一人进去。最后一户，男主人不在家，其女朋友在家，答应届时给保守党投票。几条街走下来，其实成效并不明显，颇有大海捞针的感觉，对此王鑫刚并不觉麻烦。也让我领略到了英国基层选举的琐碎一面。

可惜的是，几天后投票统计出来，雄心勃勃的王鑫刚这次仍然未能如愿当选。

2019 年这一次，包括王鑫刚，有 9 名华人候选人参加大选角逐。两人当选。来自 Havant 选区的保守党候选人麦艾伦成功连任，工党英华混血候选人的陈美丽成功在 Luton North 选区当选。

陈美丽的当选也不是一次就成功。她从萨赛克斯大学毕业后投身公众服务，热心政治参与，先后于上议院任职政治顾问、工会组织者等。2015年大选她曾首次代表工党挑战黑斯廷斯和拉伊选区，但遗憾落败。这次重整旗鼓卷土重来，她说参选最重要的原因是"渴望做出积极的改变"。在被问及作为华人参与大选感觉如何时，她说："以华人身份参加大选我感到十分荣幸，而且这是我们翘首以盼的机会。在英国，有150万华裔和东亚裔人口，但是我们的声音却微乎其微。"①

英国华人参政计划（British Chinese Project）的创立者李贞驹说："我们正在鼓励更多人走上政治舞台，比如成为一名国会议员。因为一旦在每一个场合都能看到一张华人面孔，我们就不会被孤立得这么厉害。"英国华人参政计划是一个非营利组织，旨在促进华人社区与英国社会之间的互动及理解。

2019年，我还采访了曼彻斯特的保守党华人候选人智升科。他出生于中国东北，是一名自行车爱好者，热衷慈善，已经完成了一系列以筹款为目的的公路自行车挑战赛事。他2003年来英国读书工作，曾是曼彻斯特大学学生活动的活跃分子。曼彻斯特有260万人口，现有10万华人，还有10万留学生，华人面孔很常见。不过华人喜欢住在房价比较高、优质教育资源集中的地方，比较分散。特别是大量华人不参与投票，对政治缺乏热情。智升科注意到，印巴人来到英国之后习惯聚集居住，这样会比较容易选出本族裔的代言人，"其他族裔再优秀可能也被亲情关系排除掉了"。

智升科是那种少见的比较热心参与公共事务的华人类型。2005年在曼彻斯特大学他参选研究生会主席，并成功当选，这段经历培

---

① 《英国诞生首位华裔女议员：我们不参政是英国的损失》，https://new.qq.com/omn/20191214/20191214A03K1M00.html。

养了他对政治的浓厚兴趣。他广泛参与社会活动，涉足教育、艺术、体育不同领域，还考取了足球裁判，为英国地区联赛执哨。2016年，在英国生活了十三年后，智升科决心成为华人社区的代言人。至今他已经连续参加了数次地方议员竞选。其中一次，他被分到了保守党和工党势均力敌的选区，该选区5700户选民，智升科拜票走访了5500户。因为受累于脱欧，保守党整体选情看跌，他最终没能如愿当选。

通过亲身参与，智升科观察到英国政治"很草根"，政客需要解决的都是具体问题，比如社区垃圾处理、增加警力等基础问题。同时，竞选还要筹款，因为印刷传单、给选区选民写信都需要钱。这些对竞选者都是挑战。

值得关注的是，王鑫刚、智升科决定投身英国政坛的时候，正逢中英两国黄金时代开启，华人社区可见度很高，这也是推动华人参政议政的一个重要因素。所谓黄金时代，是时任英国首相卡梅伦和中国国家主席习近平共同推进的。习近平出访英国，卡梅伦邀请习近平在契克斯首相庄园附近的酒吧 The Plough at Cadsden 共同品尝了英国传统食物炸鱼薯条，一人喝了一大杯黑啤酒。这次出访结束之后，定调为中英两国的黄金时代。然而这一切在2020年急转直下，因为疫情、贸易战等一系列风波，导致中国和西方国家关系遇冷。海外华人身处夹缝中间，不可避免深受其害。华人参政的热潮也逐渐消退了。

2021年春天，因为疫情导致仇恨犯罪增加，我又一次采访了王鑫刚。

王鑫刚认为，目前疫情对各个族裔的影响都一样："我本身做金融行业，去年3月至今，在家工作一年。出行减少，没办法去办公室沟通，生活也发生很大变化，不能出门。"

"下一步是适应变化。适应生活和工作方式的变化。好处是通过网络和电话沟通，与之前相比跟朋友沟通反而还多了。以前每天开车或者乘火车上下班，现在这部分时间省下来了。"

他话锋一转："现在大家比较关心疫情对于华人的影响。关于针对华人、亚裔、少数族裔的歧视。在疫情之初，还没有进入封锁状态的时候，我看到了很多媒体的报道。针对东亚裔的犯罪明显增加。特别是病毒起源于武汉的说法，导致针对东亚裔人口的歧视明显增加。种族歧视犯罪，首先是一种犯罪。针对犯罪，当然需要零容忍。没有一个国家允许犯罪增加。"

"我的同事、华人朋友及孩子遇到过类似情况。学校别的孩子说华人孩子可能有病毒，家长听说后第一时间找校长反映，校长听了立刻找到涉事的孩子，解释说这样的言论不对。任何情况下，都有途径解决种族歧视，在学校可以向校长、老师、校董反映，如果感觉受到伤害，可以联系家庭医生，还有一些慈善机构专门针对种族歧视。我本身除了参政和一些社工活动，目前还担任着萨里地区的裁判法官，每月一次执法。我的权力可以罚款5000英镑，判刑六个月，有资格签署警察局搜查令和逮捕令。在英国有很多机构都可以帮到受害者。"王鑫刚说。

王鑫刚最近参加了英国保守党政府的活动，询问了很多部长、国会议员，了解他们关于种族歧视的看法。观点非常一致：攻击英国华人社区，就是攻击整个英国社会。华人社区是英国重要组成部分。对歧视和攻击不能容忍，而要举报犯罪。

前几天保守党华人之友组织邀请英国外交大臣拉布讲话，拉布身兼副首相之职，他表示，愿意和华人面对面沟通。现场观众问的第一个问题就是如何对待因为疫情导致的种族歧视，拉布态度很坚决：零容忍。

保守党华人之友成立的目的，主要是加强党派和华人社区的沟通。每一年都要请内阁成员参加活动，外交大臣、财相都曾是座上嘉宾。2013年还邀请了当时任伦敦市长的鲍里斯·约翰逊参加活动。

王鑫刚说，有统计显示，英国针对非华人的种族歧视事件一年有几十万起。2020年一年针对华人的事件数量为几百起。这个数据反差很大。现在华人社区是英国第三大少数族裔，所以要确保政府从上到下听到来自华人社区的声音。

疫情对华人社区造成很大冲击，很多人因为封城做不了生意，华人之友也在调研，大家的需求是什么？这股风潮背后，有没有中国崛起的因素？王鑫刚认为，疫情和中英关系没有关系。英国文化是言论自由，任何人都可以发表观点。"不欢迎中英友好的大有人在，很久以前就有。只不过媒体由于疫情，针对中国的负面报道更多了。"他说。

他认为，呈现在媒体上的报道和真实民间情况还是有距离的。他举了一个例子，中美贸易战正酣，但是过去一年，美国企业在中国拿到执照的数量远超英国和欧洲总和。政治上交战，经济上联系却越来越紧密。这似乎是一个有意思的现象。

他还分析了上次参选失败的原因："还是出来投票的华人太少，太分散。人多的话，一定能选上。"

王鑫刚并没有气馁，而是计划继续参选。"如果一次失败就不参加了，意味着不会走远，这次疫情再次敲响了警钟，华人一定要参政议政。我呼吁华人社区站出来，为自己社区发声。不让别人掌控话语权。"他说。

王鑫刚和智升科一直都在努力践行在英国参政的信念。经过数年的冲击，智升科在 2022 年 5 月 8 日的地方议会选举中，成功当选为地方议员。欣喜不已的智升科发了一条朋友圈，"今后，请叫我智升科议员"。这一年，来自重庆的何易也成功在威尔士当选为地方议员。

因为疫情，世界各地的华人都遭受了一次心理的冲击。风波背后，融合了地缘政治、东西方对抗、治理模式、文化差异等各种因素。遭受打击后，华人社区仍然在废墟上顽强挺立。富有忍耐力和进取精神的华人社区变得更加坚韧，并将不断丰富现代华人（中国人）概念。

第十五章　你的外卖到了

疫情肆虐了两年多还没有终止，完全打乱和改变了正常生活。疫情开始阶段，伦敦爆发了恐慌性抢购。某天我去了一趟超市，发现货架上的鸡蛋、香蕉、洗手液、肥皂，甚至卫生纸，都被抢购一空。我百思不得其解：为什么人们连厕纸也抢购？后来读到一份研究报告，解开了困惑，该研究称，厕纸体积大，在超市货架上占据空间大，位置显眼，所以当超市没及时补货，就加强了厕纸被抢购一空的印象——这算是疫情期间的一个插曲。

平时我一般在线购买一至两周的食材，超市送货到家。2020年3月，英国第一次封城前，我在多个超市网购囤了一批食品。这些食物帮助我们渡过了四五月份的难关。英国在5月恢复了超市的阶段性营业，保持社交距离的前提下，控制入场人数，队伍排到了大马路。那个场景让我想起了电影里国统区通货膨胀市民抢购的画面，购物变得很艰难。那段时间网购已经很难预约，超市每周放出有限的送货档期，很快告罄，我再也没能抢到过网购机会。这样到了5月中下旬，家里开始面临弹尽粮绝的情况。

危急时刻，一夜之间，伦敦街头突然出现了一些中国送货车的身影。意识到此间华人的需求，一些专门为华人服务的食品配送公司在这个阶段出现了。这些配送公司出现得略显仓促，很多时候依靠口口相传，一般通过微信朋友圈传播，在某一个地区拼团凑够人数，定好日期统一发货。我们使用了几次，开始阶段有一些不愉快的磨合，之后日益顺畅，不光买到了急需的生活物资，甚至连面包蟹、海鱼、粉丝、豆腐乳这些中国人喜欢的食材都可以买到。不得不佩服中国人的商业才能，以及在吃这个问题上所投入的热情，买的卖的都乐此不疲。当时大家仍对病毒抱有恐慌心理，避免跟陌生人接触。这些中国配货公司挨家挨户发货，也需要一定的勇气和冒险精神。

封城期间，餐馆关门，只允许外卖。叫餐业务意外得到了发展。回忆在北京的时候，叫餐十分普及和方便，因为竞争激烈，价格亲民，服务水平得到快速提升。在中国城市的大街小巷，经常看到送餐员争分夺秒骑着电动车飞驰的景象。中国之所以发展了无孔不入的送餐业务，跟人力成本低廉有很大关系。

2016年我们刚来英国的时候，英国的送餐业几乎为零。我们尝试过在家叫餐，首先要拿到特定餐馆的电话，然后打电话去订，餐馆做好之后通知你去取，而不会送货上门。

疫情意外催熟了英国最大的外卖平台Deliveroo，其标志是一个绿色袋鼠，创始人是一名在英国工作的美籍华人许子祥（William Shu）。许子祥1979年生于美国康涅狄格州，父母来自中国台湾。许子祥于2001年获得西北大学的学士学位，第一份工作是2001年在纽约摩根士丹利担任投资银行分析师。许子祥创立Deliveroo的想法缘于2004年他在摩根士丹利的伦敦办公室工作的经历，他每周工作一百个小时，时常加班，虽然公司每天都有大约25美元的晚餐费，但是选择余地很少。他不得不每天晚上去乐购（Tesco）采购速成食品，生活中需要一种送上门的美味食物的想法由此而生。

2013年，许子祥与儿时友人、身为软件工程师的格雷格·奥尔洛夫斯基（Greg Orlowski）创立了Deliveroo。许子祥是Deliveroo的第一批外卖运送员，在公司成立头八个月每天都会送货以了解客户体验。业务通过口耳相传而增长，在最初的两年，公司自负盈亏。他们在伦敦以外的布莱顿、曼彻斯特相继启动业务，然后 2015 年 4 月在巴黎、柏林和都柏林陆续上线。短短三年，筹集了超过 4.75 亿美元的风险投资，业务遍及英国的 35 个城市和其他国家 40 个城市。尤其是疫情期间，封锁要求减少人际接触、堂食遇冷，在线市场借势起飞。借助这股东风，Deliveroo 当仁不让地成为了英国在线点餐业的第一大品牌。2021 年，Deliveroo 在获得亚马逊公司投资的情况下成功上市。疫情之前，我曾试用过 Deliveroo 软件，觉得跟中国比起来，送餐时间、品种都不够理想，就慢慢弃用了。但是等到 2022 年，经过一年疫情的洗礼，积累了大量的客户数据，发现它的服务明显升级了一大步，跟在中国的体验几乎没有差别。

疫情期间，英国另一家只对华人的在线服务商熊猫外卖（Hungry Panda）也开始活跃起来，其蓝色的送货标志为此间华人所熟识，其创始人是来自中国的刘科路。他出生于 1995 年，2016 年毕业于诺丁汉大学计算机专业，同年创立熊猫外卖。他在接受我当时服务的《英中时报》采访时说，自己来英国留学的时候，点餐还不方便。英国虽然有了 Deliveroo 和 Just Eat，但没有覆盖华人市场，也很难找到地道的中餐，他认定这是一个庞大的市场缺口，因此在毕业前夕决定创业项目时选择了送餐业。

2021 年 6 月，我采访了熊猫外卖的英国区负责人科林·高（Colin Gao）。他介绍说："我 2011 年来英国交流，2012 年在伯明翰读博士。刚来英国的时候，留学生点餐需要打电话，商家主要通过找学生散发传单做宣传，到了 2015 和 2016 这两年，才出现了几家外卖公司。"

但是当时的外卖公司大部分很初级。"2016 年有家中国人做的公司，局限在某个城市，自己弄个小网站，学生在线点餐，网站再给商家打电话预订，相当于接线员。但那会儿没配送、没App，也不能线上支付。商家还得养一个司机，司机的使用高峰只是中午和晚上，平时闲着，但是都算商家的支出。这家公司做了一年多就停了，那些早期的点餐公司现在都消失在历史的长河中了。"

等到了他们想做送餐业的时候，已经看到了这种模式的弊病：需要专门司机、用户没有保障，不知道餐到哪里了以及能不能送到。"我们想明白了：需要解决配送问题，让用户第一时间知道商家是否接单，商户也知道用户是否已经付账。那会儿国内送餐业也开始做起来，体系流程比较成熟，做了调研之后，2016年，熊猫外卖启动。"

作为学校的创业项目，诺丁汉大学赞助了一些办公室，筹备阶段，除了参考国内送餐业，还制定了英国公司的思路：优先服务华人，更具体一点就是当初的定位是服务华人留学生。

科林·高以亲身经历说："2016年和2017年出来的留学生，大部分都不会做饭。吃饭点外卖的几率更高一些。因此，中餐外卖的主要客户年龄就是二十到三十五岁的学生和工作的白领，还没有孩子的，不擅长做饭的，他们点外卖比较多。"而且他们发现英国学生还有一个特点，围绕学校活动相对比较集中，配送优化体系比较简单，不用处理过于复杂的问题。中国学生相对比较抱团，一般都会加入微信群，有组织，比较容易接触到这个市场。

开始英国中餐业老板对这个软件的接受度很低，很多人觉得自己的客户都是固定的，现在平台订餐还要抽成是不是不划算啊？更关键的是，中餐馆以前的营业利润率普遍很低，过渡到技术交付将使这一点利润变得更薄。

科林·高举了一个例子。考文垂当地的餐馆都是下午6点开始送外卖，而且订餐50英镑以上起送。因此个人很难点餐，用户需求不强烈。熊猫外卖在考文垂启动之后，用户起送金额可以选择，餐单可以看到,点餐量一下子起来了,中后期的客户需求暴增。可以说,新手段改变了考文垂的中餐生态。

熊猫外卖成立于2017年,铺开的第一个城市是诺丁汉,然后是莱斯特和伯明翰,考文垂是第四个,做了大概十七八个英国城市,后来在法国、意大利、澳大利亚、新西兰、美国、加拿大、韩国、日本、新加坡都开展了业务,基本涵盖了主要的海外华人市场。

熊猫外卖在2018年和2019年主要做留学生市场,但是这个目标群体并不稳定,英国学制短,很多留学生在英国读硕士只需一年,次年五六月份就离开了,所以客户培育出来的价值只有一年时间,为了拓展市场,开始把中餐拓展到亚洲餐,比如越南餐,韩日餐。现在,熊猫外卖又把品类从餐厅拓展到了超市。针对的主要是在英国时间比较久的华人移民,他们平时喜欢自己做饭,订外卖的需求相对较少,目前在他们的App上,基本上英国的中国超市的所有货品都能买到。

新冠疫情给多家企业带来了很多问题。然而,随着人们在家工作,一些行业经历了前所未有的增长,食品送货上门就是这样一种服务模式,在这次大流行期间获得了发展势头。熊猫外卖在2020年筹集了5847万欧元的巨额资金。据该公司称,它将投资扩大其在美国、加拿大和澳大利亚的市场份额,以巩固其市场领导地位,同时探索新的商机并扩大其市场供应。并计划将团队人数翻倍至1000人。[①]

科林·高认为,企业从英国开始起步,有一定优势。英国监管严,劳动成本比较高,算是做送餐行业比较难的一个地区。相对来说,新西兰劳动成本低,华人多,整体市场稳定成熟,难度就比较低。在最难的地方做好之后,在其他英联邦国家做起来都会比较简

[①] "UK-based Asian food delivery platform HungryPanda raises €58.47M to expand globally; will remain UK-focused in Europe," https://siliconcanals.com/news/startups/hungrypanda-funding-hire-uk/.

单了。英国是一个很好的实验场地。

"毕竟吃是一个刚性需求,谁能逃得了吃呢?市场推广其实很简单,定位人群很容易,但是顾客用过之后会不会再回来就是服务品质决定的了。所以我觉得服务质量和配送效率是最关键的。"他告诉我。

英国的中餐正在经历消费升级。以前,在国内随便一个厨师,来英国就能开一家餐馆,还可以很火,现在不一样了。这两年来从国内来英国的品牌越来越多,比如海底捞、快乐柠檬这些中国本土品牌在很多城市开了店,知名的餐饮品牌开始进入英国市场,整个行业在进步,在标准化。

科林·高观察到,各个国家的华人消费者具有不同的点餐特点:英国华人最喜欢川菜,点口水鸡的最多。法国的喜欢烧烤,配奶茶和啤酒单量特别高。加拿大的点麻辣香锅、火锅特别多。美国的餐厅距离消费者远,喜欢点火锅类这些不太会凉的菜品。总体看,美国和澳洲的点餐花样最多。澳洲的早餐可以点早茶、包子、麻辣烫,种类比国内都丰富。

送餐业依赖骑手来完成配送,在中国,雇用骑手可能不会有太多的法律障碍,还解决了社会就业问题,但是在英国,骑手送餐员成为高度不确定因素。欧洲的送餐公司的基本商业模式都是一样的。作为食品平台,无论是送餐工人或者顾客去点餐,每个人都使用App。这些员工是非正式的雇佣工人。早在疫情前,2016 年夏天,伦敦 Deliveroo 送餐工人就进行了一次罢工。罢工从 Deliveroo 蔓延到另一网上订餐平台 UberEats,然后传遍英国。一年后,这场斗争甚至跨越国境,送餐工人们已在英国、意大利、法国、西班牙和德国等超过十个城市举行了罢工。罢工是源于送餐酬金制度的改变。

当伦敦的 Deliveroo 工人被告知，他们的合同将从时薪制（每小时 7 英镑）外加每单的奖励（1 英镑）转成计件制（每送一单 3.75 英镑）时，罢工运动便开始了。七个不同区域的外卖工人通过非正式联络网迅速被动员起来。数以百计的骑手进行了为期一周的罢工。

在又一次罢工中，一名参与罢工的工人记录到："我们在 Deliveroo 的红山街办公室门口从上午 11 点堵到了下午 1 点 45 分。照例只见到了紧锁的大门和保安的阻拦。Deliveroo 对劳资关系的处理方式让我想起，就像你十三岁的时候，知道女朋友要和你分手，所以你尽量躲着她。"

大家最后投票决定了 5 个罢工的核心诉求：1.每单配送费 5 英镑，连续两单 8 英镑；2.等待接单时每小时 10 英镑的工资；3.每骑行 1 英里（约合 1.6 公里）收取 1 英镑；4.不许要求骑手离开市中心区域派送；5.承诺摩托车骑手与自行车骑手有同等的接单权利。为了应对这场罢工，Deliveroo 公司在特定区域做出了显著的让步，上涨了平均工资，允许罢工的骑手自由选择报酬方式。但是工会人士认为，公司的让步措施通过 App 的算法来实现，并没有体现在真正的合同上。罢工组织者大不列颠独立工人工会（IWGB）转而寻求使用法律渠道，挑战 Deliveroo 公司规避对工人的法律义务的行为。这场斗争还在上演，已经得到英国工党的左翼领导层支持。

Deliveroo 表示，外卖骑手是独立的自雇承包商，因此无权享受法定最低工资以及带薪假期和病假。IWGB 表示，骑手应该被承认为受雇工人，这种身份包括大部分的劳工基本权利。多名投资者表示，Deliveroo 拒绝将骑手认定为受雇员工，这使该公司容易受到监管行动的影响。Uber 最近被迫向平台司机做出让步，将司机认定为工人。Deliveroo 一名发言人表示："这个小规模、自封的工会并不代表绝大多数骑手。大部分骑手告诉我们，他们看重在 Deliveroo 工作时享受的充分灵活性,以及每小时超过13英镑的收入。我们感到自豪的是,骑手的满意度达到历史最高水平,每周都有成千上万的人申请成为Deliveroo骑手。"

不论欧洲哪里的送餐公司,它们都基于相同的商业模式。它们使用一个平台作为食物提供者、送餐工人和顾客的媒介。每一方都使用一个App与另外两方互动,而劳动过程则被"算法"管理控制。这意味着,他们大多时候收到的都是来自一个自动化系统产生的消息,这个自动化的系统被劳工学者特雷波·肖尔兹(Trebor Scholz)叫做"黑箱"。平台本身拥有的固定资产很少,它把所有的送餐成本外包给骑手,即骑手需要提供自己的单车、数据等。不论怎么看,这些工人已经拥有送餐过程所需的所有生产资料——除了重要的协调平台及其他的算法,而这些资料则完全被老板掌握。虽然不同国家对非正式工人有着不同的确切定义,然而这些非正式用工普遍都有一个相同点:你是一名工人,但可以付你不足一个工人的工资。这是为了降低用工成本。同时,非正式用工基本上成功破坏了此前工人运动和社会民主主义运动的胜利果实。非正式用工是现有资本-国家关系的产物,而这种资本-国家关系也使得劳动力市场结构进一步改革,更严重地压榨劳工。一些这样的大平台经常使用从风投获得的资金去大力游说,以此改变法律和监管框架,并在此过程中创造这种商业模式得以繁荣的条件。

熊猫外卖的骑手虽然身着统一的蓝色外套、骑电动车,但他们也不是公司的合同员工,而是合作方。英国区的负责人科林·高说,这一点目前跟Deliveroo骑手没有不同,"双方合作,司机自助,随时上线下线,不会对时间硬性要求,不然就成了员工。各个公司给出的薪资会影响到司机优先做谁。兼职还是按最低工资,"他表示,"骑手和公司的关系下一步如何发展,我们的公司法务一直在关注。"

第六部　尾声

第十六章　四海为家

2022年春天，美国、英国等国家陆续宣布，结束新冠防疫措施，进入和病毒共存的时代。英国疫情几经反复，付出巨大代价，一路跌跌撞撞，对外重新恢复了交往。持续两年多的疫情就像根本没有存在过一样，伦敦又开始了正常生活。

社会完全解除防疫措施后的某天，我去超市买东西，听到两个英国人在打招呼。女的对男的说："你好啊，过得好吗？"这就是英国人见面的一句客套话，没想到触动了男人的感情，他的回答也妙："好？你是说两年前吗？"

——每个人都知道，再也回不到两年前的时候了，一切都改变了。

中英两国的黄金时代，因为政治因素急转直下。生活在英国的中国人倍感沮丧。在中餐业，过去两年也发生了巨大变化。因为疫情和封锁的双重打击，很多曾经欣欣向荣的中餐馆永久关闭了。这份名单包括：

茶园（Tea Garden）。位于萨里码头由一对热情的福建夫妇经营的点心铺子。特色是小笼包和芝士汉堡春卷。2021年初关门。原因不明。

洪氏（Hung's）。原位于沃德街上，以粤式烤肉和热气腾腾的碗面闻名。2020 年 10 月关门。原因是这家店严重依赖深夜交易、经济低迷和冠状病毒流行期间的宵禁重创了业务。

凯姆的店（Kym's）。著名华人厨师 Andrew Wong 在金融城彭博拱廊开设的粤式烤肉餐厅。2020 年 9 月 25 日关门。"我们怀着沉重的心情决定不重新开放凯姆的店。该决定是在与合作伙伴和员工仔细协商后做出的。"该餐厅在推特上写道。

泡泡狗（Bubbledogs）。珊迪亚·张（Sandia Chang）在费兹洛维亚的香槟和热狗吧。关门时间：2020 年 8 月。

灾难不独华人社区和中餐馆独有。这份名单还包括大量其他知名的餐饮企业。比如文华东方酒店意大利风味的 Boulud 酒吧，1971 年就开始营业，2020 年 10 月关门。十年租约到期，业务受到大流行的影响，关门大吉。

议会广场的鲁（Roux at Parliament Square）。名厨迈克尔（Michel Roux Jr.）和斯蒂夫（Steve Groves）经营的餐厅。2020 年 12 月 7 日因为"极其困难的一年"和"持续的不确定性"而永久关闭。

红公鸡（Red Rooster）。系纽约名厨马库斯·萨缪尔森（Marcus Samuelsson）在伦敦的首次亮相，2020 年 10 月因为疫情而关闭。

跑道和记录（Tracks and Records）。利物浦街的一家餐厅，老板是世界著名运动员和奥运选手尤塞恩·博尔特。2020 年 11 月关门。博尔特的合作伙伴公司表示："鉴于冠状病毒大流行，在新的贸易限制到位的情况下继续运营已不可行。"

只言片语或者语焉不详的背后，都隐藏着大厨们壮志未酬的一声叹息！疫情也让人意识到华人在海外的根基尚浅，征途尚远，一有风吹草动就陷入万劫不复之境；同时，也更加珍惜先人在海外拼搏所挣下的这份无形资产，把中餐业继续发扬光大。

2022年4月的一天，我去唐人街参加泗和行老板谢贵全先生的追思会。

我刚来英国的时候，就听说了泗和行是伦敦乃至英国都赫赫有名的华人超市，在这里可以买到几乎所有的中国食材和中国食品，这些家乡味道就像是纽带，将华人和中国紧紧联系在一起。

谢贵全是泗和行的创始人，他是香港移民，从在餐馆"洗大饼"到创立泗和行，历经数十载，并成为侨界领袖，他于2022年1月20日过世，身后留下一男二女。

追思会场设在唐人街的中国站。人们陆续赶来，现场摆放着逝者的生平介绍，供人凭吊。照片上，这个客家人展露着标志性的灿烂笑容。他有一副诚实的面相。谢贵全的人生浓缩了华人在异乡打拼的艰辛。谢贵全是客家人，1943年生于香港新界元朗，兄弟三人，排行第二；父亲早逝；他的大哥谢生全1958年先来英国。谢贵全是1961年到英国，那时候还不到十八岁，小弟谢汉荣1965年也来到英国。谢贵全来英国后，除了到学校读书，就是在餐馆"洗大饼"洗碗打杂。

1969年，他和兄弟朋友们一起开设了中餐馆乐星，成为北伦敦最受欢迎的中餐馆之一。当时，给中餐馆和华人提供食品的基本是印度人的公司，为了将更多东方食品引入英国，1975年谢氏三兄弟在伦敦唐人街的俪人街创建了首家泗和行华人零售超市，专供东方食品和商品。"泗和"是他的祖堂，所以泗和行开张后，客家和新界乡亲都前来捧场。泗和行货物齐全，薄利多销，三兄弟亲力亲为，一时间门庭如市。

谢贵全每天辛苦打拼，四十年间不断努力。1993年谢氏三兄弟开始扩大唐人街业务，并且在伦敦格林威治开设了大型超市，满足其他亚裔社区日益增长的需求。2006年泗和行又在格拉斯哥开设了大型超市，服务向苏格兰和北爱尔兰延伸。格拉斯哥分店颇受欢迎，成为苏格兰最大的生猛海鲜超市之一。泗和集团总部位于伦敦西北部的皇家公园地区，公司占地面积10万平方英尺，包括办公、现代化仓储基地等，拥有400多名不同业务领域的员工，经销网络遍布英国及部分欧洲地区。泗和超过一半雇员都是英国当地人，这有利于企业在英拓展业务、进入主流社会。

谢贵全曾被问及管理之道，他答：泗和集团的口号是"员工要企业，企业靠员工"。他始终和员工在公司食堂吃同一锅饭、亲自进货，甚至整理货架，他的亲力亲为和给员工的慷慨福利，使很多雇员为泗和工作年数超过了十年。

泗和行超市见证了唐人街近半个世纪的风云际会。在这间深受华人喜爱的中国超市背后，则是来自香港的谢氏兄弟数十年如一日的辛勤经营。在泗和行超市里，8000种来自亚洲各地的食材、原料琳琅满目。无论是在英国很难看到的当季中国时蔬（莲藕、山药、木耳、芥兰、菜心、竹笋等），还是广东人热衷的生猛海鲜（生蚝、鳝鳗、青口、东风螺等），无论是亚洲新鲜水果（荔枝、蜜柚、香芒、枇杷、甘蔗等），还是适合亚洲口味的汤粥面点（红豆、黑芝麻、莲子、手擀面、粉丝等），都能在泗和行超市里找到。

谢贵全帮助一些东方食品打开了欧洲市场，比如珠江桥牌调料、出前一丁方便面等，他对中国白酒情有独钟，把国酒茅台、水井坊和五粮液引入英国市场。他同合作者一起建厂，出品鱼丸、牛肉丸、肠粉、港式点心、辣椒酱、XO干贝酱等中式食品，深受华人欢迎。谢贵全亲自回中国挑选优质食材和食品，一次受访时说："全国各地都会去，烟台苹果好，我就去山东；番禺的藕好，我就去广东订购，保证泗和行的食品新鲜好吃。"泗和行成为了英国中餐业蓬勃发展的一个缩影和助力器。也见证了华人社区的壮大。

谢贵全来自香港，他是老一代华人移民的代表，爱中国，也爱英国。政治风波撕裂了英国华人社会，然而无法割裂华人共有的传统和文化，以及相似口味的饮食。谢贵全在英国推广中国食材，把东方文化推广到英国社会。他积极地融入英国社会，这尤其令人敬仰。海外华人需要接纳异质文明，突破自身局限。这是华人社区不断超越发展的必由道路。

现在，英国社会恢复正常，魏桂荣的西安小吃也重回正轨。

2023 年 2 月我见到她，他们一家四口和朋友刚从摩洛哥度假回到伦敦。她说，疫情第一年生意淡一些，但是政府对小额企业有补助，虽然不能堂食，但是没有赔钱。2021 年就基本有赢利了。2022 年的生意比起疫情以前还好。在这一年，她的餐馆还入围了 *Time Out* 英国版的 top50 最佳餐厅。

她原本要开的第三家餐馆，因为疫情推迟，现在重新推进。这家位于汉姆史密斯的新店正在装修，过几个月开业。位于塔桥的第四家店也会在年内开业。

新店可能会改变风格，在西安菜的基础上，研发一些新菜。"肯定要做一些升级，从服务到产品都做一些改变。最终的菜品还没有决定，已经有了想法，还要根据人员的配置，做几轮实验。"

她说，在英国做餐馆，成本大，最难的是不好招工，专业人士太难请。所以她运用了在英国很流行的管理方式，找团队合作，把厨房工作、楼面工作包给某个团队，按照她的统一管理运营，双方合作分红，而不是单一的雇佣关系，这样既能保证菜品和服务的质量，也能激发团队的参与意识。公司生意好，大家都赚得多。

中餐馆的竞争很激烈，投资者还在不断开店扩张。她预计有特色的地方菜会成为下一个热点，比如朝鲜族餐和新疆餐。其共同的特点是烹饪制作简单,比如手抓饭、大盘鸡、烤肉、大冷面等。

她个人最想把陕西的饸饹面推广到英国,饸饹面用荞麦制作,荞麦是流行在陕北地区的杂粮。但是目前国内生产商没有申请出口,从海关过来受到限制。目前英国物价飞涨,很多人劝她使用便宜一些的面粉,被她拒绝了,即使自己用的面粉价钱是别家的三倍,也要保持传统:"不能看短时间利益,哪怕利润少。"

坐在店门外,她看着来来往往的行人说:"我喜欢伦敦的这种小街道,很有生活气息。"

"我也不挑大的店,最多50个客人。太大的话,一下子进来200个客人,像我这种靠手工的店,质量就会有影响。我当然也想做到米其林那种程度。但是米其林要求很高,甚至不以赚钱为目的,需要请专业设计师,服务和菜品都要提升,操心也多。目前还不到那个阶段。"

客人叫了一份 Biang Biang 面,魏桂荣扎好围裙,来到后厨,在案板上薄薄地撒了一层面粉,从保鲜盒里取出用油浸着的已经发酵处理好的两条面团,用左手按扁平,右手拿了擀面杖开始一下一下擀成薄面片,两手一抻,只一下,面片就变成了小臂长两指宽的面条,再在案板上摔打几下,发出清脆的 biang biang 声音,转身扔到沸腾的汤锅里,等待煮开的工夫,又到旁边的案板上调起了酱汁,把盐、味精、辣油,轻巧地混合在碗底。铺上烫好的两片油菜叶,最后把煮好的面条放到碗中,再浇上热油,用筷子摆好造型。动作一气呵成,看得出早年的基本功并没有因为繁重的管理工作而荒废。

午后忙碌的间隙,她坐在餐桌旁,回忆起了自己的成长岁月。

位于秦岭腹地的陕南商洛山区,就是魏桂荣的故乡。中国著名作家贾平凹也是出生在商洛,描写过具有地方特色的乡土风情。

香河乡是一个贫穷山区,魏桂荣所生活的山村其实是个山沟,叫魏家油坊沟，因为村里很多人家制作小磨香油而得名。魏桂荣记忆里，老家的味道就是小磨香油的味道，浓稠，深沉。这也是贫穷的味道。

魏桂荣的伯父就是制作香油的好手，他熟练地用龙井草、芝麻、花生，编制成草大饼，排好，用石头压榨。油慢慢流进用竹子编制的桶里。那些富有活力的生命，被紧紧挤压在一起，无情地施以碾压，最终化作了一滴滴油脂。魏桂荣的记忆里，劳作无休无止，生命就像是被石头无休止地反复压榨，才能榨出可怜的口粮，榨出生命里的宝贵能量。

魏桂荣是1982年生人，此前，轰轰烈烈的改革开放刚刚在中国启幕不过四年光景，中国农民摆脱了土地的束缚，开始迸发出生命力。魏桂荣家庭条件不好。魏桂荣的爷爷是地主，解放后被镇压枪毙了，爸爸是长子，因为爷爷的缘故，在"文革"中被造反派打坏了脑子，留下了病根，脾气很坏，动不动就打孩子。妈妈十多岁的时候得过脑膜炎，耳朵聋了，还得了一种怪病，要是听到开心事，会笑晕过去。爸妈两人都被外人视为"智障"。爸妈生育了三个女儿。还想要儿子，结果一个流产另一个被计划生育，妈妈心理受到严重影响，有点疯了。

魏桂荣是男孩子的性格，一刻也静不下来，她喜欢爬山，幻想翻过大山。站在苍茫的秦岭山巅上。她幻想着山那边的世界是什么？

"我们家的房子就是那种泥巴墙，上面是青瓦，我家就三间瓦房，家里没收入，卖中草药、黄姜，我记得卖1元多1斤。家里就是种小麦、豆子、杂粮。粮食不够吃。很少吃白面。"她如数家珍。

"我妈生我妹妹的时候坐月子，亲戚给了2升（12斤）白面，我印象很深。"——因为平时很少吃到白面。平日里，一家人就吃些灰灰菜、水芹菜，餐桌上的肉很少见，家里人把瘦肉腌起来，肥肉挂房顶，炼猪油，装瓶子里，肉和油都是计划着吃，一个勺子舀多少，这么算计着吃。油渣对于魏家是个好东西，可以做包子，粉条也是自己做。

魏桂荣是老大，作为家里最倚重的劳力，承受了不该承受的压力。她喜欢读书，但是一个学期 30 元学费家里出不起，上完二年级就辍学了，她无奈去山上采草药卖钱养家，很小就学会了分辨不同草药的味道：连翘、柴胡、五味子、黄连。生活太苦，采了一年药不够交学费的。晒干了草药去卖，攒了一年，才又继续读了三年级。"老师对我很好，不交学费，让我多读了一年，但是没办法，妹妹大了也要上学，家里吃不饱，于是不上了。"

她面对的是贫穷和暴脾气的父亲。有一年腊月二十九，八岁的魏桂荣放炮，三四毛钱的炮，她放完了自己的，又把妹妹的放完了，妹妹哭闹，暴躁的爸爸拿着烧红的烙铁追着魏桂荣打，幸亏被二堂哥救下来。爸爸用拳头关节敲她头"吃毛栗子"，很疼，妹妹挨了打会哭，魏桂荣从不。作为姐姐，如果带不好妹妹也要挨爸爸打。魏桂荣脾气很倔强，有一年，爸爸拿着种豆角的青竹子打魏桂荣，她也不跑，说"你打死我吧"。那一次她差点让爸爸打死，后来奶奶把爸爸拉住了。

魏桂荣小时候属于散养。山里生活简单、原始，家里穷，魏桂荣一年只有两双布鞋可以穿，爸爸一年给她买一双解放鞋，经常走着山路的时候，鞋底就破了。他们住的这个村子叫两河场村，村民很少出来，两河场村的交通还算好点的，至少通大巴，可以去县城。

上学的地方在岔河村，路经两条河，别人父母送孩子上学，魏桂荣总是一个人，过河的时候要经过青石木头拼在一起的简易桥，为了不弄湿解放鞋，魏桂荣会光脚过桥。有的时候手里找根棍子拄着防滑。有一次跌倒，她差点被水冲走，幸好一个远房大伯遇见了，把她捞了起来，不然那次就死了。大伯捞起魏桂荣后，从河里捡了一粒石子，塞进她的耳朵里。这是山村风俗，凡是从水里救出的孩子，都得在耳朵里塞块石头，大概就是感谢河神不杀之恩的意思。

三年级的时候，上晚自习，需要带着灯上学。她没有灯，都是摸黑走山路。带去学校的吃食，除了苞谷饭，就是玉米糊糊。她最常带的菜：把红薯叶装在糖水罐头瓶里，用油和盐腌起来，一瓶可以吃一星期。二妹比魏桂荣小四岁，魏桂荣辍学后，二妹也步她后尘不去读书了。小妹妹是1989年生的，是块读书的料，从乡里考到了49公里外的县一中，还考了第二名！小妹很争气，一路考到一所知名军医大学，可是却被人顶了下来，后来去了湖南湘雅医院医学部，再后来又去了重庆第三军医大学读研究生。因为家里穷，小妹上大学本科主要靠贷款，还有奖学金。

爷爷咽气的时候，把三个儿子都叫到跟前，特意交代两个小儿子要照顾大儿子，还要照顾魏桂荣姐妹三个。外人都觉得，身为长子的爸爸养活不了自己家人。魏桂荣很不服气。她不接受命运的安排，别人认为顺理成章的事情，她却觉得并不是一定要这样的。

1994年正月十五，魏桂荣走出了贫瘠的看不到希望的家乡，她瘦小的身影出现在县城一个牛羊肉泡馍店，作为打杂，她的日常工作包括洗碗、烧炉子、烧炭。头一个月，她挣到了70块。这是她的第一笔工资收入。改革开放解放了被束缚在土地上的农民，推动他们走出封闭的家乡，向着大城市和沿海地区流动。这场惊心动魄的迁徙，改变了包括魏桂荣在内的无数中国人的命运，也改变了中国。很快，县城已经不能容纳魏桂荣的野心。她不再满足于简单重复的苦力，而是渴望成为灶台的主人。她来到西安，不久又告别了在退休军官家的短暂保姆工作，在专业学校学习厨师技能，在省城闯荡，在市场中锤炼技能，发展成富有韧性的经营者。这是生机勃勃的市场经济的一个缩影。持续数十年的伟大实验,让无数中国人具有了更强的生存能力,提高了生活质量,有了更多掌控自身命运的能力。

魏桂荣这一路走得很远。她一路遇到了不同的人,看到了不同的风景。中餐在海外也走过了同样丰富多彩的路。如果最早的中国海员看到现在的中国人在异国开设的餐馆,他们一定会发出惊叹:凭借中国人与生俱来的韧性和智慧,一个个难关终将渡过,无数可能在眼前展现。

唐人街之味
杨猛著
Simplified Chinese edition copyright：
2024 SHANGHAI TRANSLATION PUBLISHING HOUSE(STPH)
All Rights Reserved.

图书在版编目(CIP)数据

唐人街之味/杨猛著.—上海：上海译文出版社，2024.6
(译文纪实)
ISBN 978-7-5327-9496-6

Ⅰ.①唐… Ⅱ.①杨… Ⅲ.①纪实文学-中国-当代 Ⅳ.①I25

中国国家版本馆 CIP 数据核字(2024)第 088232 号

唐人街之味
杨 猛 著
责任编辑/张吉人 装帧设计/邵 旻 观止堂_未氓

上海译文出版社有限公司出版、发行
网址：www.yiwen.com.cn
201101 上海市闵行区号景路 159 弄 B 座
昆山市亭林印刷有限责任公司印刷

开本 890×1240 1/32 印张 8.75 插页 2 字数 169,000
2024 年 6 月第 1 版 2024 年 6 月第 1 次印刷
印数：0,001—8,000 册

ISBN 978-7-5327-9496-6/I·5941
定价：58.00 元

本书中文简体字专有出版权归本社独家所有，非经本社同意不得转载、摘编或复制
如有严重质量问题，请与承印厂质量科联系。T：0512-57751097